盜墓筆記

作者—南派三叔

重啟 1 極海聽雷

盜墓筆記 重啟 1 極海聽雷

目錄

第一章　聽雷探墓

先說一件有趣的事情。

田有金是一個做冬蟲夏草生意的藥商，和我的上一輩來往密切，屬於「小時候抱過我」這個類別的叔叔。

二十世紀七十年代末，田有金在內蒙古山區有過一段插隊的經歷。他最津津樂道的是自己和牧羊大隊走散，獨自在草原上徘徊了兩個月，帶著羊群躲過山狼，最終得救的故事。

每次和戰友重聚，他喝多了都要拿出來說，這事已然成了他人設的一部分。在他的講述中，那段時間是內蒙古少有的大雨季，深山內暴雨傾盆，閃電布滿整個天空，是他見過的最美也讓人恐懼的景色。

因為常年酗酒，二〇一三年的時候田有金得了肝衰竭，繼而發展成全身臟器衰竭。彌留之際，戰友們過來看他，在一片惋惜安慰聲中，田有金第一次說出了這段經歷的第二個版本。

在以往的版本中，他都是孤身一人經歷了這所有的一切，而在他去世之前最後一次講的時候，故事中多了一個人。幾十年來，他從來沒有提到過這個人的存在。

田有金是在進入草原深處的第二個月初遇到了這個人，那一天下著暴雨，他在山谷中抬頭遠眺，看到那個人站在無人區的山脊上，盯著整個天穹的閃電。

暴雨中，田有金無法看清那個人的樣子，但遠遠的，他看到那個人替他指明正確的方向。之後，那人就消失在森林裡，身後既沒有馬隊，也沒有牧民，只有他一個人。

按照田有金的說法，那是一個無比神奇的時刻，因為那個地方距離最近的聚居區也有將近一個月的路程，在沒有馬也沒有補給的情況下，獨自一人是絕對不可能在老林子裡走那麼遠的。那種地方忽然出現一個人，十分可疑，他幾乎覺得對方也是走失了。但是那個人沒有向他求助，反而替他指明方向。

他有時候也想，對方可能是從蒙古入境的特務，在這裡勘探地形；也可能是自己遇到山鬼了。長久以來，他一直不敢說出來，怕多生事端。病重之後，那一幕在腦中越來越清晰，他這才下定決心講出來。

我是在我爺爺的筆記中，看到這一段描述的。我爺爺找田有金買蟲草的碎皮，不知道從誰那裡聽說了這個故事。我爺爺的想法很簡單，他認為，田有金在深山裡看到的那個人，是一個盜墓賊。

徐珂在《清稗類鈔．盜賊類》裡寫過廣州巨盜焦四的故事。焦四常於白雲山旁近，以盜墓為業。其徒數十人，有聽雨、聽風、聽雷、觀草色、泥痕等術，百不一失。一日，出北郊，時方卓午，雷電交作，焦囑眾人分投四方以察之，謂雖疾雷電，暴風雨，不得稍卻，有所聞見，默記以告。焦乃屹立於嶺巔雷雨之中。少頃，雨霽，東方一人歸，謂大雷時，隱隱覺腳下浮動，似聞地下有聲相應者。焦喜曰：「得之矣。」

在天雷炸響的瞬間，大山中的中空洞穴和墓室會產生共鳴，此法非常適合在巨大區域內找到墓葬的位置。

內蒙古出現如此大的雨，幾十年罕見，能夠在這種時候出現在現場的，必然是幾十年內至少有兩代人的耐心等待和準備。那深山裡忽然出現那樣的孤身一人，目的不會簡單，應該是為大山地底深處的一個大墓。那是什麼古墓，規模大到能讓盜墓賊守了兩代人？

蒙古族的古代皇陵不設墓碑、神殿，屍首埋葬之後，萬馬踏過，第二年草原的草重新萌芽生長，高度能到人的大腿根處，不會留有一絲埋葬的痕跡。所以蒙古皇陵至今都只是傳說，從來沒有被發現過。這底下會不會是一個元代皇族的大陵呢？田有金已死，恐怕再無人可以知曉。

然而事情的發展並沒有那麼簡單。

這個故事的進程和我以往的經驗完全不同。

在開始這個故事之前，照例要說一下我的身分。我叫吳邪，出生在一個十分特殊的家族裡。「家族」這個概念，在現在的中國，無論對哪個階層來說都已經算是一個比較疏離的概念了。我的家族雖然名頭上和「翰林」或者「黃埔系」不能比，但在圈內也算有不小的名聲。然而到了我這一輩，也只是同學們茶餘飯後吹牛的談資而已。不過，每每輪到我說出我爺爺輩的情況，飯桌上都會出現一陣沉默。

新中國成立前，我爺爺是一個盜墓賊，參與過戰國帛書案。長沙九個盜墓家族中，爺爺排行第五，靠馴狗盜墓，被稱呼為狗五爺。傳說爺爺的鼻子是聞不見味道的，所以才要藉助狗來找斗。但我的記憶很模糊了，也不知道是不是真的。

後來，爺爺離開長沙，來到杭州定居，投靠親戚，把奶奶騙上床，生了三個兒子。我父親是長子，取名叫吳一窮，二叔叫吳二白。因為奶奶文化水準比較高，在當時屬於新女性的推行者，所以生完第二個就不想生了。但爺爺篤信一個長沙的算命朋友，那位朋友曾經和他說過，第三個孩子是一定要生的，這孩子是來討債的，不生下來把債還清了，會延禍至子孫。於是爺爺百般設計，也不知道使了什麼壞，最後奶奶還是生下了我三叔。三叔叫吳三省。

在我們家裡，我父親和二叔都屬於非常聽話，一早就懂事了，會打醬油，替家裡省錢貼補的孩子。爺爺是不願意家裡有任何人再做土夫子（註1）了，但是我三叔非常叛逆，不知道從什麼時候起，對墓產生了濃厚的興趣；加上爺爺雖然嘴上不

註1　指盜墓的人。

再吹噓自己當年的事情，但從小跟孩子們講的故事裡，幾乎全是這些東西，耳濡目染。即使爺爺打折了三根燒火棍，仍舊擋不住三叔往地裡鑽的心。讓三叔回心轉意的，是爺爺幫他安排了考古隊的工作。

中國的考古學歷史很短，剛過百年，對人才如飢似渴，田野考古需要領隊，爺爺當年的關係，或者說同夥裡，有一些已經被特招進了大學做考古工作。很多人經過勞改之後，思想教育達標，在崗位上也能做出貢獻。在隊伍裡，三叔遇到了他一生的摯愛，陳文錦。我常開玩笑，陳文錦和他在一起的時候，他才是一個考古隊員；陳文錦不在的時候，三叔就是一個狗賊。

就是這麼亦正亦邪的三叔，我從小就與他關係最好。我父親隱忍低調，甚至有一些木訥，雖然照顧我非常細心，但幾乎不與我有什麼內心交流，三叔在很多時候充當了我玩伴的角色。

爺爺一開始就定下規矩，到我這一輩，絕對不能涉及這個行業的任何灰色部分。於是我被取名叫吳邪，寓意歷代的邪祟，到我這裡都一筆勾銷。所以，我對於家族所有的了解，以及自己內心隱藏的野性，大多來自於三叔的講述和潛移默化。

我爺爺大概沒有想到，帶著「無邪」這個美好的期許，我成了一個廢物。後來想想，我這前十幾年做的所有事情，似乎就是想擺脫這種單調無聊的、一眼就能看到盡頭的人生。

但到人生中段的時候，我就意識到，我似乎用力過頭了。我也開始明白，爺爺當年篤信的那個高人，說三叔是一個關鍵的孩子，是什麼意思。

如果沒有三叔的話，我前半生那瑰麗璀璨的經歷，就不可能以那樣一種方式展開。三叔在我的人生中，有著比親情還要重的羈絆。

這些簡短說說，關於我爺爺，民間有很多故事，歷史上也有過一些記載，我這裡就不贅述了。盜墓這個職業和其他職業極其不同，每個人說起來都不一樣，我親身經歷過一些事件，只有「匪夷所思」這個詞，能精確地形容我在其中的感覺。

我對於這個行業最初的了解，來自爺爺的一本筆記。爺爺在新中國成立後學了寫字，但他的記憶力很好，早前他在崇山峻嶺中尋找古墓進行盜掘的少年時代，就已經留下很多圖畫資料。新中國成立後，他憑藉記憶力，把當時的圖畫紀錄和文字結合在一起，寫滿了三十本筆記本，裡面各種紙都有。

這本筆記就是「盜墓筆記」，裡面有他經歷過的大部分故事，但是，「盜墓筆記」中有很多頁數，爺爺在臨死之前撕掉了。到我手裡的時候，我反向估算了一下，爺爺把二十三歲到二十七歲之間的經歷全部撕掉，帶進墳墓裡去了。

爺爺還留下一份讓人難以理解的遺囑，就是火化的時候，不能有人在旁觀看，所有的家屬和工作人員都要遠遠看著。在彌留之際，爺爺還說了一句我印象特別深的話。

「我終於可以死了。」

你可以品一下，為什麼我用了「匪夷所思」這個詞來形容我的感受。爺爺二十三歲到二十七歲這段時間，到底經歷了什麼呢？為何他對自己的死亡竟然如釋重負？我們不得而知。他的身體在火化的時候，又有什麼不能讓別人看見的景象？

現在唯一的線索，就是在後面的章節中，有關田有金的那一篇內容。我推測當時我爺爺正和田有金相識，而對於田有金的描述，後來也只有這麼一段。

如果你對這些都有興趣，你可以開始看這個故事。

在這裡要先提醒的是，這個故事非常長，長得超乎想像。當初開始寫這段文字的時候，我覺得未必能在有生之年寫完所有細節。那倒不是因為這是一部鴻篇巨制，只是因為我在寫這個故事的時候，以為自己身患絕症，大概三個月後就會病故。

因緣際會，故事後來的發展，撲朔迷離、百轉千迴，我的身體也發生了各種變化，當時想著能寫到哪裡是哪裡，如今卻越寫越長。

如果耐心足夠，我們達成共識，就開始吧。

第二章　南京儲物櫃

故事要從我三叔的簡訊說起。

今年過年的時候，我收到了陌生號碼發來的一條簡訊，是一段奇怪的文字。

南京鼓樓東，北極閣氣象博物館221號儲物櫃，新年快樂。

我單純是從這種欲言又止、毫無提示的文字風格中，發覺不對勁的。因為在我之前十幾年的時光裡，這種風格時刻伴隨著我，三叔發給我的所有訊息，都非常晦澀難懂，每條簡訊雖然清楚，但完全不知道他想幹什麼。

要說明的是，收到這條簡訊的時候，三叔已經失蹤了很久。

他是在一次探險中失聯的，探險的區域在塔里木盆地，據說那裡有一個下雨才出現的奇怪古城。他去探險的目的，我難以說清，我相信他是去尋找早於他很多年就失聯的陳文錦，或者有其他更加深遠的目的。

我三叔的行為處事非常離奇，現在我完全可以確認，他一直在調查一件非常神祕的事件。這件事情到底是什麼，到目前為止，我也只有一個自己認為貼近事實的推論。我一直希望有一天能親自問他，到底這些年在查什麼，他也可以親口告訴我答案，但目前看來，這樣的機會很渺茫了。

表面上，我認為他大概已經死在塔里木的沙漠深處了，但內心深處，我總覺得他沒有那麼容易死。這條簡訊的出現，非常像我三叔的風格，我心中又重新燃起希望。

而且北極閣歷史非常悠久，南朝劉宋始建司天臺後一直很有名。明初的時候，這裡建造了規模巨大的欽天臺，不知道汪藏海當時是不是也參與其中。

我沒有立即去南京，而是先去了一趟北京，把那裡的事情大概壓了一壓，才和胖子啟程。前往南京的高鐵上，我一直在看那條簡訊——我沒有像以前一樣第一時間嘗試撥回去，因為我已經懂得，先把自己藏起來，才是占得先機最好的方式。

胖子問我想怎麼弄。我一直在盤算，儲物櫃這種東西，每天晚上都會有人清理，如果裡面放了什麼東西，是過不了當晚的，這點很要命。所以我並不覺得能在儲物櫃裡找到線索。就算三叔還活著，在裡面放了東西，也肯定被收到失物招領處了。但這樣做也有好處，可以保證東西留下之後不被人拿走。還有其他的可能性，比如訊息或者東西可能貼在儲物櫃的隱蔽處。

要非常細心地排查所有的可能性才行。

胖子就問我：「三叔如果沒死，他為什麼不來見你？問題不解決得差不多了嗎？」

其實這才是我最忌諱的地方。之前我們經歷了條件嚴苛的冒險，那個巨大的陰謀應該已經瓦解了，按道理來說，三叔現在是安全的，但如果他還活著，為什麼還不能出來直接面對我？三叔不是那種臉皮薄的人，所以唯一的可能性就是，事情可能還沒有完全解決，在某個我看不到的角落裡，還有事情正在發生。

胖子看我嘆氣，就拍拍肩膀安慰我，讓我別多想，看到線索，也許就自有定論了，可能只是一條垃圾簡訊而已。

一路沒有太多的障礙，我們找到了氣象博物館館員，報了號碼，一路來到儲物櫃前。221號正好沒有人使用，打開後，我往裡看了看，果然是空的。胖子幫我擋住別人的視線，我在櫃子裡摸了一下，確定沒有任何夾層。問了失物招領處，也沒有。

胖子看著我。「傻了吧！是不是就是一條垃圾簡訊？」

我想了想，轉頭去看221號儲物櫃對面的牆，那裡掛著一牆的留言簿，從開館一直寫到現在。三叔有一個慣用的套路，叫做「暗度陳倉」。他留給你記號的地方，往往什麼都沒有，但是在記號附近和記號對應的那些地方，才是他真正藏東西的位置。

我拿手比劃著221號儲物櫃的位置，一邊比對著一邊走過去，來到一本留言簿前——它的位置正好對著221號儲物櫃。

簿子用線釘死在牆壁上的木條上，我開始翻閱，都是些奇怪的留言，還有表白的和到此一遊的。翻了幾頁後，我看到其中一頁上面寫著一段話。

轉讓聲明

茲將小松山常平路甲一段87號地塊，無償轉讓予吳邪。

轉讓人：吳三省

受讓人：＿＿＿＿＿＿

此文件簽署即完成權利移交，不需其他約定，其他文件在××律師事務所。

上面還有一個手印。

我愣了一下，胖子問：「怎麼了？」

我道：「我三叔留了一塊地給我。」

第三章　廢棄的氣象站

我把整本留言簿捲起來，用力一扯把線扯斷，往口袋裡一揣，就出了博物館。胖子跟著我出來，他還沒聽明白。

我找了個角落蹲下，仔細看了好幾遍這頁轉讓聲明，然後前前後後又翻了好幾遍，發現其他的留言都很正常，就只有這一頁有問題。

「這、這東西能生效嗎？」胖子問我。

我雖然懂得不多，但三叔如果真的想把東西留給我，其他文件肯定全都準備好了，於是點頭。只是我上網搜了一下這個××律師事務所，沒查到，可能需要一點時間託人去找。

胖子立即往回走，說要去翻那面牆上其他的留言簿，說不定還有貼錯的其他地塊的轉讓聲明。

我坐在臺階上等他，發了好一會兒呆才緩過來，用手機查資料。這個小松山常平路甲一段八十七號地塊，似乎是在南京冶山一帶，面積還不小。之前是一個氣象站，氣象站拆遷之後，整塊地被三叔買了下來。這也是十幾年前的事情了，當時的地價非常低。如今那個區塊地價雖然不是多麼昂貴，但比起當時，也算是一筆巨款了。

這不是三叔第一次買地，之前他自己住的那一片也幾乎被他買得差不多了，但是他肯定不是為了投資。我的第一反應是，這塊地的底下有什麼？

不過到了這個時代，墓裡的東西拿出來往往沒有墓占的土地貴，已經是事實。有這塊地在，地下有什麼似乎不太重要了。

胖子出來了，雖然他沒有再找到什麼，但是腰板已然直了，儼然是一個房地產大亨的派頭。

我們上車去治山鎮，胖子在車上開窗拿出菸來點上，搖著頭。「天真啊，你叔其實挺夠義氣的，胖爺我咋就沒這樣的叔呢？我看，咱們下半生的事業已經找到了，老天要你三更富，誰能讓你窮五更？總經理應該是胖爺我的吧？」

我沒空和他貧嘴，看著手裡簡陋的地契和上面的手印，心中這才開始翻騰。

三叔可能真的沒死。

一方面，我心中懸著的一塊石頭終於開始偏向讓我心安的方向，如果他沒死，那他在外面怎麼浪，都不關我的事；另一方面，他沒死卻不出現，又讓我心生恐懼。

難道，事情真的還沒有結束嗎？

吳家暗中斡旋了三代人，我也已經竭盡全力，現在不僅是我的心態，連我的心魔都老得走不動了，難道還沒有結束？我不敢細想。

或者這又是一個引我入局的圈套？

這我倒已經不害怕了，因為我早就不是當年那個單純的我了。我現在的想法是，既然別人要設局陷害我，當然是應他之約、將其完全打敗更加符合我的處世之道。否則你老是不入局，對方一而再、再而三，你終身不得安寧。

專車司機一路問人，問那個氣象站在哪裡。

冶山是一片礦山，那地方一片平原、一片丘陵。出了鎮，就是各種野山坡和各種地質保護區域。我按例查了縣志，知道這個鎮的礦山底下全是歷代礦道，最早發現的礦道是西周時期的，深入地下幾百公尺。不知道三叔買下這裡，和那些礦道有沒有關係？

我們從馬路拐進路邊的村子，說是氣象站就在村子的後山上。下車進到村裡，發現村子是個老村，長條形的，空間非常局促，木頭的老房子和新的水泥房子擠在一起，中間的道路都不能並排走三人以上，牆上很多「文革」時期的標語都還在。這裡的植被算是保護得好的，樹木參天，雖然往外走不到幾步就是村道，但是往山裡走走還是有一些陰森的感覺。

出村子就進到村後的荒山山道上，上了山後，胖子開始愁眉不展，罵道：「這地段只能修墳地啊，剛才進來那塊地多好，你三叔給你留的東西，咋都在犄角旮旯兒？」

「陰宅房地產也是房地產，幹一行愛一行。」我嘲笑他。

氣象站就得在環境干擾相對少的地方，方向是沒錯的。

到山頂，就看到了封住的老鐵門和已經腐朽的氣象站老掛牌。門兩邊是黃水泥的圍牆，不少地方已經坍塌；沒有坍塌的地方，牆頭上怒長著雜草，牆面怒爬著青苔和蜈蚣藤，那種長勢簡直要把牆整個吞沒。往鐵門裡看去，一棟氣象站的老建築立在那裡，外牆完全霉變斑駁，長滿了青苔和藤蔓，地上的落葉爛了好幾輪，估計走進去能沒過腳踝。

空氣中瀰漫著泥土、青草和腐爛落葉的潮霉味，夾著鐵門的鏽味，聞起來喉嚨發緊。

胖子眼睛都直了。「沒拆乾淨啊？咱們得自己拆啊？這路也不行啊，砂石車開不進來，怎麼搞建設？這是虧本買賣。」

我看著這個加大版的格爾木療養院，第一反應是扭頭就走，肯定有事，我都能感覺到一股巨大的壓力從那座腐爛的廢墟建築中滲透出來。這又是三叔給我的巨大潘朵拉盒子，不能打開，不能打開。

但我沒回頭，想著三叔如果現在在野外被野人綁架，能去救他的人只能是我。

胖子失望歸失望，但已經從邊上的破口爬進去。我跟著，兩個人蹚著雜草往裡一腳深、一腳淺地走。走近那幢水泥樓，我看到門口的外牆上，用塗鴉噴漆端端正正地噴了一行數字。

177×××5034
是一個手機號碼。
我拿出手機，調出那條簡訊，這個號碼就是發給我祝福簡訊的號碼。當時的手機軟體無法識別是不是垃圾簡訊。
我和胖子對視一眼，我從背包裡拔出大白狗腿刀橫在腰間，胖子在邊上找了一塊板磚。
我倆剛想往氣象站廢墟裡走去，忽然就聽到廢墟裡面有人說話。胖子一把抓住我躲進一邊的灌木叢裡，就看到從廢墟裡走出來兩、三個人。
其中一個人道：「我吳三省的名聲是說一不二的，老馬，你現在要是要了這塊地，不出三年，這地價還得再翻。我和村裡都商量好了，修路的錢，我和村裡一人一半，你只要給個名目就行。」
回答他的人說的是南京話，聽不懂，但似乎並不滿意。而最開始說自己是吳三省的那人，聲音非常熟悉。雖然熟悉，但絕對不是我三叔。我心中納悶。
我們在灌木叢裡抬頭一看，就看到一個熟人正往外走，不是別人，竟然是金萬堂老同志。
他帶人走到門口，指了指山下的村子。「這是狀元村，從明代開始出了十六個了，我吳三省看的風水，沒跑，你找人問問爺的風水造詣。地你拿下來，辦個學校最好。不信你問問我姪子，他高考前我就讓他來這個村待著，他非不信我，就待了半個月，結果本來可以上麻省的，卻上了浙大。」

邊上金萬堂的助理點頭。「我就是一時糊塗。我叔這方面不會錯。」

「這不是金大瓢把子（註2）嗎？怎麼來這裡了？」胖子輕聲道：「哥們兒幹麼呢？滿嘴噴沫的。」

我皺起眉頭聽了一會兒，忽然明白了怎麼回事。原來他倆冒充我和我三叔，在賣這塊地呢。

這時候廢墟裡傳來一陣敲砸的聲音，裡面似乎還有人在幹活。我看了胖子一眼，胖子問：「很尷尬，你準備怎麼弄？」

「幹ㄚ的。」我站了起來，大吼：「金萬堂！」

金萬堂剛把人送走，回頭一看到我，他完全沒有料到我會出現，一下子愣住了，接著整個人都跳了起來，「哇呀」一聲，撒腿就跑。

我和胖子兩路包抄，金萬堂手下過來攔，胖子將其提溜起來直接按地上，兩腳下去，他就不敢爬起來了，胖子繼續追。

三個人衝進村裡，金萬堂不太鍛鍊跑不動，胖子和我也跑岔路了。我一路追著金萬堂，在村裡的老祠堂門口把他一腳踹進人家院子裡，他立即大叫：「小三爺，誤會，一定是誤會！別動手，咱們講道理。」

註2　江湖術語，原指頭、腦袋，引申義指老大。

「你找死。」我掏出手機指著那簡訊問：「這簡訊是不是你傳的？是不是你在整我，把我騙過來？」

金萬堂看了看我的手機，沒反應過來，只是指著我說：「小三爺，好歹我是長輩，就算我做錯事你也不能動粗。」

我冷笑。「倚老賣老是吧？你再說一句你是長輩，我打電話呼叫小哥過來，揍不死你丫的。」

「我真沒整你，這簡訊我沒見過。」他也莫名其妙，看著簡訊。「莫不是三爺傳給你的？他人還在？」

「你管不著。」我收起手機說道：「說吧，為什麼假扮三叔賣我的地？」

金萬堂看我們知道不少，露出了尷尬的表情，但立即就掩飾住了，忽然他說道：「這是個誤會，這地是你三叔之前託我保管的，到時間就把這塊地交給你。如果你不要地要現金，我也得先找好買家。我尋思著先準備好把買家盤一盤，到時候要地還是現金，你自己選就行了。我這是服務到位。」金萬堂認真地看著我。

「你在幫我賣地？你是想吞了吧。」我道：「你們剛才不僅冒充了我三叔，還冒充了我，這狼子野心我還看不出來？」

「我吞這荒山野嶺的地有意思嗎？小三爺，這塊地那麼古怪，你難道沒看出來？」金萬堂神祕地說道：「而且，你知道當年你三叔為什麼要買下這塊地嗎？你知道了，就明白我這麼幹是為你好了。咱們啊，還是把地賣了，拿現金比較乾淨。」

第四章　「三叔」的屍體

這時候胖子追過來找到我們，喘成狗了，我們仨坐在人家院子的花壇上。我脫掉金萬堂的鞋，把鞋帶繫在一起，掛在我的脖子上。這老小子腳底板薄，光腳就不至於逃跑。

他哀怨地摳著腳，對我說：「小三爺，這至於嗎？咱們多少年交情了，可謂『交情鄭重金相似，詩韻清鏘玉不如』……」

「滾蛋，我這人眼拙，白眼狼當哈士奇也不是第一次了。你解釋解釋。」我把在博物館拿到的轉讓聲明給金萬堂掃了一眼。「這到底怎麼回事？前因後果。」

金萬堂眼珠轉了轉，剛想說話，胖子在邊上道：「老金，你這人是個王八蛋我們早就知道了，你王八蛋歸王八蛋吧，但是大事、小事分得清楚，這點我很欣賞。我告訴你，在這件事情上，騙錢事小，事沒說清楚，耽誤了咱們天真的正事，那就是大事。怎麼說你想好了，這麼多年朋友，我也不想把你的屎打出來。」

金萬堂假笑點頭。「胖爺，你提點的是，我有數、我有數。」他從口袋裡掏出菸，遞給胖子和我。

一看他表情，就知道他腦子裡在飛快地思考胖子說的話。替我們點上菸的時候，我看他已經下定決心。他抬頭望天，悠悠說道：「這是十幾年前的事了。」

「給我三句話說完。」我一下子就煩了。「以為我還是二十多歲，喜歡聽你們講老黃曆？老子自己的老黃曆都一車了，心裡啥都缺，就不缺這玩意。」

「行，我說實話。這塊地是你叔託我買的，他當時特別熱衷氣象這玩意，說這氣象站裡有他要查的東西。」金萬堂道。我問是什麼，他搖頭。「手續辦完你叔就不見了，一毛錢都沒給我。雖然當時也不貴，但地壓在手裡那麼久了，我也不痛快，所以就想賣了。但手續辦完，我又不是地主，賣不了啊！於是我就把心一橫，冒充你叔。但是小三爺你也別怪我，這事是吳三省幹得不地道。」

我轉頭皺眉，心說：鬼扯什麼？

他立即道：「這部分不重要，重點不是這個，你聽我說完。要賣地得先把廢樓給清了，我帶人來清場才發現，那棟樓裡確實有一個奇怪的東西，不知道是不是你三叔留下的。如果你三叔傳簡訊讓你來這裡，我看大概是讓你看那個東西。」

「是什麼？」

金萬堂看我起了興趣，鬆了口氣，他道：「說起來太麻煩，但是那東西就在上頭廢墟裡，你們幹麼不親自去看一下？」

我心想且不管他說的前因是不是真的，但我三叔託人辦事不給錢我是承認的，別說外人的錢不給，連去七星魯王宮的錢都是我墊的。這事其實看看當時的票據，就可以論明白；不過三叔讓我來這裡，肯定不只是給地那麼簡單，金萬堂這時敢這麼說，說明確實有東西，那必須先看看。

我於是把鞋還了，胖子提溜起他往回走。路上，金萬堂把事情的細節大概說了一下。

老建築是氣象站的老檔案館，二十世紀八、九十年代沒有電腦，那些氣象數據圖表都是紙質的。這些檔案有很大一部分已經電子化，加上這裡是地區氣象站，數據紀錄每年會匯總到南京氣象站，所以留在這裡的圖表檔案其實是廢紙。這大量的檔案中有大部分還留在這棟老建築的檔案櫃裡，積了幾十年的灰和潮氣，用金萬堂的話說，長滿了磨菇。

他清理的第一步就是把這些檔案櫃全部搬出去。作賊心虛，這件事情他打算速戰速決，完全沒有想過會發生什麼意外。結果清場第一天，工人就上報了一件奇怪的事情。

建築一共六層樓，在搬一樓靠牆的一排櫃子的時候，他們發現，在一個櫃子後面，藏著一道奇怪的門。其實是一扇普通的木頭門，刷著天藍色的漆，漆剝落得很厲害，門框因為潮氣都膨脹變形了。但奇怪的地方是，二樓到六樓相同的位置都沒有門，只有一樓有這道門，而且完全被檔案櫃擋住，似乎是人為地想要隱藏起來。

工人把門撬開，發現裡面竟然是一個簡陋的起居室，書桌已經腐爛發霉，單人床、熱水瓶上全是蜘蛛網，天花板上的油灰都發潮脫落了，覆蓋在地面上。

我們來到那扇門前時，我對這件奇怪事情有了更加清晰的認知。由於我是學建築的，一眼就看出來，那道門在那個地方並不是特殊設計，那其實是收發室的門。

在門旁邊的牆壁上，能看到後來磚砌的痕跡，我一下子就明白了，有人改了這幢大樓大門的位置。我們進來的入口是後來開的，原本的大門口在這裡。這個被藏起來的房間，只是普通的收發室，不知道為什麼被人用檔案櫃擋起來藏著。

大樓內部非常陰冷，走進這個收發室之後，我越發覺得毛骨悚然。我很久沒有進到這種環境中，進去之後拿手機手電筒一照，就明白了金萬堂所說的「說起來太麻煩」。

一具乾屍垮在這個房間中間的椅子上，幾乎完全乾化，身上的夾克黏在屍體上。我看著夾克，腦子「嗡」的一下，瞬間喉嚨就麻了。我認得那夾克的款式。

那是我三叔常穿的夾克。

我的腦子還沒有聯想出任何訊息，但是身體已經開始本能的發抖。沒有任何徵兆，我不敢往前走一步。胖子用手機照過去，我整個人的汗毛都豎了起來。雖然屍體的面貌已經腐爛，但是我有一種強烈的感覺，這具屍體，就是我的三叔。我回頭看了看金萬堂，他在邊上默默地看著我，表情不似剛才那麼圓滑，似乎在等我做出結論。

說實話，不管怎麼說，我還沒有準備好那麼快面對我三叔的屍體。在強行逼迫自己面對所有困難那麼多年後，我第一次奪路而逃，直接離開這個房間。

第五章　雷聲

胖子追了出來，他問：「怎麼了？一具乾屍就把你嚇成這樣？天真，你又活回去了。」

「是不是我三叔？」我問他。「你幫我仔細看看。」

胖子一看我的表情就知道我不是開玩笑，臉也沉了下來，拍了一下我的肩膀又回屋去。

廢墟的窗戶都已經腐爛了，塌出一個個窗洞。外面陽光明媚，照入房間的光線形成一個一個明亮的長方形，但是我們所處的地方卻非常陰冷，大量的檔案櫃擋住光線。我環視這個空間，覺得那一刻的等待很長很長。

隔了沒幾分鐘，胖子就在屋裡叫：「天真，你三叔是不是還有一個名字，叫楊大廣？」

我道：「我沒聽說過。」

「那我覺得應該不是你三叔。」他叫道。

我走回去，就看到他從屍體的褲子口袋裡拿出一張老身分證，正用手機照著。

我走過去，看到身分證上的名字確實是楊大廣，一九四八年出生，洛陽人。這張身分證和其他一沓東西用橡皮筋綁在褲子口袋裡，外面套著塑膠袋，裡面還有借書證、工作證等一疊證件，除了發黃發潮，保存得都還不錯。

胖子把上面的照片翻出來，完全不是三叔的樣子，和屍體的臉對比，卻有幾分相似。這個人應該就是楊大廣無疑。

胖子拍了拍我，和我對了一下額頭。「老狐狸沒那麼容易死。別瞎想。」

我鬆了口氣，有點腿軟站不住了，正努力鎮定。

金萬堂在邊上說：「小三爺，你也太看不起我了，要真是三爺的仙蛻（註3）在這裡，我能認不出來嗎？」

深吸幾口氣，我所有的感官終於都恢復正常。我開始聞到強烈的霉味和臭味，拍了拍臉，低頭去看乾屍身上的夾克。這件夾克實在太像是三叔的了，我不相信是巧合。很快的我又發現，夾克不是穿在屍體身上的，而是披在屍體上。胖子這時咳嗽了一聲，我一下子意識到，他事情沒說完。

我看著他，他道：「你先別高興得太早，這個人雖然不是你三叔，但他有可能，是你三叔的男朋友。」說著他遞給我一張照片。

這張老照片應該也是剛剛從那堆證件中找出來的，已經發霉發皺，上面有三個

註3　道教稱人昇仙後留下的遺體。實即乾屍。

人，戴著二十世紀八十年代的工程帽子，在深山裡背著大包，一副建設祖國大好河山的勞工模範樣子。照片是彩色的，裡面的人，一個是三叔，一個是楊大廣。這兩個人並肩站著，手拉著手，後面遠遠地還有一個人正在走來，是陳文錦。

胖子說道：「這照片夾在他工作證裡。你說一大男人家的，把跟你三叔的合影夾在工作證裡，是不是有問題？」

「他喜歡的是陳文錦。」我道。

照片上楊大廣雖然面對鏡頭，但是身體完全是偏向陳文錦來的方向。他和三叔拉著手，卻是三叔緊緊拉著他，楊大廣的手指是沒有閉合的。這張照片應該是三叔拉著他拍的，他所有的心思都在走來的陳文錦身上。

「這人到底是幹麼的？」

胖子把工作證遞給我，上面職位那一欄寫的是檔案室員工。我看看這照片，又看了看這張工作證。三叔不可能和管檔案的人帶著陳文錦在野外玩，沒有邏輯，這個人肯定還有我們不知道的身分。看三叔對他的態度，他們應該是相當好的朋友了。三叔的朋友很少，就算是普通朋友，也不會一起進山。

這件夾克是這個人死後，三叔披上去的。三叔應該來過這裡，發現自己的朋友死了，在屍體上披了衣服。

那三叔把我引到這裡，是為了讓我替他朋友收屍嗎？此外，他朋友怎麼會死在一間密室裡？

胖子一邊在收發室裡繼續翻找，一邊對我說：「這老頭兒肯定是突發什麼疾病死的，這間密室是他躲的地方，氣象站裡的人未必知道他死在這裡。你看他那大嘴，他躲在這種地方鬧事情，肯定是奇怪的事，趕緊找找。」

東西一堆一堆地被翻出來，我耐心且快速地翻看，都是飯票、報紙類的廢紙，還有很多氣象檔案——說實話，我完全看不懂那些圖表和數據，大部分都已經霉變，被蟲蛀得一碰就碎。胖子趴到地上，去看床下面的時候，驚呼了起來。

我也蹲下去，看到床下放著一堆鞋盒，都是二十世紀九十年代的那種皮鞋盒子，用塑膠袋包得好好的。

胖子趴下去，拿出來幾只，拆開盒子，一邊拆一邊還在祈禱。「全是地契，全是地契。」拆開一看，發現盒子裡都是以前聽音樂用的那種錄音帶。

我和胖子面面相覷，胖子拿出一卷來看了看，錄音帶上面貼著條子，寫著「遊園驚夢」，是俞振飛的錄音版。

「崑曲？老頭兒是個票友？」胖子愣了一下。

我們把床下的鞋盒子全部拿出來拆開，發現全都是錄音帶，而且都是各種戲曲。我更加疑惑了。

胖子把其他地方全部翻了一遍，再無所獲。我們出了收發室喘口氣，金萬堂擦了擦頭上的汗，遞菸給我說他沒騙我，這地方邪門，勸我趕緊出手，賺了錢一起分，因為三叔欠他錢太久，算投資，不算借貸了。

我看著錄音帶沒理他。金萬堂肯定是想把地吞了，但是現在和他計較沒有意義，我們互相抓著對方太多把柄，黑吃黑是沒處說理的。這塊地倒不用急著處置，重點是，三叔為什麼要我找到這個楊大廣？為什麼要我發現這些錄音帶，裡面真的是戲曲嗎？

我讓胖子和金萬堂周旋，自己則上車去堂子街淘貨，買以前的錄音帶播放機。這東西不好找，但總算有專門的鋪子懂這個，傍晚的時候從蘇州託人帶了一臺來。我在旅館插上電，放進去一卷錄音帶。

先有大概三十秒的空白，之後播放機裡傳出一連串奇怪的聲音，好像打鼓和某人的低吟。這些聲音是間歇的，伴隨著大量的白噪音。

我一度認為播放機壞了，或者錄音帶消磁了，拍了好幾下，錄音帶還是在轉動。換了好幾卷，都是一樣的聲音。我心中有些沮喪，但又總覺得不對，仔細聽了十幾卷，我忽然意識到自己聽到什麼。

竟然是雷聲。

這些錄音帶裡，錄的都是打雷的聲音。

第六章　楊大廣

我們把那個收發室裡的所有東西，全部運回鋪子裡，包括那具屍體。

胖子把屍體和椅子一起打包，包了一輛搬家公司的車，一路匡噹匡噹，連夜開回杭州。我把裡屋的東西整箱整箱地全部堆到前屋，塞在王盟的座位上，然後把運回來的東西，連同那些破舊腐爛的家具堆進去。

王盟都驚了。「老闆，你不從良了嗎？這是什麼墓裡出來的？怎麼看上去比咱們賣的貨還不值錢？」

我把屍體擺到我的躺椅前面，蓋上布，然後給了王盟兩百塊，讓他去跳廣場舞別礙事，就開始一卷一卷地聽錄音帶。錄音帶的數量遠比我想的多，而且有正反兩面，上面的標籤幾乎都是各種戲曲名和兒歌名，能看出他是用別人用過的廢帶子翻錄的，應該是生活比較困難。

由此我也大概猜出來，三叔和他之間的關係，後面應該是疏遠的，因為三叔富得很早，否則一定會接濟他。

我用了整整兩個月的時間，才把所有錄音帶全部聽完。這期間，我上車聽，下車聽，上廁所聽，洗澡的時候也聽。但是這玩意和其他聲音不一樣，聽著非常無聊，而我又特別用力、特別仔細，所有的細節都不想漏下，結果就是，我總是在不知不覺中睡去。睡醒之後，這卷帶子就得重新聽一遍，所以效率非常低下。

手機再也沒有新的簡訊。而我聽錄音帶的結論是，這個楊大廣，一定是個瘋子。

所有的錄音帶裡，錄的全是各式各樣的雷聲，各種頻率、聲響，很多還伴隨著巨大的暴雨聲。大部分錄音帶裡，雷聲的震度都是雷暴的級別。

錄音帶的銷售時間是可查的，他獲得這些錄音帶的時間只會比銷售時間晚。我初步計算了一下，就算以銷售時間的最早日期算起，因為並不是每一天都下雨，所以要錄下那麼多雷聲，唯一的可能性是：他是追著雷雨雲跑的。

雷雨雲往哪裡走，他就往哪裡走，這是一個追雷者。

但雷雨雲也不是時刻都有的，綜合所有的時間算起來，要錄下那麼多雷聲，最起碼，他需要堅持追著雷暴錄雷聲十六年之久。

這就是一個瘋子，他為什麼要這麼幹？這些雷聲有什麼意義？

胖子在第一個月過去後就意興闌珊了，說：「這人是世界上唯一一個『戀雷癖』，你信不信他被雷劈到就會高潮？」

我覺得不是，我看其他資料時，也發現了一些新的蛛絲馬跡。在他和三叔、陳文錦的合影中，他身上背著一個很大的機器。這個機器我找專家問過，是一個錄音機——第一代磁帶錄音機，體積很大。這張照片是在山裡拍攝的，也就是說，曾經有段時間，他錄雷暴的時候，和三叔在一起。

三叔這人無利不起早，他那個年紀，唯一能讓他早起的，就是陳文錦和倒斗。

我摸著下巴，鬍子很久沒剃，長了一大撮。在刮的時候，我開始糾結。看照片裡三叔的樣子，我不願意把他想成一個處心積慮的壞人，他看似和這個楊大廣是很好的朋友，甚至是哥們兒；但我三叔，從實際上說，他肯定就是一個處心積慮的人——為了自己的私人目的假裝和別人交朋友，你說他做不出來嗎？我覺得未必。

所以他會不會在利用這個楊大廣，用氣象知識尋雷聲，實則是為自己尋找古墓？這對於當時頑劣凶狠的三叔來說，絕對有可能。而且，追著雷暴走，感覺很像古代洛陽一帶聽雷探墓的法子。

或者說，這兩個人是狐朋狗友，楊大廣被三叔買通了？三叔當時是跟著他探斗的？但是探斗歸探斗，為何要把雷聲錄下來？難道這人的耳朵厲害到可以透過聽錄音帶，來判斷當時區域古墓的位置？不，按常理絕對不可能。我不管怎麼聽，都只能聽到非常模糊的雷聲，聽雷探墓必須實地去聽才有用。

這件事情的線索就停在了這裡。我後來也一直在重複聽這些錄音帶，但很快的，身體開始出現排斥反應，一聽就會非常焦慮和不舒服，甚至看到錄音帶就覺得有點噁心。我堅持聽了很久，少有的完全沒有線索，慢慢地連我也開始懈怠了。

我把錄音帶歸類，屍體檢查再三，託了關係火化下葬，胖子又各種搗亂……我們的注意力開始被六月黃（註4）吸引了。

夏天轉眼就到了，杭州熱，胖子想回福建山裡。我說我們這算是外出打工，還是要賺點錢回去，否則過年的時候難看。以前攢的那麼多錢，又是修路又是投資鄉鎮夜總會，都花得七七八八了，於是我們就窩在鋪子裡當外來務工者。

胖子在鋪子門口擺了五香豆腐乾和荷蘭烤香腸，這幾乎成了主營業務。我們白天賣豆腐乾，晚上喝小黃酒、吃六月黃，偶爾聊起這個事情，也越來越無感，似乎三叔的目的僅僅是讓我把屍體安葬好，那我也算是完成任務了。

另外我一直在琢磨怎麼把三叔這些事情告訴我奶奶，我怕她受不了這個刺激，最後還是決定延後再說。我爹知道之後就開始哭，數落三叔不孝，沒有人情，但總算是高興的，還讓我回個簡訊，讓三叔回家。我說再等等，說不定他自己就回來了。當然，三叔並沒有回來。

一天，我偷偷去樓外樓丟垃圾——他們的垃圾有人專門處理，我們的垃圾都偷偷丟到他們的垃圾堆裡。忽然天黑下來，毫無徵兆，雨傾盆而下。我跑回鋪子，還沒進門，天上閃電一閃，接著震耳欲聾的雷聲撲耳而來。我對王盟大喊：「把豆腐乾都收進去！」

註4　又稱童子蟹，是逐漸轉向成熟期的大閘蟹。

剛叫完，我心中忽然湧起一股異樣，我抬頭看著天上的烏雲，閃電再閃，雷聲再次滾了下來，非常清晰。

我渾身冷汗，忽然意識到，剛才的雷聲，我聽過。

我站在雨裡足足聽了十五分鐘，一直到胖子把我拖進去問我：「幹麼？忽然想《情深深雨濛濛》嗎？」

我衝進房間裡，拿出錄音機，掏出一盒錄音帶，用雨衣包著就衝進雨裡，對著天空，開始錄天上的雷聲。

雷暴很快過去了，我渾身溼透地回到鋪子裡，胖子就遞給我一個錘子。「歡迎你加入『復仇者聯盟』。」

我推開他，開始翻找楊大廣的錄音帶，我有一個驚人得讓人毛骨悚然的預感。

第七章　聽雷者

在聽錄音帶的過程中，為了防止錄音帶消磁，我把很多聲音錄進了電腦。我翻找錄音帶，找出編完號的那一盒，然後在電腦裡找出這個編號的檔案，一邊放著我剛剛錄下的雷聲，一邊放著電腦裡的聲音檔案，一點一點地去對比。

很快的，兩段雷聲開始同步，最終，我剛剛錄下的雷聲，和電腦裡的那一段雷聲，完美地重疊在一起——頻率、狀態，幾乎完全一樣。

我退後兩步，讓兩段雷聲不停地重複播放，胖子莫名其妙。我指了指電腦，告訴他，這一段雷聲，是十幾年前錄製的；然後指了指錄音機播放的雷聲，這一段雷聲，是剛才雷暴時錄的。

兩段雷聲完全一模一樣，這是絕對不可能發生的情況，相隔十幾年的雷暴聲完全一樣，假設這是巧合的話，機率無限趨向於零。

細想之後真的讓人毛骨悚然，平復了很久的好奇心毫無抵抗力地被再次吊了起來。我意識到這和我之前遇到的所有情況都不一樣，但我想不通這是怎麼回事——這怎麼可能？難道雷公是互相抄襲的嗎？

兩段雷聲不停地重複播放，我腦子逐漸進入了死循環。有個聲音一直告訴我：這一定有合理的解釋。我之前遇到的所有不合常理的事情，最終都有合理的解釋；但是另一個聲音一直在說：我現在遇到的事情和之前的那些事情完全不同。

我甚至想到了很久以前的那卷錄影帶——據說錄影帶來自青銅門後——黑暗中的雨聲和雷聲。這個念頭讓我渾身的雞皮疙瘩掉了一地，無數的聯想讓我的思緒猶如亂麻。

胖子在邊上想表達什麼想法，張了半天嘴，一句話也說不出來，最終小聲道：「這沒有道理啊！是不是所有的雷聲聽起來都差不多？」

我心說：這其實誰也不知道，因為從古到今，應該沒有一個人嘗試錄製過雷聲。如果楊大廣是一個搞氣象的，被三叔利用去找古墓，他會第一次嘗試收集雷聲，那麼他就有機會在大量的雷聲中發現什麼。他發現這個規律之後，那麼多年追著雷暴錄製雷聲的行為，就有解釋了。

他是想弄明白雷聲是怎麼回事，但三叔為什麼要讓我發現這個？

我關掉錄音機和電腦，和胖子坐下來，對胖子說道：「來，你枚舉一下各種可能性。」

「枚舉個頭！這還用枚舉嗎？」胖子道：「要嘛，這哥們兒十幾年前錄到的雷聲，不是當時的雷聲，他錄製雷聲的地方，能錄到未來的雷聲。」

我搖頭。「你別胡扯了。我不知道十幾年前他是在哪裡錄到那段雷聲的，但是十幾年後，在我拿到錄音帶的幾個月之後，我就聽到了一模一樣的，這說不過去。」

胖子點頭。「好，那只有另外一種更扯的可能。」他看著我。「如果不是巧合的話，那就是這種頻率的雷聲經常出現。十幾年前楊大廣聽到過一次，十幾年後你聽到了一次，中間還發生過無數次，都是這個頻率的。但是，任何固定頻率不停重複的聲音，別管是叫床還是打雷，都說明……」

我看著胖子，胖子也認真地看著我道：「說明裡面含有隱藏的訊息。」

說完，鋪子外又是一道閃電，接著雷聲再起，又開始下雨。我看著外面重新開始避雨的行人，問：「誰發出的訊息？」

胖子道：「只有老天爺知道。」

當天晚上我睡得非常不踏實，不知道為什麼，我一直夢到青銅門，夢到之前看到的錄影帶，夢到我自己在地上爬行，夢到天上無數的閃電。

早上五點我就醒了，雨一直斷斷續續在下。我在窗口看著天上的烏雲，頭皮一直是麻的。

我把楊大廣的所有東西重新看一遍，上網去查相似的訊息，仍舊沒有收穫。我盯著他的老身分證，看著他的臉和身分證上的地址，意識到我需要到他老家去一趟。

三叔教我的很多事情裡，有一個很有用的技巧——如果你要查什麼事情，但完全沒有線索，你一定要到唯一可能有線索的地方去走動、去感受。你不能待在自己房間裡乾琢磨，你得動起來。

楊大廣的老家，那是唯一一個還有可能有線索的地方。他老家在河南，那塊區域我還沒去過，權當是旅遊了。

第八章　塌方

第二天我和胖子就出發了。王盟落寞地看著我，說：「老闆，你怎麼剛回來就走？」

我又給了他兩百塊錢。胖子倒是一點兒異議都沒有。我看他頂著兩個巨大的黑眼圈，竟然也沒有睡好。他和我說，他想不通，幾十年來的大小經歷下來，多離奇的事也見怪不怪了，但這打雷還能打出花來，他實在想不明白。

我們悶頭趕路，到了楊大廣的老家，在村裡拿著他的身分證和照片到處找人問。出乎意料，楊大廣在家鄉非常有名，幾乎所有的老人都知道他，說他當時是村裡唯一的大學生，後來進了公家機關部門，很是風光，只是上班之後就再也沒有回來。

我就問楊大廣有沒有什麼親人還活著。有一個老人告訴我，楊大廣很是可憐，沒有兄弟，唯一的親人是他的父親，好多年前被槍斃了，聽說是因為盜墓。

我看了一眼胖子，胖子看了一眼我，我心說有戲。我問那老人楊大廣的老宅在哪裡，老人搖頭說老宅早沒有了，老墳倒是還在，就在伏牛山邊上，但那墳頭有點奇怪，長不出草來。

他還說那地方去不得，我和胖子都沒放在心上。比起西北和雲南那些原始叢林密布的山，河南的山要溫柔得多。而且老墳場一般都離村子不會太遠，即使進山也應該進不去太深。路可能難走一點兒，但不至於去不得。

哪知道細問之後，才發現完全不是那麼一回事，說是整座山都被封掉了，所有路口都有武警站崗，不知道山裡出了什麼事情，之後就一車一車地往山外拉碎石頭。他們也去打聽過，說是三個月前山裡發出六聲巨響，林場的看守查了半天不知道什麼情況就報了警，林業警察進山巡查，抓出七、八個盜墓賊來，之後武警就進山了。

胖子和我對視一眼，眼神中的意味很明確：這山裡有問題啊。抓住盜墓賊之後，立即封山，說明這幾個盜墓賊盜的不是小墓，肯定是巨大的考古發現；而且武警站崗，說明這個發現還不能立即公開。只有有顛覆性考古發現的時候，才會封閉式發掘，延遲公開。

老人顯然看懂了我們的眼神，就擺手。「你們覺得是古墓就想錯了，我聽說裡面挖出來的，不是古墓，是其他東西，比古墓更了不得。」

胖子就問老人：「你到底聽誰說的？」

老人「嘿嘿」一聲不回答了，我趕緊追問：「大爺，您別賣關子，您一起說完，到底是什麼？」

「不知道，真不知道。不過，村裡有娃兒放無人機進去拍過，後來有人來把無人機沒收了，把娃兒教育一頓。那個娃兒說，裡面有一座石頭山，被那幾個賊炸爛了一半，用的炸藥量巨大，山的芯兒都露出來，竟然是青銅色的，上面還有花紋，說是整座山的內膽，是一座巨大的鐘。不過後來娃兒回來說，應該是看錯了——這裡的雨季馬上就開始了，河南其他地方雨少，都集中在這裡了。水土不好，一到雨季，到處都是塌方。武警在，你們走不了正路，野路太危險了，不能去啊。」

老人言之鑿鑿，我們給了包香菸謝過，兩個人就在一邊的羊肉燴麵館子點了兩碗燴麵。胖子完全是懵的。「鐘是什麼？山塌了，塌出來一口鐘？咱們是不是錢沒給夠，老頭兒糊弄咱們呢？」

「山是幾億年的地質運動形成的，按道理來說，裡面最多有天然的溶洞，不會有任何人造的東西。如果山的內部有一座巨大的鐘，唯一的可能是，有人把山先挖空了，然後把鐘的零件運進去，再裝起來。」我不斷搜刮腦子裡的記憶，之前看過那麼多亂七八糟的野書、縣志，就沒有任何民間傳說裡寫過類似的事情。

話說回來，山裡發現的東西，與三叔和楊大廣聽雷有沒有關係呢？如果有關係的話，現在已經被封鎖了，我們是不是再也沒有辦法知道了？

我有一種直覺，這件事情和我們在查的事情，肯定有關係，否則不會這麼巧合。甚至那條簡訊，都可能是因為這裡發生的這件事，三叔才傳給我的，因為這兩件事情，都發生在三個月前。

我就知道不只是讓我收屍那麼簡單，他是想讓我透過楊大廣查到這裡，來關注這個山裡的青銅鐘嗎？我越想越覺得一定有關係，哪有那麼巧？

「老頭兒說得誇張，咱們沒看到照片不知道有多大，說不定只是一個土山包。」胖子喝了口羊肉湯。「中原地帶，哪那麼多史前奇觀？」

我正想說要不要想辦法去看看，忽地就看到店門口有一個人跑過來。那個人滿身泥巴，大喊著：「老鄉們！塌方了，有沒有能幫忙的？」

那人身上的泥巴裡還混著血，顯然受傷了。他叫了幾聲，連站都站不穩，很快後面的武警也趕到了。武警同樣渾身泥巴，也開始叫起來。剛才那老人站起來，開始幫忙喊。村裡的年輕人都出去打工了，剩下的都是老人和婦女，但這裡的婦女也很健碩，全圍了上來。

我們湊上去一聽，才知道山裡出現了塌方。第一次塌方的時候，武警上去救人，結果二次塌方規模更大，工地上能上的人現在都上了，指揮部讓人臨時從村子裡調人去幫忙。

本來我還在想混進去的方法，如今腦子一熱，也不用琢磨這個了，反正救人是義不容辭的。我和胖子對視一眼，胖子來勁了。「走！」

兩個人混在人群裡就跑到村口，村民們對於土石流都有經驗了，都帶著鋤頭、鏟子，我和胖子各借了一把。村口有運土石的軍用卡車，我們爬進車斗裡，車子就往山裡狂奔。

我們沒有想到是以這樣的方式進山的，進山之後，忽然天上烏雲壓下來，打了一聲悶雷，開始下雨了。我們剛下車就驚呆了，面前的整座山坡都坍塌了，巨大的泥山夾著石頭變成了液體，沖入山谷。所有的樹都在移動，好像地面是活物一樣。

開車的武警救人心切，就想開車直接衝過去，胖子爬進駕駛室，按住方向盤。「你別看這東西流得慢，裡面的石頭有幾噸重，進去之後一旦被裹住，就像進入石磨一樣，直接被磨成碎片！」

武警說不能等了，很多人被埋著，如果我們進不去，裡面的人根本不可能挖開那些石頭，那整個現場的人都會死。

大雨越下越大，我爬到車頂，看到天上全是閃電，這裡果然是河南的雷暴中心。天已經非常黑了，剛才老人說的山和鐘，在大雨中都看不清楚。

混亂間，土石流終於停了，胖子大喊：「走路，不要開車！」

我沒法細聽，趕緊跳下來。我們開始快速攀爬過泥石坡，往前又走了幾十公尺，轉彎就看到了他們操作區所在的山谷，已經全都被泥漿覆蓋了。

我和胖子衝進去，就聽到有人喊：「挖車！人都埋在車裡，快要沒有氧氣了。」

但是哪裡看得到車，全都是泥巴。胖子趴到泥巴上，就喊：「他們在下面按喇叭。」

我也趴下去，果然聽到泥巴下的喇叭聲，立刻開始挖。

我挖出第一輛車之前，壓根不覺得我們能救出人來，但好在車埋得不深，我們把車窗打開，把裡面的人拖出來。此時所有人都是泥臉、泥身，不分彼此了。

再去挖第二輛、第三輛……雨停的時候，我渾身都被泡爛了，精疲力盡，和胖子兩個人坐在水坑裡。此時雨聲退去，所有人的大喊和哭號才變得清晰起來。

再到後來，外面的消防隊一撥一撥地到了，我們被換下來。

我們互相攙扶著，到了一處高地的樹下，坐在石頭上。我手上全是水疱，胖子抬頭，本來快累死的臉色忽然變了，他用盡全身力氣，讓我抬頭。

我剛抬頭就看到了對面的山，立即意識到，這就是老人說的無人機拍到的那座山。大雨之後，我們終於能看到山的全貌，我目瞪口呆。

第九章　出神蹟了

我從未見過坍塌成這樣的山，整座山的一半全部塌了，露出了山的核心岩層，裡面全都是盤根錯節的縫隙，各種溝壑都暴露出來，猶如一塊被白蟻蛀空木頭內部的剖面圖。

那所謂的鐘，其實不是鐘，而是縫隙中的青銅片，一片連著一片，鑲嵌在裡面。這些縫隙裡幾乎都有青銅片，排列出來的形狀很像是一座巨大的編鐘，所以空拍的時候，看起來像是一座鐘的樣子。每一片青銅大概有汽車擋風玻璃那麼大，上面有花紋，可能是古物，但是在我這個距離看不清楚。

這些蟻穴一樣的縫隙是人工修建還是自然形成的，尚不可定論，但我看走向，應該是天然形成的可能性更大，只是裡面那些青銅片不知道是怎麼回事。

「好大一個白蟻窩子。」邊上的胖子和我的想法幾乎一樣。

「很驚人吧。」

我們身後有一個人說道。我們立即回頭，只見一個滿身是泥的人坐在我們後面，也看著這個蟻穴。

「還有更驚人的。」

我看著後面那人，雖然滿臉是泥，我還是覺得眼熟，但一時間沒認出來。

「你們猜裡面的這些金屬片，是什麼年代的？」

「搞這種工程，肯定和迷信有關，越大的迷信工程，年代越早，或者國家越富，應該是戰國時期或者盛唐時期。」我故作高深地說道。

「錯了，這是一種對於考古的客觀偏見。這東西是民國時期這裡的幾個道士幹的。」後面的泥巴人說道：「青銅片年代不久，工藝非常粗糙，上面全是道士的符咒花紋，縫隙裡還有很多生活用具，從這些用具上看，這裡應該生活了三到四個道士，住在裡面煉丹。」

「為什麼要這麼幹？」胖子就問：「三、四個人搞那麼大，得十幾年吧？不辛苦嗎？」

「那我就不能說了。你們不是當地人？怎麼在這裡？」

我一個激靈，太累了，忘記遮掩自己了，趕緊冒出一句河南話：「俺們是當地人，正巧回來探親。」

胖子立即接話：「俺們是好人。」

「等事情過去了，會跟你們簽保密協議，然後有獎金。你們就先在這裡，看到的事情，不能對外說，否則要坐牢的。」對方說完就站起來，往坡下走去。

我們求之不得，和胖子休息一下，就繼續下去救人。消防隊員進來得很快，他們比我們專業得多，我們下去就只能幫忙抬一些土石，救援工作很快就結束了。

這一次不幸中的大幸是，因為天氣預報有雷暴，所以大部分的考古工作人員都沒有出工，在工作帳篷裡做第一期出土文物的匯總。雖然坍塌非常嚴重，所有的帳篷都被埋了，但人幾乎都有跑出來；有十四個人失蹤，其中有大學生、實習生和幾個專家。之後還有一些救援人員受傷，在這種規模的塌方下，失蹤基本等於死亡。

氣氛很沉重，搜救工作還在繼續，消防隊搭了臨時帳篷，我們得以避雨休息。後續物資到了之後，有暖爐、毛巾、熱水和熱湯飯，還有換洗的衣服。我和胖子清理一番後，累到一翻白眼就能睡著。

雨後的黃昏特別美，但我知道明天一早就會發保密合約，有可能會遣散我們，我告訴胖子不能睡，但隨即我們兩個都睡死了。

醒過來的時候，又在下雨，雨點打在帳篷上。胖子拿了吃的，帳篷裡其他人都在睡，我們就默默地吃東西。此時應該是半夜，痛徹心扉的腰痠背痛襲來，我躺著回想之前發生的事情，忽然想起來，在坡上和我們說話的人是誰了。

「那人我認識，是一個民俗學的教授，姓齊，級別很高，普通的事是不會出來的。」我對胖子說。

這種級別的專家，都是有過國際性大發現的，如今直接到一線工作，看一個民國的東西，這不正常啊！這意味著什麼？我想起他之前說的「那我就不能說了」，說明除了民國道士建造的這個蟻穴，他們還發現其他事情。民國道士的蟻穴是可以和我們這些外人說的，其他事情，是不能說的。

那其他事情才是關鍵，這裡到底發現了什麼？

我拿出手機，從通訊錄裡找到他的電話。太久沒聯繫了，還是和老癢去秦嶺的時候和他聯繫的，不知道電話號碼還是不是同一個，但我發現這裡沒信號。

胖子說道：「那趕緊去套交情啊，我們這幾年從良的名聲還算可以，可以做出貢獻的。」

我道這種國家工程，他難道不知道重要性嗎？我們兩個什麼身分，對方也不是不知道。當年我三叔在的時候，因為都是考古系統的，所以給了我幾分面子。如今我們的動機非常微妙，你讓他怎麼相信，我們來這裡，是因為對一個叫楊大廣的人的身世感興趣？況且我們還不曉得楊大廣聽雷和這裡發生的事情的關係，要是問出大事來，我們倆吃不了兜著走。

此時一聲驚雷，我聽到帳篷外有動靜，就披上雨衣和胖子出去，外面已經聚集一大批人，正朝那座山跑去。

「怎麼了？」胖子大聲問。

「出神蹟了！」對方大喊。

第十章　藏地廟

我們跟著人群爬了二十分鐘，才到了山下，所有人打開手電筒，從山腳下去照上面的「蟻穴」，只見所有的青銅片都在震動。雷聲再次響起來，我忽然發現這裡的雷聲不一樣，因為這裡打雷之後，我清楚地看見山中的青銅片會震動，像是對雷聲進行回應一般。幾乎是同時，我們都感覺到腳下也傳來了聲音。

我和胖子找了塊石頭，俯身去聽，聽到石頭裡傳來無數的鐘聲，似乎是從地底傳出的。

「這地下面有一座廟？」這是我第一個反應。

胖子點頭。「藏地廟，藏在地下的廟。」

藏地廟是「滅佛法難時期」產生的，佛教徒在躲藏時，不得已把廟宇遷往深山的洞穴之中。現在我們知道的法難時期有三個，一個是北魏的太武帝時期，一個是北周武帝時期，還有一個是唐武宗時期，這三個時期被合稱為「三武滅佛」。這三個時期的藏地廟已經有多座被發現，但規模都很小。

如今這情況，看來有道士在山中的縫隙裝置了青銅片，這些青銅片和雷聲混響之後，似乎能把震動傳遞到地下，地下似乎還有一座大廟。鐘聲徐徐，道士們為什麼要這麼做？下面的廟和他們是什麼關係？他們不是道士嗎？藏地廟都是佛寺，完全不相干，簡直是撲朔迷離。

此時我看到之前坡上那個專家，忽然靈光一閃，對那個專家喊：「教授，那幾個在這裡修煉的道士，是不是姓楊？」

那個專家看向我，所有人都看向我們。我看那專家的表情，就知道我猜對了。

那不是三、四個道士，而是偽裝成道士的盜墓賊，也就是楊大廣的祖先，他們是民國時期到了這裡，就是為了下面的那座廟。但為何他們要在山裡掛這些青銅片呢？雷聲、青銅片、地下的鐘聲、聽雷的錄音帶，這一切的聯繫，才是這裡考古工作背後最大的祕密。

我表情興奮，腦子也在飛速轉動。那專家看我沒有後話了，忽然湊近，看了看我，然後說道：「吳邪？」

我一看對方認出我來，也裝不下去了，趕緊點頭。「齊伯伯，這麼巧啊。」

結果胖子會錯意了，他比我機靈，我一被認出來，他撒腿就跑。武警也是反應快，他一下子被按倒在大概三十公尺外。胖子立即大喊：「輕點兒，輕點兒，胖爺我剛救過你們戰友。」

我立即解釋這是我同事，他應該是忽然尿急，大家不要誤會。齊教授揮了揮手，武警才把胖子放開，但他目光炯炯地看著我，顯然在思索我為什麼會在這裡。

我十分尷尬，這裡的發現肯定是國際級別的。我們的身分，要是在飯店裡遇到了，估計還有頓飯請，但是在這裡，完全無法解釋。世界上的巧合不會巧合到：我正巧想到河南一個農村體驗生活，然後農村裡正巧有一個國際性的考古發現，我還正巧出生在長沙的土夫子世家。

講不通的。所以我來一定有目的，而我的身分可能又會讓我的目的顯得很不堪。

齊教授還是給了我幾分面子，招了招手讓我們先回他帳篷。

兩個人被提溜到帳篷裡，齊教授跟著進來的時候，我已經想好要說實話了。我有證據，我查我三叔的事情不犯法，而且到這裡來救人，是考古隊叫我來的，不是混進來的。

齊教授進來的時候，揮了一下手，武警就沒跟進來。他直接沉下臉來，罵道：「你們不要命了？做生意做到這地方來了！不是讓你們別幹這一行了嗎？」說完看了看帳篷外。「你怎麼解釋？明天所有人的身分都要查，你們不是當地人，怎麼逃得掉？你這個身分一查出來，跳進黃河也洗不清。」

我立即一五一十把所有的經過都說了，表明自己的立場清白。現在這個社會，不能隨便抓人，我們是無辜的。說完之後，齊教授沒有立即相信，但我有證據，把楊大廣的身分證這些東西都交給他了，他看了之後才放下心來，泡了咖啡給我們。我看他還能講得通道理，心中安慰。這些老專家講人情，而且願意相信人，我有些感動，就把我的分析也跟他說了。

齊教授聽了點點頭。「你想到的，我們都想到了。楊大廣是這裡楊姓道士的子嗣，我們了解得不多，只知道他失蹤了。」

我對齊教授說道：「我不知道這裡到底發生了什麼，但是這件事情應該和我三叔有關。而且，我覺得應該和雷聲有關。」

齊教授看著我們，沉默了很長時間，似乎是在做抉擇，最終他嘆了口氣。「跟我來，給你們看樣東西，反正你們要簽保密協議。」

胖子看了看我，我立即明白了，按照美國電影的拍法，教授是要給我們看背後的祕密了。之前的人生中，對於這樣的事情，我都是自己苦思冥想，如今有一絲感慨，其實有時候用點人情上的小手腕，對方也許就直接告訴你了。

走出這個帳篷，我們就開始往最大的那個帳篷走，我的心撲通撲通直跳。胖子跟在我後面，我以為他會大放厥詞，這往往是他大放厥詞的時候，但是他太睏了，一直在拍自己的臉。我們進到帳篷，裡面全都是盒子，上面全是泥巴。

「都被土石流埋了，我們又重新把它挖出來了。」齊教授和我們道。他按亮電燈，直接帶我們來到一個大盒子邊上。大盒子打開，裡面放著一個用塑膠布捆著的人形東西。

第十一章　羽化成仙

「在土石流爆發之前，我們已經挖通了山的下半部分，裡面有一條石道一路往下，但是石道的盡頭被水淹了，都是經年的雨水，我們下不去。這條石道非常長，兩邊都是石龕，石龕裡面就坐著這種東西。」齊教授把塑膠布打開，那是一具道教的神像。

但仔細一看，我發現這並不是泥塑的神像，而是一具古屍，穿著已經腐爛的道袍，道袍全都黏在屍體上。頭髮和鬍子很長，都是白色的。

「這東西可不是什麼國際性的大發現。」胖子輕聲道：「伯伯，這東西我能批發給你。」

齊教授示意胖子過來。「你掂一下。」

胖子看了看我，過去用雙手掂量一下這具古屍。一掂，他眼睛都瞪大了，又回頭看著我。

「怎麼了？」

「怎麼這麼輕？這是紙糊的？」胖子直接換成一隻手，輕鬆地抓著這東西。

「你們知道羽化成仙嗎？神仙羽化出來之後的屍體，輕如羽毛。當然我們要講科學，這些可能是用了特殊的屍體處理手法。」齊教授扶了扶眼鏡，拍掉胖子想擰掉屍體的頭看看裡面是什麼的手。「那條通道下面，應該是一座廟。你們都聽到鐘聲了，這座山下有空腔，裡面應該有一座大廟。」

我還是沒有搞懂，雖然山的底部有廟很玄妙，但我覺得不至於讓這裡被保護成這樣。

齊教授看著我。「所以你們認為這具屍體，應該是年代久遠的古屍，對吧？如果是古屍，這最多算是一個全國級別的考古重大發現，但這具屍體不是古屍。」齊教授從一邊的盒子裡掏出一塊簡陋的木牌子，是一塊靈牌。我看了一眼，上面寫著「太公楊守業之位」。

「這具屍體就是你說的楊姓盜墓賊的屍體，他們在這裡經營了很久，你一定以為，他們是用道士身分做偽裝，來偷下面廟裡的文物；但是正好相反，他們不僅沒有偷文物，還把他們在各地偷的文物集中起來，在這裡修建了下面這座廟。」

盜墓賊在修廟？為什麼？我心想。

「你看到的這具羽化的身體，應該是在民國時期死亡的。他們在這裡已經經營了快一個世紀，而且是在認認真真地修道，並不是在斂財。我們在清理山裡縫隙中他們遺物的時候，發現了來自十幾個不同墓葬的文物。他們到處盜墓，把戰利品搬到這裡，修建了下面的那座廟。在這些文物中，我們發現其中有三種類型的文物，來自三個時期非比尋常的大墓。」

齊教授頓了頓。「哪三個墓我就不說了，這三個墓我們業界曾經以為絕對不可能被盜。但楊家人應該進去過了，而且從裡面拿了東西出來。我們認為，從這三個墓裡盜竊出來的更多文物，應該在下面這座廟裡。這些文物一旦現世，就是這一百年以來，世界最大的考古發現，而且一次出現三個。」

我並不能肯定是哪三個墓，文物與博物館學系認為的大墓和我們認為的不太一樣，但是他不說，我只能往大的猜。這一猜，整個人都不好了，手指有點發抖。我腦海裡的選項，都是絕對不可能被盜竊的，一是根本找不到，二是根本下不去。我也不敢問，如果事情真的大到這個分上，不知道肯定比知道安全。

「還有呢？」我問道。

齊教授說道：「你們老九門在老楊家面前就是低能兒，沽名釣譽，擅長炒作。」

我們三人陷入了短暫的沉默。

胖子咳嗽一聲：「胖爺我，在這件事情上，同意齊教授的說法。」

「所以，這裡守衛那麼森嚴，是不能讓別人知道有三座大墓可能已經被盜了。下到最下面，看到廟裡的情況之後，我們才會對外公布。你說的楊家人，來自山西，是山西的南爬子（註5），他們不會一次盜空一座古墓，市面上也沒有出現那三

註5　山西一帶外八行的人對盜墓賊的稱呼。

座古墓裡的文物流通。這說明什麼？說明他們的盜竊行為可能不是為了售賣，而僅僅是為了修建下面的這座廟。在下面，也許不僅可以找到更多來自那三座墓裡的文物，還有可能找到他們打開那三座墓入口位置的線索，以及，他們到底為什麼要幹這件事情。」

齊教授目光炯炯地看著我，我嘆了口氣。「如果按照我查到的消息，下面的廟，一定和聽雷有關。也許這些楊家人都是聽雷探墓的高手，所以三叔才會和楊大廣搭伙。他們是不是對雷聲有什麼崇拜？比如說他們拜的祖師爺是雷公。」我沒有告訴齊教授雷聲重複的事情，是因為說了他肯定也不信，但現在在我腦海裡，很多事情都開始串起來了。

楊家人肯定知道雷聲重複的現象，這個可以說是世界級的巨大發現了。

他們在洛陽的雷暴中心的地下，修了一座廟，把從全國各地盜竊出來的文物用作修廟的材料，在裡面修仙，還挖空了一座山呼應雷聲。他們是否認為雷聲重複這件事情，和道教的雷法有一定關係？

道法自然，他們是想透過修仙，參透雷聲的祕密。

那為什麼要用從各地盜竊出來的文物，來修建這座地下大廟？這恐怕只有下去看到才知道。

不知道為何，我極想下去看看那座廟，我原以為看了那麼多東西，世界上應該沒有什麼會激起我的好奇心了，但我錯了。

「咱們什麼時候再下去？」我一激動，就脫口而出。

齊教授看著我，就像是看著一個小朋友。「想下去？入口被土石流埋了，就算我們進去了，也要解決那個通道被水淹的問題。如果你們能解決水淹的問題，把我們的人帶下去，並且安全地帶上來，那麼我可以聘你們做顧問。當然，如果你們在裡面拿一樣東西，就要牢底坐穿。」

第十二章　下地

當天晚上我睡得非常香，我本來以為會失眠，結果我低估了自己現在的惰性。胖子打呼嚕吵醒了一半的人，我卻壓根沒有聽到。

早上起來的時候，雷雨已經過去了，陽光特別明媚。我出了帳篷，還看到那座白蟻穴山和邊上山脈形成的山谷中間出現一道彩虹。

那天晚上，搜救工作繼續，我不知道有什麼新的進展。之後村民們被遣散，我和胖子則被帶到大帳篷邊上的一個中等帳篷裡。原諒我只能這麼形容，因為這些帳篷長得都差不多，我就把它稱為二號帳篷。這是一個辦公帳篷，裡面有印表機等東西，我們在裡面簽了保密協議。

之後我們等了一段時間，才去了一號帳篷。在這段等待的時間裡，我大概理了一下思路。

首先能確定的是，楊大廣的祖先並不一般，他們在這裡，進行了一個巨大的工程，這個工程和道教的雷法是有關係的。而楊大廣本人的屍體，則被我們發現在一個廢棄的氣象站裡。他身邊的錄音帶能證明，十六年來，他在不間斷地用錄音機到處錄製雷聲。那楊大廣很可能也是一個對雷法痴迷的人，至於為什麼痴迷，我們是不知道的。

楊大廣活著的那個年代，不能過於表露對修道的興趣，所以他可能用氣象考察這件事情掩藏了真實目的。而我三叔和他一起參與了聽雷這件事情。三叔不是一個迷信的笨蛋，那至少可以說明，楊大廣對於雷法痴迷的原因，三叔是認同一部分的。

如果沒有那一段重複的雷聲相隔十幾年重新出現，我會立即判斷，三叔接近楊大廣，是為了楊家修建在這裡的藏地廟裡的寶貝，他肯定是探聽到了什麼。但因為有那一段神奇的雷聲，我不得不認同，三叔更可能是對楊大廣家聽雷、修雷法這件事情有一定程度的探知欲和好奇心。

既然楊大廣的祖先在這裡聽雷，還修了一個規格超絕的藏地聽雷廟，那麼我覺得雷聲重複的祕密，很可能就隱藏在我們腳下，我能下去真的是挺幸運的。

在一號帳篷，開會之前先默哀，然後齊教授才介紹了我們。沒有人在意我們，可能是因為突逢大變而且眼見如此巨大的災難，所以士氣比較低落。胖子自我介紹的時候說了幾個笑話，也毫無用處。所有人尷尬地笑了幾聲，幾乎沒有其他反饋。

我表示理解，活到這個年紀的人，都有過失去身邊人的經歷，那絕對不會好受。

於是幹正事，我看了之前他們勘探的剖面圖，畫得很精細。

隧道是通過一條山體縫隙延伸的，如果山沒有坍塌成這樣，那麼在山體上應該有一個洞口。進入洞口，往上可以到達山體裡「蟻穴」部分的所有縫隙，往下可以進入這條斜著向下的甬道，甬道大概往下七百公尺，就被水淹了。

這個入口現在在土石流下面，正在被重新清理出來。按照一般推理，甬道再往下，乃至於甬道通向的地下空間，應該都已經被淹沒了，但昨晚我們都聽到了地下的鐘聲，說明地下是有空氣的。那麼這一段被水淹的部分，很可能和抽水馬桶的結構一樣，甬道在某個位置有一個彎曲，形成了一個水密封，外面的空氣和裡面的空氣就被這一段水道所隔離。

這一段水道不會太長，而且會有往上的趨勢。我把我所有的分析快速說完，有人就質疑：「那如果外面的水太大，裡面還是有可能會被淹。」

我知道並不會，心說這幾天那麼大的雨，如果沒有放水的設置，多大的空間都已經溢出來了，但這種情況並沒有發生，說明甬道的盡頭、鐘聲傳來的空間裡，是有洩水的通道。我實在不想解釋這種結構的放水原理，就給他翹了個大拇指。

齊教授告訴我，潛水設備下午就到，這種潛水屬於洞穴潛水，得我和胖子探明下面的情況之後，他們再跟我們下去。如果水量不多，他們還是傾向於把水抽乾後再進去。

我告訴齊教授，這裡的天隨時可能下雨，最好的辦法可能是潛水進去之後，用繩子把設備和裝備等運進去，在裡面做一個臨時基地，等有條件了，再把電纜拉進去。

長話短說，下午我們喝了點燒酒，那邊的入口也重新被挖出來。潛水服到了之後，我和胖子兩個人穿上，準備鑽進去。胖子想要把槍，被拒絕了。胖子就抗議，萬一裡面有妖怪怎麼辦？齊教授怒目瞪了我們兩個一眼，我們只好作罷，但是有個戰士給了我們戰術匕首。

灰色的石頭隧道非常低矮，楊家人應該都是小個子，我們彎著腰前進。兩邊有很多挖出來的神龕，如今都空了。齊教授說之前給我們看的那些羽化的屍體，就是在這些神龕裡發現的。裡面的屍體應該都已經被保護起來了，除此之外沒有任何文物，這只是非常粗糙的人工隧道。齊教授陪著我們下來，他身體很硬朗，隨行的還有一個武警。

「怎麼這裡的神龕這麼多？不是說只有三、四個道士嗎？」胖子很注重細節，覺得奇怪。

齊教授就說：「楊家盜墓賊確實只有三、四個人，但我們清理這裡的時候，還發現了很多古屍，都是漢代的。我估計，原本這裡就有很多修道的道士遺體，楊家人在修廟的時候，從各個地洞裡發現了，就都供奉了起來。說明幾千年來，這裡一直有道士聚集修道，這是一座『仙山』。」

我和胖子面面相覷。我們之前也遇到過這種地方，那真的是滿山的洞，洞裡有各個年代的各種死屍。不知道仙山這個資格，道士們是怎麼確定的，此外為什麼有那麼多人想成仙？

很快到了七百公尺深的地方，我們無法繼續前進，甬道斜著插入水裡，胖子用手電筒照了照面前的水，是泥巴水，非常渾濁。

「我們下去什麼都看不見。」胖子說道：「只能在水裡往前摸，你知道這有多恐怖嗎？」

「我們扣上繩子。」我對胖子說：「有事讓武警兄弟拉我們回來。」

胖子看了看身後的武警，是個年輕的小夥子。「你要是走神，胖爺我做鬼也不會放過你。」

我看著泥漿一樣的水，也不知道前方水道有多深，確實，這種探索只有我們這樣的人敢去，專業探險隊都未必願意下去。我拍了拍石壁，讓胖子沿著石壁，千萬不要離開石壁，否則如果下面有岔道，就會非常非常危險。

兩個人帶上設備，爬進了泥水裡。水非常冷，最開始幾分鐘，冰冷的水讓我所有感覺都消失了。防水手電筒的強光開到最大，能見度幾乎為零，只能感覺到光線，但我能聽到胖子在我身後的嗚嗚聲和氣泡聲，稍許欣慰。

我一隻手摸著石壁，慢慢地往前游動，每游一會兒，就摸一摸腰上的繩子，胖子的聲音也一直跟在我後面。我本來以為十到十五分鐘，應該就能到另一頭出水了，但是這條水道遠比我想的要長。

游著游著，我的手忽然一輕，發現摸的石壁一下子不見了，我似乎游進了一個很大的空間。本來水道很局促，能摸到邊多少有一些安全感，但是忽然摸不到了，我就心慌了一下，立即去摸上面和下面，發現上下都摸不到了，這應該是出了水道，進入一個很大的水下石室裡了。我立即後退，想退回剛才的地方，卻一下子撞到胖子身上，被他一推，我直接打了個轉，失去了方向感，不知道剛才的出口在哪裡。

我在水裡划動雙腳，讓自己穩定下來。就在這時，我聽到身後的胖子笑了起來。水裡傳聲非常清楚，那是水下的笑聲。我心中惱怒，心說有什麼好笑的，同時我就感覺，拉著我的繩子被什麼東西帶了一下，扯了我一下。

我抓住繩子，以為是胖子，就往胖子發出聲音的地方伸手。這個時候，胖子的聲音消失了，四周瞬間跌入安靜之中。我往胖子的方向游了一下，就摸到胖子的繩子。胖子的繩子竟然不知何時一路往下，通向這個空間的下方，就像是魚餌被咬鉤的魚拖下水底一樣。

我拉了一下，對面的力道很大。

正在疑惑，我又聽到身邊有人笑了一聲。同時，有什麼東西搭住我的肩膀。

第十三章　水鬼

胖子在下面，那怎麼還會有人搭我的肩膀？我猛地轉身。因為什麼都看不見，只有觸覺，我的心跳一下子就變得非常快。

幾乎是瞬間，我的手臂、腳踝，都感覺到有人的手搭了上來。

這些手冰涼，起碼有六、七隻，我腦子一下子就炸了。

胖子哪有那麼多手？難道這水裡還有其他人？

我開始掙扎，四下轉圈，但很快的我就發現不對，到處都是人，我什麼都看不見，卻怎麼樣都能撞到人。轉瞬間我又想到胖子往下，肯定也是因為發現四周全是人。這是水鬼嗎？胖子是被拖下去了，還是因為四下找不到空隙，往下溜了？

不管了，我一個猛子往下，也筆直地往下游，下面果然沒有人。我划動四周的水，冰冷的泥水被攪動開來，視線變得更差。大概四十秒後，我就沉底了。我往邊上摸，摸了三圈，發現胖子的繩子，我一把拽住，發現那繩子正在被拉動。

我抓住繩子，立即就被繩子拽住了。我心裡想，完了，胖子大概是被水鬼抓了，這是要拖他去吃呢！這楊家人夠老道的，不僅修了隔離空氣的隔水段，還在裡面放了水鬼。

我當即心一橫，這一次來沒帶管制刀具，只借了把匕首下來，我得去把胖子救回來。我順著繩子拉動的方向一路快速游過去，一會兒後，繩子好像進了一個岔口裡，我也直接游進去。岔口後是往上斜著延伸的甬道，我攀著繩子快速爬動，忽然覺得渾身一重，腦袋竟然出水了。

潛水鏡上全是泥漿，但我還是看到胖子掄著手電筒，猛地往我太陽穴打來。這一下敲得真重，好在我躲得快，只是把我的潛水鏡打飛了，掉水裡一下子就找不著了。我太陽穴被狠狠地刮了一下，疼得我大叫，胖子這才認出來。

「天真！」

「你打地鼠呢？探頭就打！」我大罵。

「不好意思，不好意思。胖爺我以為水裡的妖怪出來了。我說怎麼那麼沉呢，原來在繩子那頭的人是你。」胖子道。

我被他拉上去，發現這裡和我們剛才進來的甬道很像，但是已經有空氣了，四周並沒有水鬼，不由得鬆了口氣。

「你怎麼找到這裡的？」

「你沒發現啊？水裡都是東西，多手多腳，我也不知道是什麼。」胖子罵道：「我又看不到你，拽你也沒反應，我當然先脫身，結果一脫身，脫大了，就找不到方向了，東摸摸、西摸摸，就摸到這裡來了。」

我抹了把臉上的泥水，心說：這下面不知道有幾條岔路，我們有沒有走對啊？這是什麼地方？我用手電筒照了照，還是之前的風格，甬道到了這裡出水，後面非常深邃，手電筒照不到底。這下面應該只有一座藏地廟吧，總不會有迷宮一樣的結構。我想著他們就三、四個人，修一輩子能修出一條地道、一座藏地廟就不錯了。

「如果我們運氣好，這裡很大機率是對的，我們鬼使神差地通過了這段積水。」我說道：「如果運氣不好，那麼我們往下走，不知道會走到什麼地方去。」

「不管走到什麼地方，不管發現什麼，都是成果不是？」胖子說道。

不過這泥水隔斷真不好弄，潛水高手還行，齊教授他們就吃不消了。在水下，一緊張就容易呼吸紊亂，萬一嗆水了，有氧氣瓶也會死。更何況裡面到底是什麼東西？

我和胖子脫掉腳蹼，胖子拽了一下從水裡伸出來的繩子，想讓自己的活動範圍寬裕點，一拉卻愣住了。「怎麼還那麼重？」

我和他對視一眼，立即就把匕首舉起來，同時把手電筒照向水面。繩子一下子繃得很緊，胖子差點就被拖回水裡去，他立即穩住，往後退幾步，開始拉繩子。他直接把匕首卡在繩子扣上，如果堅持不住，就切斷繩子。

我立即上去幫他，兩個人用力把繩子往外拉，胖子大叫：「你說會不會是那個武警小夥子以為我們遇難了，要把我們拉回去？這可太尷尬了。」

「你拉出個信號頻率來，讓他知道我們沒事啊！」

「這小夥子是個實心眼啊，他就想把我們拽回去啊，我哪有機會拉出個信號！」胖子大罵的同時，我們兩個人都快被拉進水裡了。「這什麼力氣啊？絕對是水鬼啊！」

胖子說著就要動刀切繩子，就在這個瞬間，他的繩子一鬆，我和他一起飛了出去，摔了個四仰八叉。

胖子再一拉，發現繩子鬆了，另一頭似乎斷了，不過卻不是毫無重量，繩子這頭還是有東西的。他拉了幾下，水面忽然翻騰幾下，六、七具被繩子纏著的蒼白屍體一下子就被拖出水面。他們全都穿著和齊教授他們一樣的工作服，我立即就明白了，這些都是在土石流中失蹤的工作人員。他們躲進這裡，結果被雨水沖進泥水裡，溺水犧牲了。

剛才我們在水裡游泳時拉著的繩子，把他們全都纏繞起來，隨著我們的前進，他們也一直在被我們的繩子帶著走。胖子又拉了幾下，屍體被拉出水面，沒有了浮力支撐，屍體變得很重，擱淺在旱水交接的地方。胖子癱倒在地，大口地喘氣。

「剛才他們是不是卡在什麼地方了？」胖子問我。「被我硬拽過來了？不對啊，剛才有東西在往水裡拉。」

確實，剛才是有一股極強的力量在往回拉的，是這些屍體在拉我們嗎？還是水下有什麼東西？

我反射性地拍了拍身上，想找一根菸，結果只找到了我的戒菸棒。我叼上，假裝抽了一口，用手電筒去看屍體的臉。

這些臉不對勁。

我看過很多屍體，凡是在古墓中的，臉色大多不是很恬靜。但凡臉部緊縮，出現一種類似笑容的表情，基本上是死前遭遇了極端恐懼形成的。這種恐懼必須達到讓人窒息的程度，才會出現這樣的表情。這些屍體都是這樣的表情，如果是當年的我，已經被嚇得尿褲子了，還好我今非昔比。

我看了一眼胖子，胖子也和我有同樣的疑問：「如果是屍體在拉我們，是要拉我們做替死鬼嗎？」

「我們在水裡遇到屍體的時候，沒有被攻擊，出水之後，卻遇到了強烈的反向拉力，想把我們拉回水裡，加上他們這讓人毛骨悚然的表情……」我照了照我們要繼續深入的方向，一片漆黑。「我想如果真的有鬼，有可能他們不想讓我們繼續往前走，他們想警告我們。」

甬道的盡頭一定有什麼，他們在被土石流困在這裡的時候，是不是看到了什麼？

我們把屍體一具一具搬上來，幫他們闔上眼睛。胖子和我默哀。考古工作非常危險，又要忍受常人難以忍受的寂寞，這種犧牲對於這項工作來說，損失是非常大的。

胖子的繩子已經斷了，只剩下我身上的一根繩子，我有些心慌，但我們不能停下來，我們得繼續往前走。三叔的祕密和這些犧牲者的價值，都看我們接下來會看到什麼了。

我和胖子沒有馬上前進，我透過有節奏地拉動繩子，大概傳遞了一些訊息到另一端，表明我們安全過來了，現在要進行第一輪查看。

對方是不是懂，我一點也不在乎。兩個人坐下來，先做了一個總結。

這水，我們不能再下去了，這是我的直觀感受。不管是這些屍體的問題，還是水裡有其他問題，現在再下水，出事的機率很高。如果是新手，現在會非常擔心怎麼回去，我和胖子還算是比較坦然，按我們的經驗，車到山前必有路，我們幾乎沒有一次是原路出去的，總有其他路。

胖子試了一下對講機，一點訊號都沒有，也就作罷。兩個人收拾一下，我解開繩子，拉著繩子走不方便，想找個地方繫一下，但完全找不到任何可以掛住繩子的地方。我拉著繩子，提溜著往前走。沒走幾步路，就看到一個神龕，裡面有一具羽化的屍骨。

而且這個甬道裡，連塊石頭都沒有，清理得特別乾淨。胖子掏出匕首，用繩子卡住匕首打了個特殊的死結，然後找了個縫隙，把匕首卡進去，角度弄好之後，繩子一拉緊，匕首就會卡在縫隙裡，難以拉動。我們兩個開始往甬道深處走。

水太冷了，導致現在我們赤腳踩在石面上都感覺是暖的。我和胖子對視一眼，一把匕首和兩個手電筒就是我們全部的裝備了。

這往往是一段探險最精采的時候，手電筒照著前面，幽深無比，我知道一定會出現什麼東西，讓我們大吃一驚。

這裡非常安靜，能聽到一些滴水落下的聲音，都是從甬道頂上滴落下來的。兩邊時不時地出現一個神龕，大多是之前那種羽化的屍體，我和胖子有默契地一個都沒碰。我們裝備太少了，萬一有一具起屍，只能肉搏。

走了大概兩根菸的工夫，往上的趨勢放緩，兩邊的神龕開始密集起來。胖子用手電筒掃過去，前面的甬道變得非常非常窄，不僅窄，而且更加低矮。兩邊出現了大量神龕，每個神龕裡都有一具羽屍，一下子顯得有點擁擠。怎麼說呢？我們只能匍匐著，側身從那些屍體的中間通過。

「這何必呢？」胖子說：「前面那麼寬敞不住，非都擠到這裡來，這裡是CBD（註6）啊？」

我用手電筒照了照，心裡發毛，心說這要是出點事，就被淹沒在屍潮裡了，一點兒生還的機率都沒有。

胖子嘆氣。「要是小哥在這裡，手劃破，血一灑，嘩，讓他們抬我們過去。」

「這不是不在嗎？想點他不在時能用的辦法。要嘛把你一劃，嘩啦，全是油，我們刺溜一下就過去了。」我調戲他。

註6　中心商業區，Central Business District。

胖子也不生氣，笑道：「你不配用胖爺我的神膘，一滴油十滴血你知道不？」他也看了看前面，所有的屍體幾乎都面貼面，我們要進去，面前、後背都是屍臉。「這也太嚇人了！唉，要不咱們妥協吧，算了。」

「你可聽說了，裡面有那幾個墓裡的寶貝，那幾個墓裡的寶貝，你要是現在不進去，等教授進來了，未必給我們看。你受得了嗎？」我問胖子。

「我是受不了，那也得有個兩全其美的辦法。」胖子又照了照。我也低頭跟著他的手電筒光看，這一照，我看到在這一段甬道的盡頭，很遠的地方，有一個東西閃了一下。

「什麼東西？」

「好像是手電筒光。」

我「嗯」了一聲，那邊也有人在往這裡看？仔細再照了照，就發現那個閃光沒了。如果一會兒有，一會兒沒有，那就不是鏡子……

我和胖子對視一眼，胖子說道：「我說啊，絕對是手電筒光，該不是有倒斗的進去了。天真，咱們既然收手了，別人也別想喝湯啊，去幹死丫的。」

我摸著下巴，越發覺得不妙，一種非常非常不祥的預感讓我渾身起雞皮疙瘩。這地方是有問題的，我太熟悉這種詭異感了。就在我猶豫要不要前進的時候，忽然聽到一聲雷聲。

我們身處岩層之中，雷聲聽起來很不一樣，竟然是有如波浪一樣的。我聽了一下子，瞬間就明白了，這是上面那些青銅片傳導下來的雷聲。雷聲幾乎從四面八方向我們湧來，我一時間覺得自己真的在某種神異的環境中，不是恐懼的感覺，但是十分妖異，覺得這個甬道、前面那麼多的屍體、四周的聲音，全都妖氣沖天。

恍惚間，我往回退了一步，有點想退卻了。對不起，我真的是一個會在這種關頭放棄的人。就在回頭的瞬間，我看到在我們身後跪著一個人。這個人是平空出現的，剛才根本沒有。

第十四章　珠光寶氣

我用手電筒光掃過去，那裡一下子就出現了一個人。手電筒照出他的身體，就那麼跪在甬道裡離我們六、七步遠的地方，低著頭，看不到臉，但是渾身都是溼漉漉的。

這一下把我嚇得大叫一聲，整個人跳起來，腦袋撞在岩石頂上，撞得我眼冒金星。胖子也被我嚇了一跳，直接做出了防禦的動作。接著那人就抬起頭，我一看，咦，齊教授？他怎麼進來了？

齊教授臉色蒼白，面無表情地看著我們。在手電筒光下，猶如一具屍體。我們趕緊上去，把他扶起來。齊教授渾身冰冷，一張嘴就吐出一口黃泥水，翻了白眼。胖子忙按他人中，按了半天，齊教授才吐出一口氣，人也醒了過來。我和胖子長出一口氣，問他怎麼回事。

齊教授虛弱地比劃了好久，才把事說清楚。他說看我們的繩子動得厲害，以為我們在讓他過去；另一方面，他知道我們成功地過來了，越想越覺得不放心，覺得我們兩個有前科的人，最先看到那麼重要的考古發現，不知道會不會起歹心。

那邊還剩下一副潛水設備，他就自己順著繩子先過來了，但是他沒想到下面什麼都看不見，還那麼冷；而且他沒有經驗，潛水服裡穿著工作服，一泡水，整個人又重又暈，加上年紀又大，差點就過去了。

胖子聽完說道：「嘿，敢情您是防賊來了？我們是專業的，絕對不會破壞、偷竊，最多偷拍。您這多餘的擔心，搞得老骨頭都快散架了。」

齊教授表示，如果只有我一個人他是相信的，但胖子他絕對不信。雖然我也有點哭笑不得，但是我能理解這種心態。我替齊教授揉胸口，齊教授慢慢緩過來，就去看面前這一道又窄又密集的古屍走廊，胖子用手電筒替他照明。

所有的古屍身上穿的都是發黑的道袍，齊教授立即道：「這些屍體，你看他們的衣服，都是古法縫製的，而且多是用麻布製成，說明年代比我們之前看到的還要久遠很多，可能是這裡最早的一批修道者的遺體，咱們過去的時候不要碰到他們，以免損壞。」

就在這個時候，我們都看到了，在走廊最遠端的黑暗裡，又有一道閃光亮了一下。只見齊教授一個激靈，我看他表情，他似乎知道那是什麼，眼睛瞪得渾圓，渾身都興奮起來，有如小男生第一次進女澡堂一樣。

我立即說道：「齊教授，我就知道你有什麼東西瞞著我們，怎麼，那亮閃閃的是什麼東西？你肯定知道。」

齊教授道：「那是水銀琉璃做底子的碧璽盆景，那閃過的東西，是水銀，每隔一炷香的時間，就有水銀瀑布從盆景裡滑落下來，形成銀瀑為水、碧璽為桃李、琉璃為山的精妙造型，而且體積很大，應該有一面牆那麼大。這是藏地廟照壁上的裝飾。」

「你怎麼知道得那麼清楚？」

「我猜的。這東西不是這裡的，是從一個大墓裡盜過來的。我看過一些野史，我之前在上面勘察的時候，看到有一塊青銅板上，畫著這個東西，和野史中說的非常像，我就猜這東西是不是真的有，沒想到確實如我推測，那寶物被盜竊到這裡來了。」說著，齊教授就開始往古屍走廊裡爬。「我必須得親眼看看。」

本來我覺得那閃光非常不妙，被齊教授這麼一說，它變得珠光寶氣起來。而且齊教授講話非常篤定，我不敢在他面前造次，就和胖子對視一眼，想著怎麼勸他別進去。再看齊教授，竟然已經爬進去很深了，他爬得飛快，我心中覺得有些異樣。一個老頭兒，怎麼可能爬得那麼快？胖子趕緊也進去追他，但是胖子太胖了，擠了兩下沒進去，就換我。我爬進去，手電筒照著前面，就看到前面齊教授的腳。往前爬的時候，齊教授的腳根本不動，但是速度很快，就像是一條蛇，迅速就把我落在了後面。

我當時就覺得哪裡不對勁，無奈齊教授雖然爬得那麼快，但什麼事情都沒有發生，我便稍微放下心來，跟著他往前爬。胖子也跟著爬進來。

屍體都貼在我臉上了，和後腦杓幾乎只隔著一掌，一刻都不能停留，一刻都不能多想。我渾身的雞皮疙瘩，一會兒起來、一會兒消失，只能盯著前面的齊教授。爬著爬著，我發現地上特別溼，似乎都是從齊教授身上流出來的水。

尿了？

但是沒有任何尿味。我心裡正想著，齊教授已經消失在我的視野裡，前面只剩下一排屍體。雷聲還在繼續，我只能咬牙前進。也不知道過了多久，也許只有幾分鐘的時間，我終於看到出口，前面開始變寬了。

我咬牙快速爬動，終於爬出去，外面似乎是個天然的山洞，地面還算平坦。我站起來，看到齊教授站在那裡，在他面前，就是他所說的那個照壁。上面是一個和他說的一模一樣的琉璃盆景，非常大。在手電筒光的照射下，流光溢彩，精美絕倫。

齊教授還在渾身滴水，我走到他面前，看到他目光呆滯地看著那盆景。

「真的有。」他發著抖，自言自語道：「我看到了。」

忽然水銀從盆景最上面的一個孔洞裡流出來，有如一條銀色的瀑布，順著琉璃上的溝壑往下。盆景上面有很多碧璽雕刻的荷葉，被水銀流水打到之後，激起無數的水銀珠子，有如一顆一顆反光的流星，到處滾動，最後又會合進瀑布，落入盆景最底下的洞裡。

厲害！我心裡暗嘆，回頭想和胖子說話，卻發現胖子沒有出來。這時候齊教授已經繞過照壁，照壁後面對於我來說是完全的黑暗，我急忙跟過去，替他用手電筒照明。

照壁後面是一個巨大的水潭，水面平靜得有如鏡子一樣，雷聲一響，就從水潭的中心蕩出來無數道漣漪。雷聲從山洞上方傳來，我把手電筒往上照去，就看到山洞頂上懸掛著無數的青銅片，應該和山中空中的那些是連在一起的。

我又把手電筒往水潭中心照去，水潭很大，照不清楚，但一個隱約的輪廓告訴我們，在前方的水潭中心，應該有一個很大的建築；而在我們和這個建築之間，還有一塊巨大的石碑，因為我已經照出了一個方形的巨大輪廓。

第十五章 「你不配」

胖子終於爬出來，到了我身後，看到我們兩個都傻站在那裡，也過來湊熱鬧。看了一眼，胖子說道：「不太妙，天真，這地方我們是不是來過？」

我和胖子對水潭始終保持著一種警惕。幾乎是第一眼，我就意識到這水潭的形狀、狀態，和我們在福建找到的死水龍王廟那裡的水潭很像。

我想起了水潭裡的大魚，那東西能從深泉眼把人拉進地下河裡。齊教授毫不猶豫就衝入水潭，水並不深，沒到他的大腿根就不再往上了。他快速到那塊巨大的石碑前，用手電筒把石碑照亮。

石碑上刻著「極海」兩個字，字極大，字體非常特殊，且遒勁有力，筆畫猶如游龍，似乎要從石碑上飛出來。

我做拓本生意的，所以能認出這種字體，但是具體名字我也想不起來了。這應該是西漢時期才出現的字體，屬於漢字衍生出來的部分，越南喃字就是這種文字的變種。

我和胖子還是沒有下水，胖子心癢癢想去看，到處找有沒有船，還真讓他在一邊找到了一堆疊在一起的木船，都沉在淺灘的水底了。手電筒光照過去的時候，能看到淺灘裡有像蒼蠅一樣的小魚，密密麻麻的，這水潭裡是有生命的。

「這是他們修建時候使用的船，用來運東西的。」他過去把一艘船拖出水面拉到岸上。船板倒是還沒有腐朽，畢竟上面全是桐油，只是年代久遠，很多地方都爛穿了。

胖子把爛木船翻過來，推回水裡，船底就像是龜殼一樣，浮在水面上，他爬上去坐下來，就讓我也上去。兩個人各有一隻腳在水裡划水，緩緩划到齊教授邊上，就聽到他唸了一句古文。

「獄有大河，入地兩千里，無有盡頭，名曰極海。」

「什麼意思啊？」胖子問道。

「極海，是《方士傳》中記錄的中國地下一條巨大的地下河名字，水量不亞於黃河。」齊教授道。

「這是一個大水潭啊，怎麼就是地下河了？」

「是不是水位下降了？」我看了看石碑，上面有好幾道明顯的吃水線，這是歷朝歷代水位更替的象徵。

齊教授沒有回答，他繞過巨大的石碑，繼續往前，我們立即跟上去，讓齊教授上船來。他壓根不理，我們只好跟在他後面。

水面平靜，像是鏡子一樣，很快的我們離開了極海碑，繼續往前。水潭中心位置的那座巨大建築離我們越來越近，手電筒慢慢可以照出細節了。

首先是一個漢白玉的墓門。哦，不是一個墓門，而是一列墓門，材料都不一樣，但是猶如骨牌一樣，一座一座地排成一列。門都沒有了，只剩下門框，能看得出墓門已經被切割成臺階，變成了門框下的石頭路。這一個一個門框看上去猶如牌坊一樣。

「這都是他們從各個古墓盜竊來的墓門，竟然這麼使用。」齊教授第一個爬上岸，站在第一道墓門下。

墓門很大，上面有「仙來」兩個小篆，四周雕刻著六、七個道教的接引神仙。因為我不是非常懂行，所以分辨不出來是什麼。在墓門「仙來」的牌匾之下，掛著一把青銅短劍，已經完全生鏽了。

我們三個人小心翼翼地通過這些墓門，我完全被這種拼貼的怪異神奇感蠱惑了，忘記了齊教授的詭異之處。

一路往上，這個水潭中心的小島是岩石質地的，應該是本來就在這裡的一塊大石頭被當成藏地廟的基座。

這列墓門之後，我們終於看到了藏地廟。並沒有我之前想像的那麼大，廟是非常傳統的風格。這裡要多說一句，這座廟非常簡陋，但是其中的牌匾、墓門、飛簷和裝飾的藻井，全都是外來的材料，來自各種大墓或者遺跡，所有東西之精美，讓你根本無暇注意，這座廟的整體結構其實是黃土和老木柱弄出來的。

首先映入眼簾的，是一個小巧的廟門。其實古時候，廟宇的門不是開在牆壁上，而是會有一個獨立的樓，叫做「門樓」。門樓有兩層，上面可以供人瞭望，下面是一個門洞。但這裡的廟門就非常小巧玲瓏，上面全是精美的木雕。廟門不大，只能兩人同時並排進入，門檻也不高。廟門上面有一塊牌匾，寫著：藏地聽雷天尊。

在廟門之前，擺著一隻白玉鹿，是一隻梅花鹿，上面的梅花都是用瑪瑙鑲嵌的。能看到鹿的肚子是空的，手電筒照進去，裡面竟然還有一隻小鹿的影子。這是一種特殊工藝，從大鹿玉雕的肚臍眼部位一點點鏤空雕出來，一個就得雕二十到三十年。齊教授的眼睛都看直了——這個東西，竟然就直接放在廟門外當裝飾。

這個時候我聽到胖子身上滴滴答答的，用手電筒一照，看到他腳下也有水，心中一驚，心說：你怎麼也喇了湯了？替胖子打了一下光，就看到他口水順著嘴角下來。

齊教授直接繞過玉鹿，往藏地廟裡面走去。我和胖子對視一眼，兩個人都把手電筒的光開到最大，跟了上去。廟門緊鎖，但齊教授對這種萬向鎖非常熟悉，只稍微一弄，廟門就開了。他推開廟門，我們在後面替他打光。

手電筒照進去，先是一個大院子，往前就是廟的前殿，前殿很大，不小於一般的道觀。這個院子裡，堆滿了各式各樣的石頭盆景。我所謂的石頭，是一個統稱。

玉石的、漢白玉的、水晶的，也有鑲滿了碧璽的太湖石，什麼顏色都有，手電筒一照，五彩斑斕、晶瑩剔透，胖子都走不動路了。

其中有一個最大的盆景，是最刺眼的，因為那幾乎就是用蜜蠟做的一棵橘子樹，唯妙唯肖，碧玉碧璽的葉子、瑪瑙的枝椏、蜜蠟的橘子，如果不是寶石的光澤不一樣，根本分不出來真假。走近看，還能看到無數的閃光，原來在橘子樹上，還有水晶雕刻成的露水，其間還有六隻金絲鏤空鑲嵌綠松石的蝴蝶。

「天真，把我在這裡擊斃。」

「你幹什麼？」

「我想給這些東西陪葬。」胖子說道。

「你不配。」我道。

齊教授蹲在橘子樹下面，看下面三彩瓷底座上的文字。上面的文字我不方便透露，但是我看了之後，渾身都打擺子。

這是一個非常有名的皇帝落款，這東西是從一個皇陵中被盜出來，放在這裡的。

齊教授的手都抖了。「真的和我料想的差不多，那幾個大墓，真的被盜了。而且，這個工藝水準、這個審美，這是那個時代的瑰寶……幸好楊家人不求財，這東西，必須是國家的。」

我已經沒有任何財富上的慾望，看到這些東西後，我得到了一種巨大的審美滿足感。我知道這裡任何一個東西，拿出去後幾輩子都吃不完。這反而讓我覺得，我不需要擁有這裡的任何一件東西。

因為手電筒的光圈非常大，所以所有的石頭都在閃光，加上天上時不時有雷聲驅動青銅片，整個環境太魔幻了。

同時，我發現齊教授身上滴落的水越來越多，我用腳踩了一下水漬，發現水漬是黏的。我忽然靈光一閃，到了齊教授身後，用手指戳了一下他頸部的皮膚。一指頭下去，他頸部的皮膚就凹陷下去，就像是肉已經溶化成糊狀一樣。

第十六章　冰棒成精

我和胖子面面相覷，齊教授有一些納悶，轉過頭來。

我和胖子同時倒吸一口冷氣，往後退了一步。只見齊教授臉上五官的位置發生了細微的位移，雖然幅度很小，但因為和正常人不一樣，我們還是瞬間看出來。

齊教授看著我們，問：「怎麼了？你們兩個人不要給我搞鬼，這裡所有的東西，都是有巨大的審美價值的。」

胖子說道：「齊教授，你有沒有覺得哪裡不舒服？」

「沒有，我好得很，你們別貧嘴。」他把手電筒照向前殿的大門，走了過去，招呼我們跟上。

我和胖子又對視一眼，看到他一路過去，地上留下一串溼漉漉的腳印，剛才看到珍寶的興奮感，瞬間就被寒意取代了。

「齊教授該不是冰棒成精，要化了？」胖子問。

「你舔舔是什麼味道的？我看著像『大腳板』那牌子的。」我說道，之前只聽說過水鬼走路的時候會有溼腳印，難道齊教授是水鬼？

但看他的談吐，一點也不像是髒東西，還是那麼正氣凜然、中氣十足。就算是水鬼，他也應該是水鬼裡正道的光。

難道是看到寶貝太興奮而面癱了？像他剛才那樣的五官挪位，如果是面癱引起的，那應該是面部好幾個地方的神經都出問題了。

最大的可能性是，這水確實有問題，導致齊教授的身體出問題了。我和胖子又互相按了一下對方，發現我們兩個沒事，就更加納悶了。

兩個人哆哆嗦嗦地來到前殿。前殿也是黃土建的，但到處都是嫁接過來的裝飾，雕梁畫棟配著黃土牆壁。雜木門框上，所有的門和窗戶都是金絲楠木製成的，上面雕的是「蟠桃會」，如今全是灰塵。前殿兩邊還有八根柱子，八根柱子上面是「八仙過海」，柱子上的牛腿特別漂亮。

門用一根大腿粗的門閂卡著，門閂上鎖了七、八個大鎖。齊教授看了我一眼，我對他道：「教授，咱們還是先停一停，您可能面癱了。」

他摸了摸自己的臉，我發現他的手有些發抖，他道：「之前就犯過，沒事。開鎖吧，你們不是有這個手藝嗎？」

胖子看著齊教授的臉，因為臉往下垮，導致眼眶都被拉出了一點點紅肉來，顯得十分憔悴。胖子就問：「你確定你之前就犯過？」

齊教授說道：「我的身體我自己知道。」

我和胖子又面面相覷，我心說：你知道個鬼！但我們看他精神很好，也不好多說什麼，現在暫時也回不去，好像不往前走，也沒有其他事情可幹。

我和胖子眼神交流了一下，覺得暫時以不變應萬變，我們注意觀察，如果這是個水鬼，只要不害我們，就相安無事。如果確實是那水有什麼問題，導致齊教授的身體出了問題，再嚴重下去，我們就立即叫停他。

胖子就讓他坐下歇著，我用匕首後面萬能工具裡的鐵針把這些老鎖都撬開，然後和胖子兩人用肩膀把門閂抬起來。

這門閂肯定是棺材板做的，不僅重，而且保存得非常好，我的椎間盤都發出「嘎巴」一聲。

門瞬間就開了，露出了幽深的前殿大堂。和打開一個墓門一樣，我和胖子的腎上腺素快速分泌，同時還聞到裡面透出一股陳舊木料的香氣。

手電筒光照進去，首先就看到一尊鎏金的天尊像，似乎是銅製的，手裡高舉鐵鞭，身上盤有一條蛇形的緞帶，上方有一塊巨大的牌匾，寫著：九天應元雷聲普化天尊。

整座天尊像本來應該是上了彩色漆的，如今全都脫落，露出了銅胎。天尊面前有三十六個玉石雕刻的雷鼓，看材料應該是崑崙玉。左右兩邊有兩個童子，三十六個雷鼓後面，還站著三十六個司雷的雷部小神。

那三十六個雷神，全都是穿著道士服裝的仙蛻，但是體形都很瘦小，顯得天尊非常大。而天尊邊上的兩個童子，是兩具童屍。屍體慘白，不知道是什麼技術做的，皮膚都已經皸裂了，但還基本保持著活著時候的飽滿狀態，只是眼睛被挖了出來，嵌入了兩枚銅錢。如果不是皮膚上的裂痕，你甚至會覺得這兩具童屍有一種肉嘟嘟的感覺。

「童屍也是從其他墓裡搬過來的。有偏遠山區的大戶人家買小孩子做金童玉女陪葬，這男童身體裡全是金元寶，女童身體裡全是玉器。」齊教授說道。接著，就看到前殿四周的牆壁上終於出現壁畫。

唯有浮雕和壁畫，能夠還原當時的人建設這裡時各種行為動機的蛛絲馬跡。我們都興奮起來。

手電筒照過去，壁畫之拙劣令人驚訝。雖然拙劣，但是畫得極其認真仔細，一看就知道雖然手藝不行，但是非常虔誠。加之表皮脫落的斑駁感，讓人覺得還是有一些值錢。

齊教授擦了擦眼鏡。我們看著他，我知道齊教授在這方面是專家中的專家，一定會有精采的解釋。他看了一面牆就說道：「這裡記錄了一個儀式。」

「啥儀式？」

「你看這裡，這裡有一個道士，他已經修煉到了一定程度，這些跪著的人，是他的弟子。」齊教授指著壁畫，上面畫著一個老道站在祭壇後面，很多稍微年輕一點的道士——因為都畫了鬍子，所以除了老道的鬍子是白色的之外，其他人都是黑色鬍子——在對他行禮。

之後這些道士簇擁著老道，到了一個水潭邊上，老道被剖開，內臟被拋入水潭。一條大魚——我一眼就認出來了，這是我們在死水龍王廟看到的那條怪魚的同類——一口把內臟吞下去。大魚游入地下河，一直游一直游，一直游到了一處奇怪的宮殿處。宮殿裡全是神仙，大魚把內臟吐出來，內臟已經孕育成一個年輕的仙人，不過從白鬍子和白頭髮上能看出他就是剛才的老道，但是老道已經變得非常年輕。

老道和眾神仙見面，隨即被眾神仙簇擁起來。最後的構圖，是那些黑鬍子的道士仰望著天上眾神仙。

這一圈的壁畫中，大魚游過地下河的過程，畫得尤為詳細，有滿是鬼、類似於地獄的地方，有金銀珠寶堆砌的河段，有龍居住的河段。能夠看出，這應當是一種阻礙和誘惑。大魚和人的靈魂似乎在當時合二為一，如果在游往仙境的過程中有一絲動搖——在壁畫的下面，還畫著很多魚的骨頭——似乎就會在途中萬劫不復、魂飛魄散。

「他說的水潭，是剛才我們過來的水潭嗎？那我們真是命大。」胖子道。

「那個水潭是有名字的，叫做『雷澤』。」我指了指壁畫上的字，不知道外面的極海是不是就是雷澤？否則，這裡應該還有一個水潭才對。

「看樣子，他們真的是在這裡修仙。這是座修仙的廟，但是他們成仙的方式，是被魚吃掉內臟，帶到仙界去。」胖子道。他剛想繼續問齊教授，後者已經急匆匆地離開我們。

去過廟宇、道觀的朋友都知道，前殿前後通透，穿過之後就是中殿以及廣場。在前殿的天尊像後面，還有三尊翡翠觀音。那東西我都不知道該怎麼形容，這藝術造詣、雕功，其他寶石的穿插利用，還有衣服褶皺的繁複程度，註定這必是一件來歷驚人的陪葬品。三尊觀音體現了三種狀態，雖然道教廟宇裡出現觀音不太嚴謹，但這在中國算是約定俗成的了。

齊教授看都不看，直接推開前殿的後門。

中殿和前殿之間的院子更大，院裡全是一堆一堆的東西，手電筒照過去都在反光，也不知道到底是什麼。在院子的中軸線上，有一棵玉樹。這是一棵很大的桃花樹，樹幹是樹化玉，桃花是粉碧璽和尖晶石，樹很大，有三人多高。在樹的下面，放著一座石雕的琵琶俑。琵琶俑也雕刻得非常好，只不過是用普通岩石雕刻的，顏色發灰而且上面有裂痕。

我立刻就意識到，這是高手。這些東西往這裡一擺，是有意境的。之前所有的東西，幾乎都是珠光寶氣的堆砌，但石頭琵琶俑和這棵桃花樹往這裡一擺，就不一樣了。

我正在納悶，為什麼這藏地廟的審美忽然提高了，就看到齊教授跑起來。我們拿著手電筒追過去，一直追到中殿的建築輪廓前，結果發現中殿並不存在。在我們面前的，是一座廢墟，中殿完全被摧毀了，到處都是焦炭。但為什麼我說被摧毀，不說焚毀？是因為中殿外圍的石板地也完全焦黑了，呈現出一種爆發式的圖形，石頭上還有很多奇怪的裂痕。

「這是被雷劈的。」胖子喃喃地說道。

胖子說得對，一次巨大的閃電曾劈中這裡，把整個中殿完全摧毀了。

但這裡是地下，哪裡來的閃電？只有一種可能，那就是青銅片將山頂的閃電引到地下形成了事故。

我們靠近中殿，發現齊教授沒有在中殿停留，不知道跑哪裡去了。但中殿本來應該有一座更大的神像，現在只剩一個底座，到處是瓦礫和燒焦的炭。我們抬頭用手電筒照頭頂，但這裡的洞穴頂部太高，只能隱約看到無數的青銅片懸掛在上。

「雷是透過這些青銅片導下來的嗎？」

誰也不知道，不過我覺得還有另外一種可能，就是這裡發生過劇烈的爆炸，這個中殿是被炸開的。

「楊家人在這裡已經經營了很久，你敢相信三、四個人能搞成這個樣子？」

我想起了楊大廣，心說也許只剩最後一個人的時候，他仍舊沒有放棄。想到這裡，我忽然靈光一閃，回頭去看身後那個琵琶俑。

「怎麼了？」

「楊家祖先的文化水準不是很高，你看剛才的壁畫還沒畫好，但是琵琶俑和那棵碧璽桃花樹，是有意境的。這一俗一雅，中間是有巨大的鴻溝。這是不可能的事。」

「會不會是巧合？」

「我們一路過來看到的所有東西，都是寶石堆著玉石，從來沒有碧璽配普通石雕的。」

我和胖子回到琵琶俑的邊上。我蹲在琵琶俑的身後，用手電筒去照，看到一枚生鏽硬幣一樣的東西放在琵琶俑下面，露出一個角。

胖子幫我把琵琶俑弄得翹起來，我把「硬幣」拿出來的同時，就發現琵琶俑的下面還壓著東西。

我立即讓胖子把琵琶俑挪開，就看到下面的石板上有一個鐵環，一提就拉上來一條鐵鍊。我和他對視一眼，用力一拉，沒拉動。胖子過來幫我，兩個人用力把鐵鍊從石板上的洞裡拉上來一公尺多，只聽「匡啷匡啷」一連串金屬撞擊的聲音從腳下傳來，我們面前的石板一下子塌下去，露出一個方形的井口。

石板因為塌陷，形成了一個斜坡。我們過去看了一眼，下面似乎是一個密室，可以走下去。

「你怎麼知道的？」胖子問我。

我說道：「這個琵琶俑的邏輯，和這裡所有的邏輯都不同，所以一定有問題。我現在十分懷疑，這琵琶俑是我三叔搬到這裡來的。他來過這裡。」

「天下有審美能力的人，不只你三叔吧。」

我給胖子看那枚硬幣，其實那不是硬幣，而是一個名牌，正面刻著「吳三省」，背後刻了一個計畫名——０４４工程——不知道是什麼計畫。這東西是別在胸口的別針，別針已經被掰掉了，像是一枚硬幣。

我三叔來過這裡無疑了，並且給出的指示也出乎意料地清楚。

第十七章　密室

我和胖子兩個人小心翼翼地走下密室。

密室大概有八十平方公尺，全都是石板搭的。在密室的中間，有一個大概四十平方公尺大的水池。水池深不見底，有點像是澡堂泡澡的地方。四周的石板牆上也畫滿了壁畫，雖然有水氣，還全是霉斑，但畢竟年代算近，所以還能看個輪廓。

地上全是石頭，石頭下面之前應該壓滿了符咒，現在只有極少數能看清，其他全部受潮腐爛了。在腐爛的黑色腐植質上，長滿了各種菌類，一片一片，一直延伸到牆壁上。牆根也有磨菇，但中間就不多了，所以牆壁上的壁畫還能看清一些。

這個壁畫很有意思，畫的應該是一條地下河，每隔一段距離都畫有一個巨大水池，裡面都有一塊石碑，上面寫著「極海」兩個字。然後每個巨大的水池邊上，還有一個小水池，裡面也有一塊小的石碑，上面寫著「雷澤」。

「這是極海的《萬里江山圖》。」胖子喃喃道。

「這是抽象的。」我說道。如果用這張圖當地圖，去極海這條巨大的地下河中旅行，估計沒出去幾公里就會完全迷路，因為上面所有的圖形都是隨意畫上去的。

但這圖非常清晰地表達出一個意思：這個小水池，就是雷澤；旁邊的大水池，是極海。

這兩個東西，是成對出現的。

胖子這時候示意我轉頭，我看了看牆角的石頭，上面有一塊石板，類似於泰山石敢當的小石塊，上面果然有「雷澤」兩個字。

如果小水池就是雷澤，那他們就是在這裡剖開修仙的老道，把內臟拋入其中，顯然小水池和大水池是相連的。

這地圖還表明，這樣的情況不止這裡，這有點像是日月潭的樣子，不知道這種情況是自然形成的，還是人工故意修建的。或者說，完全相反，只有這樣成對的水潭，才會被命名為極海和雷澤，才有修仙的用處。

不過，這個壁畫最有意思的地方是，把極海畫成了一個圈。也就是說，他們認為中國最長的地下河，其實是一個封閉的環。在河系中從來不存在這樣的結構，河流一定有源頭和入海口，或者消失於戈壁。這個環狀的地下河，幾乎可以說是楊家祖先虛構的。

胖子湊過去，在水池邊上往下看了看，水還是渾水，不知道深淺。按照壁畫上畫的，下面應該通向地下河，而且非常深，裡面有大魚。

胖子轉過身來，對我道：「你有什麼不需要的內臟嗎？咱們試試。」

我看著他，忽然覺得水池裡多了什麼東西，就用手電筒照了一下，幾乎是同時，一條黑影一下子從水池裡站起來。

那真的是站起來，就在胖子的背後。

還沒等我看清楚，那東西又瞬間沉入水中，絕對是一條大魚；而且那一瞬間我還看到，那條魚的鱗片上鑲嵌著銅錢，和我們在死水龍王廟看到的那條怪魚一模一樣，而且看樣子還大一些。

胖子被水聲驚了一下，立即離開水池邊。池面有漣漪擴散。

「什麼玩意？」我拉他過來，看著水池，就看到池面上冒出一堆泡泡，接著，有一根東西浮上來，隨即又往下沉。

那是我的安全繩子，之前在潛水進來的路上解開了，如今竟然出現在這裡。這說明什麼？

「我們進來時，石頭甬道的隔水段下面和地下河是相通的，所以說隔水段、外面的極海、這裡的雷澤，三個地方是相通的。那些溺死的人，死前那麼害怕，可能是溺死之前，發現水裡有怪魚。」

「剛才那玩意？」

「嗯，剛才盯著你的屁股，就是當時雷老頭兒釣的那種。」我說道。

胖子活動了一下脖子。「那我們怎麼回去？這種魚在水裡，外面的人別想進來，我們也別想出去。」

我想的是，這種魚有幾條？要是超過五條，那條隔水段，恐怕得專業的潛水獵人才能清理乾淨。

這魚身上都是銅錢，是人為鑲嵌的，這是盔甲啊！不過剛才看銅錢都爛得只剩下個輪廓了，應該也沒有多少防禦能力了。可惜沒有槍，要是有把54式手槍，我們在這裡先用胖子的大腿勾引一條，槍殺之後取出內臟，繼續勾引，一直把水裡的魚勾引到不上鉤為止。

這樣也許還能原路出去，否則要在這裡另找出路，我估計起碼得三天時間。

我已經從看到那麼多寶貝的心態裡冷靜下來，這裡的東西實在太驚人了，如果我們不以最快的速度出去報告，萬一這裡有什麼缺損，我擔心我和胖子脫不了關係。

水面慢慢地恢復平靜，我和胖子說了我的擔心，胖子也說道：「還有一件事就是，齊教授現在這個情況，我擔心他如果身體有什麼問題，最後我們跳進黃河也洗不清。你說胖爺這面相，一看就是謀財害命的臉。胖爺我不想吃這個虧。」

於是我就把我的遺憾說了，胖子說：「幹麼非得我的腿？你的腿也挺香的，這事真要幹，我們公平競爭，兩條腿一起下去，看牠喜歡哪條。我和你說，我認識一個泰國人，和我說過，魚不吃肥的。」

我就笑，感覺還挺放鬆的，比起之前下斗，這一次算是輕鬆了，這些困難其實都不算什麼。不過讓我奇怪的是，這雷澤裡，並沒有我三叔留下的進一步線索。按道理，他在上面留了線索，就是希望後來人能注意這個地方，怎麼下來之後反而沒有後續了？

「是不是你三叔也是在這裡剖的腹？他已經成仙了？哦，對了，他已經成雷公了。那雷就是他打的。」胖子對我道：「你三叔的意思，該不會是讓你在這裡剖腹，變成內臟去找他？」

「我三叔如果成雷公了，一定先劈死你。」我說道。我心中納悶，三叔到過這裡是毫無疑問的，但是這裡沒有線索，也就是說，三叔給了個空響。

三叔在打啞謎這件事上，從來沒有出現過這種錯誤，會不會是我遺漏了什麼線索？這樣想著，我的目光慢慢地被對面牆壁上那一片巨大的黴菌吸引了。

在我們正對面，也就是面對入口的牆壁上，有很大一塊壁畫全都腐爛了，上面長滿了五顏六色的黴菌，不知道這一塊原先畫的是什麼。

「你看過一部科幻電影嗎？」我問胖子。「那電影裡有個場景，牆壁上有一大攤黴菌，但是仔細看就會發現，其實那是一個人被拍扁在牆壁上，屍體腐爛長出了黴菌。」

我們繞著水池邊，到了黴菌牆前，為此我們不得不踩著磨菇走。我不停地咳嗽，不知道為什麼，這些黴菌讓我的肺很不舒服。到了這個位置，我們離水池的邊緣就非常近了，我覺得有一絲不安全感，因為水位很高，而且水非常渾濁，我們離水池只有三、四隻腳的距離。如果水池中有水鬼，一伸手就能把我直接拽下去。我側著身子，不讓自己背對水池，然後側眼去看那塊巨大的霉斑，那肯定不是一個被拍扁的人，但聞到的臭味讓我確定霉斑層的裡面一定有東西。

我和胖子從邊上找了塊石頭，胖子膽子大，在水裡把石頭洗乾淨了，我自己則忍著上面的腐植質。兩個人一起把霉斑刮掉後，我們就看到後面的牆壁，壁畫已經被損毀了，上面被人用什麼腐臭的東西塗抹了三個大字。

「你——將——死？」胖子一個字一個字地辨認。「什麼意思？」

他剛說完，我的眼角餘光看到水池裡一下子衝出一道影子，水面瞬間炸開，一張血盆大口直接就咬向我的腳踝。

是一條大魚。

我的反應已經非常快了，瞬間像猴子一樣跳起來，那魚一下子咬空，撞在牆上。我整個人摔在石頭堆裡，半截身子掉進水裡，立即反射性翻身上岸。

胖子大罵，拿石頭對著魚頭就是一砸，那魚直接翻回到水裡，濺起巨大的水花。

我拿手電筒一照，看到水裡猶如花港觀魚一樣，到處都是魚影。這小小一方水池裡，竟然擠滿了那種大魚。

我和胖子一動都不敢動，一直到水面恢復平靜，胖子說道：「天真，這是你三叔的陷阱。」

話音剛落，又一條大魚猛地鑽出水池，去咬胖子。

這條魚比剛才的魚速度更快，胖子用手一擋，手電筒砸在魚的腦袋上，但魚身上鋒利的鱗片直接削去胖子手上的一大塊皮，血瞬間就灑到水裡。

「別說話，走！」我大叫，狂奔著摔回到入口位置。

胖子也緊隨其後，和我摔在一起。

我們回過頭，看到水池裡有很多黑影，比之前看到的都要大，似乎被胖子的血所吸引，正在躁動。

第十八章《河木集》

真的是陷阱，三叔把人引下來餵魚，為什麼？

我想了想，覺得不妙。這外面的記號非常明確，說明三叔希望有人下來，然後希望來的人死在這裡。

當有人因為查這件事情來到藏地廟，看到記號進入這裡之後，就會進一步尋找下面的線索，此時牆壁上的黴菌一定會吸引他們，他們靠近看的時候，非常容易被這些魚偷襲。

整件事情，難道不是三叔希望我去查，而是我被人設計了？

他們利用三叔讓我來查這件事情，讓我去蹚三叔設下的陷阱？

有這個可能，但也有可能三叔知道悶油瓶在我身邊，所以這些陷阱對我沒用。他顧不上他設計過陷阱這件事情，只是希望我介入此事。他大概沒有想到我們會過上如此散漫的生活，並且我會和悶油瓶分開行動。

不過這個陷阱看上去有些年頭了……我和胖子大口喘氣，胖子看了看傷口，罵道：「有農藥百草枯的話，我直接倒一噸下去。這些都是什麼魚？」

「這麼大的魚，古時候都被叫做『龍』的。」我喘著氣道。很多有豐富地下河系的地方，都有傳說，說地下河的深處，牛掉下去後，再拉出來都只剩骨頭了，不知被什麼東西咬成這樣，連骨頭上都有咬痕，估計都和這些魚有關係。

地下河裡的魚一般都很小，而且沒有視力。這裡的魚似乎也是靠聽力的，但這麼大的體形，說明下面有巨大的深潭連通，超過幾百公尺深度的龐大水域可能就在附近。但我不相信中原水域的地下河裡會有天然的凶猛淡水魚，這魚應該是古人從其他地方帶過來的，修建死水龍王廟的那批人不知道是哪個朝代的，這應該是他們的傑作。

我和胖子對視一眼，他甩了甩手上的血，我重新掏出那枚「硬幣」，心說：三叔到底要幹什麼？他當年在這裡設置陷阱，是不是有人在和他鬥？

「他要對付的不是普通的盜墓賊，普通盜墓賊看到上面那些財寶，絕對不會注意到這塊石頭。他要對付的，是到這裡來查044工程的人。只有這些人才會不管財寶，到處摸來摸去。」我想了想，把胖子扶起來。

胖子說道：「那我們怎麼就中招了？我們不是普通的盜墓賊嗎？」

我說道：「三叔不知道我們兩個的覺悟現在這麼高，這些珠寶已經無法吸引我們了，反而是這塊普通石頭吸引了我們的注意力。」

「先別管了，等考古隊下來進行全面考古，很多蛛絲馬跡都會出來。他們人多，有科學方法，我們就把齊教授伺候好了。如果這裡有陷阱，未必只有一個，別到時候齊教授死了。」胖子說道。

我們兩個人從雷澤出去，回到院子裡，就往後殿走，去找齊教授，一找果然在後殿。

後殿修在一塊更高的石頭上，因為地勢不同，所以院子很小，裡面堆了很多石頭，似乎是沒有加工完成的建築材料。兩邊有樓梯，人字形上樓，後殿幾乎可以俯瞰前殿和中殿，如果照明足夠，甚至能看到極海碑。

這是一個祠堂，裡面的靈牌很多，都是姓楊的列祖列宗，倒真的很簡樸，沒有什麼陪葬品，有修道之人的風格。

齊教授就趴在祠堂的供桌上，我當時一愣，心說：齊教授難道是楊家人？這是趴在那裡哭，認祖歸宗了？

我們走近，用手電筒照著環視四周，祠堂四周放著的東西，讓我渾身的汗毛都豎了起來。

這個祠堂裡放滿了石碑和磚碑，碑有大有小，很容易認成是名人的書法碑；但那些石碑邊上的花紋我太熟悉了，這些都來自不同的古墓，是一個個墓誌，記錄了墓主的生平。

在每塊石碑的頂上，都懸著一條幡，上面寫滿了字，既不是經文，也不是真言。

我用手電筒照了一條幡看，上面記錄了石碑的來歷，從石碑所在的墓裡借出了什麼東西、放在廟的哪裡，不是為了錢財，而是為了修仙。連墓的位置、進入方法和過程等都寫得清清楚楚，最後都有一句話，希望這些東西，在他們成仙之後，可以物歸原主，放回原墓。

「別看，胖子。」我看著胖子往最大的一塊玉碑走去。

我一看就知道，這塊碑是這裡最厲害的。上面不知道是哪個人的生平，但必然來自一個傳奇的大墓，未來等考古隊下來，肯定是要封鎖的，短時間內未必會公開。這要是看見了，萬一喝醉酒說漏嘴，被人一對，還真和碑文對上了，我們肯定得惹一身麻煩。

「這就是一個實體的盜墓筆記，３Ｄ版的《河木集》，比你爺爺給你的那本可聲情並茂多了。」胖子說道：「胖爺我不看能安心嗎？如果看了我瞎眼，我就用一隻眼睛看，我得看看。」

我嘆了口氣，只能不去管他。

我轉身去看齊教授，覺得他更不對勁了，身子下面全是水，趴著一動不動，是不是看到這些石碑，心肌梗塞死了？

我趕緊去扶他，人一翻過來，我嚇得直接跌出去。只見齊教授嘴巴大張著，整張臉完全乾癟，都青了，雙眼翻出眼白。

而他的臉上和脖子上，全都是內出血的瘀青，皮膚也鬆了，就像是快速減肥之人的皮膚一樣，來不及收縮，垂墜成褶皺。

整個身體的肉似乎在快速溶化，他要變成一副皮囊了。

我摸了摸齊教授的脈搏，已經沒有心跳，他真的死了。我捏了捏他的身體，發現很多地方幾乎都被「蛀空」了，像是在摸一個癟氣球。

「胖子，出事了！」我對胖子叫道。

胖子走過來，看到這場景，和我對視一眼。我又看了看齊教授一路走進來的溼腳印，甚至覺得他早就瀕臨死亡，是他對這個事業的熱忱，讓他一直撐到了這裡。他如願看到了想看到的東西，也算是圓滿吧。

我們對熱忱執著的人，是尊敬的。

胖子拍了我一下。「這些發現，是老齊的功勞。咱們想辦法聯繫上面的人下來，把老齊弄出去。」

我嘆氣，這事沒有想像的那麼容易。接著我就看到胖子趴到靈臺上，鞠了個躬，然後四處探查了幾排靈牌後面。什麼都沒有。對我道：「得回前殿，雷祖像那裡，我去把那鐵鞭拿下來。」

「什麼時候了，你還想著摸東西！」

「老齊都死在這裡了，我下手我還是人嗎？」胖子說道，他看了一眼那些墓誌。「他死在這裡，就是為了看著我們，他知道真正的寶貝在這裡呢。小老頭兒心思詭著呢。我要那鐵鞭，就是要按你的辦法，用大腿釣魚。但我們得有武器。」說著，胖子看看齊教授的嘴巴，也按了一下他的身體，和我又對視一眼。「這是被蛀空了吧？嘴巴張那麼大，是不是有東西從他身體裡出來了？」

我看著齊教授的脖子，心中也懷疑。這脖子幾乎被撕裂了，是不是有東西從喉管裡硬擠出來？之前不是說這裡的屍體都特別輕嗎？是不是就是這種奇怪的被蛀空現象，導致屍體變輕的？

忽然，齊教授的左眼往一個方向轉動了一下。

第十九章 彩蚴吸蟲

胖子和我都深吸了一口氣。齊教授的眼白中，有東西在動，似乎有東西寄生在裡面。我們湊近，胖子用手電筒的強光去照齊教授的眼白，發現整個眼球其實已經很薄了，還能看到裡面有鱗光閃爍。

竟然是一條小魚！整顆眼球好像馬上就要孵化的卵一樣，魚已經成形了，但還沒有破卵而出，在眼球裡等待破殼的那一刻。

我看了一眼胖子，這情景敘述出來雖然不是那麼恐怖，但實際看到，真讓人毛骨悚然。我看了看齊教授的另外一隻眼睛，更加誇張，那隻眼睛裡竟然有兩條魚，裡面的玻璃體似乎溶化了，魚甚至可以小幅度游動。

這地下河邊其實很涼爽，也沒有過於潮溼，我們身上的潛水服和頭髮都乾得差不多了。除了地面粗糙，有些硌腳之外，我們覺得比待在上面還要舒服。如今看到齊教授的眼睛，我才覺得這裡其實不是涼爽，而是陰冷。不知道是氣溫在我們進來的時候降低了，還是我的心理作用。

「這是被寄生了嗎？」胖子想用匕首劃開齊教授的眼球，被我攔住了。這要是有刀傷，等一下就更說不清了。

我讓胖子用手電筒替我照明，然後按了按齊教授的身體，解開他的衣服，就看到他的軀幹上有更多類似於他脖子處的瘀青，都是呈條狀的。這些瘀青從他的下半身往上，一路通過身體，經過脖子，最後到達腦子裡。

我比劃了一下。「這可能是這種魚的寄生路線，從肛門進入身體，然後一路往上游。」

我摸了摸那條路線，瘀青的地方都垮得特別厲害，脂肪和肉溶化得最多。

「這種魚進入人體之後，好像會溶化人體組織，一直往上游，最後到人的眼睛裡，所以齊教授才溶化了。」

「我好像聽說過這種寄生方法，叫什麼來著？」

「彩蚴吸蟲。」我說道。

有段時間有個獵奇新聞很紅，一種新品種的蝸牛，喜歡爬到樹冠頂上去，然後兩隻眼睛開始膨脹蠕動，產生舞蹈般的效果。蝸牛的眼睛是彩色斑紋的，一旦動起來，讓人渾身發麻，起生理反感。這種舞蹈十分吸引鳥類的注意，因此蝸牛就很容易被鳥類捕食。蝸牛的高危險行為一度讓人十分疑惑，後來人們才發現，蝸牛是被彩蚴吸蟲寄生了。這種蟲子會直接爬到蝸牛的眼睛裡，控制蝸牛的大腦，讓牠爬上樹冠，不停地舞動，吸引鳥類過來把蝸牛吃掉，以便牠們可以進入鳥類的腸胃產卵。

我不知道這種魚有沒有控制齊教授的行動，按生物學原理推理，這種寄生魚應該可以控制人的大腦，讓人產生想投湖的幻覺。極海就在外面，如果真是這樣，齊教授應該往極海跑，但他還是帶著我們一路進來了，看來有執念的人類，是不好控制的。

這種魚是不是大部分只寄生在溺水的屍體裡，像齊教授這樣沒有溺死，最終爬上來的，情況不多？

「如果咱們任由這些蛀蟲魚把齊教授吃光，我估計會吃成那些仙蛻，再等一會兒，就只剩一張皮了。」胖子對我道：「可別還有傳染性，我們還是弄出來踩死。」

我搖頭。這不是開玩笑的，上面是正規考古隊，我真沒法解釋，為什麼齊教授進來之後，渾身都是刀傷，然後我們說是被魚寄生了。道上吃我們這一套，其他人不會吃。

想著，我還是又按了按胖子，我們都進水了，還是要謹慎一點，一按我就按到了一手汗。我捏了捏胖子的汗，很黏，又看了看胖子的臉，他臉色變了。「沒事，我就是汗黏。」

這個時候，我看到胖子的眼白裡有東西閃了一下。胖子看我臉色變了，立即就沉默了。我看著胖子的眼白，雖然那亮光一閃而過，但我知道，那裡面絕對有東西。「你中招了，胖子。」

胖子卻對我說道：「齊教授動了。」

我立即回頭看，在黑暗中的光線下，齊教授竟然真的在地上爬，像樹懶一樣，開始緩慢地爬動。

「齊教授？」我以為剛才他是假死，還沒死透，就把手電筒照過去，照在他臉上。只見他兩隻眼睛朝反方向瘋狂地轉動，鼻子貼著地，似乎正在用鼻子順著他之前來的腳印尋找路徑，然後往前爬去。

「你猜他要去哪裡？」胖子問。

溼腳印肯定是從水裡來的，是不是這種魚能控制屍體的大腦，讓屍體順著腳印，一路爬回水裡去？

我們現在只有兩支手電筒，雖然光線很強，但後殿空間非常大，四周還是一片漆黑。剛才在院子裡的時候，因為到處都是珠光寶氣，互相反光，所以只要照向一個地方，其他地方差不多都會亮起來；但在後殿，我們照著齊教授屍體的時候，其他地方是完全漆黑的。這屍體這麼爬動，我汗毛都倒立起來。

「你眼球裡有東西。」我一邊看著齊教授，一邊對胖子說道：「你可能也感染了這種魚。你看看我的。」

我把一隻眼睛的眼皮翻開給胖子看，另一隻眼睛仍然盯著齊教授，心說：我們得趕緊出去，否則這麼死真的太不值得了。

胖子看著我的眼睛，說道：「看不清楚啊，但好像裡面有陰影，你視力沒什麼問題吧？你有沒有看到有影子在你眼前游啊？」

我腦子「嗡」的一聲。之前沒感覺，此刻我就覺得眼睛很漲，還有異物感，下意識地就去揉眼睛，被胖子一把按住手。但我的視力沒問題，也不知道這魚是怎麼寄生的。

此時齊教授已經爬出去十幾公尺了，手電筒再照過去的時候，我發現齊教授竟然站了起來，回頭看著我們，表情非常僵硬陰冷。

第二十章　「釣」魚

齊教授眼睛裡的所有魚都孵化出來，魚眼貼著眼白往外看，兩隻眼睛就如同兩隻複眼，看著我們。

我和胖子就這麼和齊教授的屍體對峙著。我們的手電筒照著他，強光下，普通人早就閉眼了，但他複眼裡的小眼睛還能不停地動，兩隻眼睛就如萬花筒一樣，不停地變化排列，詭異非常。

忽然，齊教授開口說話了。他的喉嚨似乎也溶化了，講話含混不清，但能看得出來，他是在對我們說話。

齊教授陰惻惻地看著我們，含糊地發出聲音：「累上裝簽。」

胖子瞇起眼睛，有些奇怪，輕聲道：「沒死？那趕緊把他弄出去，還能搶救。」說著就要去扶齊教授。

我攔住胖子。齊教授說話的時候，全身都快溶化了，口水一直往下流，整個人佝僂著，這個狀態已經不是人了。齊教授的頸部似乎已經無法支撐，腦袋一直在顫抖，他歪著頭繼續說道：「累上裝簽。」

「什麼意思？」胖子對齊教授道：「累了？累了您就別爬了。」

齊教授還在發出那種奇怪的聲音，聽著像是說話，但是他講不清楚。忽然，齊教授的屍體一下子裂開來，他肚子上的皮膚和肌肉再也撐不住內臟的重量，頓時破了，內臟全都露出來。

在手電筒強光下，他的腸子全都變成透明的了，裡面全是「小眼睛」。那些「小眼睛」都是小魚，他的內臟幾乎變成了「卵囊」。

齊教授緩緩坐下，就如同一個漏氣的氣球，再也不動了，頭徹底垂下去。

我和胖子看得心驚肉跳，等了一會兒，齊教授確實不動了，我和胖子才走上前去。胖子仔細去看那團「卵囊」，也不知道是什麼原理，讓人的內臟都變成透明的，裡面都溶化了。

我忽然意識到，這裡的屍體，都是這樣羽化成仙的。我對胖子說道：「這裡的屍體，皮肉和內臟都被這種魚吃光了，只剩下皮，所以才會那麼輕。」

「齊教授剛才到底死了沒有？為什麼和我們說那句話？」胖子問我。那到底是真的在說話，還是只是發出無意義的聲音，現在誰都無法判斷。

我看了看手錶，對胖子說道：「胖子，咱們沒時間了，最多還有十五分鐘。」

「啥意思？」

「我覺得你和我很大機率都中招了，按照齊教授的死亡時間，我們最多還有四十分鐘時間，之後我們也會變成這樣。」我對胖子說道，用手電筒去照他的眼白，能隱約看到裡面的黑影子。「如果我們想活命，那麼十五分鐘之後就得出去，這樣還有二十五分鐘的時間可以到醫療室治病。」

胖子臉色慘白。「現在想要出去，只能用你剛才的辦法，那是出奇的手段，不一定能成。要不要先把遺書寫了？」

我看著齊教授的內臟，想著前殿的壁畫，這內臟應該比我們的大腿要管用一些，於是轉頭找了一條保存比較完好的幡，扯了下來，包住內臟。

人的內臟味道真的不好聞，我抱起來就和胖子開始狂奔。胖子去取墓門上掛著的青銅劍，我去取前殿的鐵鞭。

我和胖子來到雷澤處，胖子找了塊石頭，把齊教授的內臟結結實實地拍了一遍，那些小魚全都被砸成了魚泥，然後分了一半甩入水中，另一半就掛在岸邊的石頭上。我拿著鐵鞭，胖子舉著手電筒，就縮在邊上。

那青銅劍被胖子用石頭敲彎了，做成一個雙頭魚鉤，鉤子的一頭裹在內臟裡，另一頭則鉤在雷澤的地磚縫裡。我們把另一支手電筒架在一邊的石頭上，做第二個照明點，免得等下慌亂，什麼都看不見。

不一會兒，水中就出現了漣漪，有東西在水下湧動起來。胖子和我對視一眼，我說道：「這魚似乎聽覺特別靈敏。我們等一下下手要快——」話沒說完，一個黑影就從水裡衝出來，一下子就咬住岸上的另一半內臟。

魚的嘴巴很大，一口把內臟吞了，就想往後縮去。胖子對釣魚還是有研究的，鉤子鉤得特別好，大魚的嘴一下子就被青銅劍鉤住了，我大吼一聲，直接撲上去，對準魚的腦袋就是一鐵鞭。這一下就像是打在石磨上一樣，火星都打出來了。這魚的腦袋上，竟然鑲嵌了一枚青銅鏡，猶如頭盔一般。

我的虎口生疼，也管不了太多，又一鞭打到魚身上，上面全是密密麻麻的腐朽銅錢，這一下竟然也沒有感覺對方吃到多少力氣。鐵鞭順著魚身子刮了一下，沒有造成什麼傷害。

我還挺驚訝的，我知道自己下手可狠了，是真的下了死手，牛都可能會被打裂顱骨，怎麼這東西就吃不上勁呢？

胖子衝過來罵道：「你真是手藝開倒車。」他奪過我的鐵鞭，就要去插魚的眼睛。這時候那怪魚猛地一擺頭，一道血從牠嘴裡噴出來，青銅劍鉤一下子就鬆了；眼看牠就要回水裡去了，胖子猛地撲上去，揪住兩邊的魚鰓，連人帶魚，瞬間就栽進水裡。

我愣了一下才意識到，這不是我們在釣魚，這是胖子被魚釣了。

如果是悶油瓶，那他等一下從水裡翻身上來，提著魚的腸子，我都絲毫不意外；但現在是胖子下去了，那最大的可能性是，胖子等一下漂上來，背朝上浮著，我把他翻過來，發現他的內臟被吃空了。

胖子的另一隻手還抓著手電筒，在水下形成一個光點，不停地翻騰。我沒想太多，一把拔起青銅劍鉤，也跳了下去，結果正巧胖子從水裡浮上來，要往岸上爬。

我一下子撲在他身上，他大罵一聲又被我擠下去。

一入水，我就腦子一炸。從水面上什麼都看不出來，雖然我知道水下有很多魚，但多少只是一種猜測，如今進入水裡，我立即就感覺到水下全是那種怪魚，每一條都和我差不多長。我手一張開，就能摸到銅錢的觸感，好幾條魚從我身邊緩緩地游過。

我立刻翻身出水，胖子的手電筒閃過我的眼睛，我差點瞎了，兩個人在慌亂中瘋狂地爬上岸，那群怪魚竟然沒有攻擊我們。

我們喘著粗氣，看著滿地的水，胖子說道：「我剛才是不是太激進了？」

我道：「激進不激進不重要，主要是我們完了。」

兩個人都很沮喪，內臟沒了，魚沒上來，我們等下估計也要變成複眼魚囊屍，在這裡被蛀成羽化仙蛻。胖子想了想，一下子又翻起來，從我手裡拿過鐵鞭和青銅劍，脫掉自己的內褲，把鐵鞭和青銅劍綁在他的小腿上。

因為只有一條內褲，綁不結實，他看著我。我看著他堅定的眼神，同時也看到他眼白裡魚鱗的細小反光，知道多說無益，也堅定地朝他點頭，然後脫掉自己的內褲遞給他。我們兩個幾乎下半身全裸，胖子把手電筒遞給我，自己拿了一塊石頭，就把小腿放入水池中。

這鐵鞭和青銅劍，是為了防止怪魚的牙齒直接咬穿胖子的小腿肌肉，咬斷小腿骨。當然，如果入嘴角度恰好，魚還是能把胖子的腿咬斷。

但胖子直接就賭了。

「我如果殘廢了，你記得下半輩子贍養我——哎呀！」

小腿入水的剎那，胖子還想說句俏皮話，我還沒有反應過來，水面忽然一震動，一條魚就像是猴急的老色鬼一樣，一下子咬住胖子的小腿，胖子瞬間就被拖到水下。

魚在水裡的力氣極大，因為胖子的一隻腳在水裡，另一隻腳在岸上，魚咬過來的速度太快，他還沒有用最舒服的方式坐下，瞬間就被扯得劈腿。幾乎是同時，我聽到胖子的大腿根傳來「咔噠」一聲。

胖子大喊：「啊！天真，拉！拉——」

我卡住胖子的腋下，雙手往後直接拉，人的腰腹部用力，力量還是很大的，一個魚頭頓時露出水面。到底是不是剛才我敲的那一條，我也不知道。怪魚死死地咬著胖子的小腿，他大喊：「抓牠的鰓。」

我放手撲過去，直接把手插入怪魚的鰓裡。鰓裡全是倒刺，我的手一下子就破了。我大吼一聲，繼續把手往裡伸，很快就從鰓摸到了胖子的小腿。因為青銅劍上有倒鉤，怪魚又被鉤住了，甩也甩不掉，我的手伸進去就抓住胖子腿上的鐵鞭，胖子大喊：「起！」

兩個人一起用力，那大魚的力量像是炸彈一樣，我們根本拉不動。我海釣過，知道這種大小的魚，在水裡最開始的二十分鐘一定是占絕對優勢的，但我們沒有魚竿，不可能遛魚。

胖子這時候才感覺到疼，大喊：「弄死牠！弄死牠！」我的手幾乎全被鰓裡的倒刺割傷了，血肉模糊，根本用不上力氣。況且這怪魚還在不停地跳動，每一下都幾乎要把我和胖子拽下去。我大吼一聲，看到水裡已經全是血了，胖子的血、我的血、魚的血，全都混在一起。

就在我手足無措之際，水裡忽然出現巨大的水花，把我和胖子炸了個跟頭。我看到水中出現一個巨大影子，比這條怪魚還要大得多，牠從水底上來，直接把我們拽住的這條怪魚的身體咬掉。

我和胖子拽著一條魚的上半身斷屍，翻倒在岸上，看著水面的波浪，目瞪口呆。

「什麼玩意？」

剛才那個巨大的影子，比我們拽著的怪魚還要大三倍。一般來說，同類魚之間就算體形差距很大，也不會像這樣自相殘殺。我看著滿池的血，忽然意識到，是不是我們的血讓這些魚狂性大發？那條巨魚原本是來咬我們的，但是一口把自己的同類咬斷了？

我掰開魚頭的嘴，胖子把腿拔出來，鐵鞭和青銅劍確實保護了他的小腿沒被咬斷，魚的牙齒就卡在兩邊的金屬裡；雖然也有牙齒刺進了肌肉，而且傷口很深，但如果沒有這兩段金屬，他應該只剩下一截骨頭還連著。我們的血從岸邊一路流到我們待的地方，傷口慘不忍睹。

我忽然意識到，我們原來的機會已經破產了，那麼大的魚，如果我們再用身體的任何部位去釣，牠上來一口，我們就沒了；但同時另外一個機會產生了，我發現這些魚對血液很敏感。

我拿起手電筒，叮囑胖子躺好，自己則跑到外面，衝到一處珍珠珊瑚盆景面前，把裡面的珊瑚拔出來，小心翼翼地放到一邊，又把裡面用作土壤的瑪瑙倒在一邊，然後抱著盆就往雷澤跑。

那盆是洪武釉裡紅瓷盆，我抱著盆進去，看到胖子躲在角落裡。我察覺他的表情不對，用手電筒一掃水面，發現不知道何時，剛才那條大魚又出現了，浮在水面上，但此時能看得更清楚一些，這東西似乎是魚，又不是魚，因為牠有很多的手。

第二十一章　多手神像

那東西乍看之下，就如同一個觀音一樣。我愣了一下，仔細去看，發現確實如此。那是一個滿是銅鏽的青銅神像，大概半人高，從水下冒上來，上面的千層鏽發紫，很明顯是在水中生鏽的。神像大概有十幾隻手，每隻手上都有法器。因為生鏽，所有的手臂末端都已經腐爛成塊狀。

這東西似觀音的自在像，忽然出現，如同一個小人站在水面上一樣，靜謐，但是陰森詭祕。

仔細看就會發現，那東西應該是裝在魚的背上，在手電筒的照射下，牠又緩緩地沉入水中。

胖子臉色蒼白，我扶起他。「怎麼，你以為什麼東西顯靈了？」

「這……東西……不對勁。」胖子結結巴巴地說。

我把我的分析和他一說，他就不停地搖頭，拿著我的手電筒，不停地看水面，生怕那東西再出來。「這不是魚背上的，那東西是忽然出來的，魚又不是潛艇，怎麼能夠直上直下？」胖子用手做了個動作。「魚不是得往前游動，然後背拱起來一下，才能把背上的東西拱出水面？這神像不是，牠是直接從水裡上來的。」

「你什麼意思？我都看到下面的魚了。」

「那這就不是普通的魚，牠就像個人一樣，從水裡出來偷看我一下。」

胖子說完，開始劇烈地咳嗽。我扶著他，覺得他身上特別黏，就按了一下他的脖子，一按就是一個很深的手印，我知道不能再糾結了。

「天真，水裡還有其他東西，不只那種魚。」胖子對我道：「哎唷，我去，胖爺我好想小哥啊，胖爺我是不是老了，咋就那麼害怕呢？」

我從剛才那半截死魚的嘴巴裡扯出半截青銅劍的斷片，然後把胖子的手拉過來，直接用斷片切開他的手掌，他齜了一下牙。

「天真，你瘋了？胖爺我想小哥，你就刺我一刀，你幹麼？我想他，不一定想學他！」

我拽著他的手，把他的血往我搬來的瓷盆裡滴。我切得很深，血不住地流。我對自己也這樣做。之前切過不少次手掌，知道怎麼切才會一開始不疼——就是在咬自己舌頭的同時，把手掌也切開，和胖子一起滴血。

「這裡的魚對血的味道很敏感，我們得在這裡用自己的血打個窩子，然後咬牙按原路回去。」

「你是說把魚都引這裡來，然後我們動作快一點？那萬一有幾條魚沒有被誘惑到呢？咱們撞上了，不就歇菜（註7）了？」

「只能賭啊。」我看著胖子的眼睛，他也看著我的眼睛，他眼白中的黑點已經越來越密集，有無數小魚的胚胎正貼著眼白好奇地往外看呢。

「你是想被寄生魚吃光，變成一張人皮，還是想被水裡的大魚咬死？」

「都不想，但你說得對，咱們往回跑的生存機率大。」胖子用力擠自己的手。「胖爺我血多，天真，你省著點兒，多用點兒我的。」但他血脂高，血流得很慢，怎麼擠都沒我擠出來的多。

好不容易滴滿一個盆底，我把盆直接放到水池邊的石頭上，然後用石頭和青銅劍的斷片代替錘子和錐子，在盆下面敲出一個小洞。血開始不停地往水裡滴落，胖子問：「這魚出來不會被打翻嗎？」

我把內褲撕了，做成引血條，一頭塞在小洞裡，一頭拉到比較遠的地方，再放入水中，內褲條就引著血緩緩地往水裡滲透。我用剩下的內褲條綁緊胖子和我的傷口止血，然後兩個人互相攙扶，快速往外走。

長話短說，我們不管不顧地衝到極海那個水池邊，爬上船，瘋了一樣地往回划。胖子的手電筒此時已經不知道在哪裡了，慌亂中，我發現只有一支手電筒在照明。

註7　表示已經沒有辦法、無路可退或被迫結束的意思。

我們很快划過了刻著「極海」的那塊巨碑，我因為性格問題，路過巨碑的時候，回了一下頭，用手電筒去照這塊碑。

這是一種告別的輕微儀式感，但就在那個瞬間，我看到在巨碑上立著一個黑影。那影子有很多隻手，就如同我剛才在雷澤中看到的奇怪神像，因為碑非常高，距離也稍遠，看不清楚，但應該就是那東西。

我愣了一下，那東西就消失了。

胖子喝斥我，我才回身繼續划船，但是心中奇怪：魚是不可能爬到碑上去的，難道真的如胖子所說，這東西不是魚？

一路無話，我們衝回隔水段。下水之前，胖子看著我說道：「上帝保佑。」

「龍王爺保佑吧。」我說。希望那些怪魚全都被血腥味吸引，在雷澤裡開派對，我們就趁這個空隙，想辦法溜過去。

接著我們兩個握了一下手，咬牙大叫著，跳入水中，然後瘋狂地拉著繩子前進。那真的是完全瘋狂，沒有任何猶豫和停歇。一直到出水，我剛伸手出去，就被人一下子拉住，緊接著被拖出了水。

整個過程我都是麻木的，沒有害怕。

我忽然明白了賭徒的心態，因為留在裡面從長計議，必死無疑，所以我只能下水。

在我入水的時候，只有那一根繩子，但是我心裡明白，我的生死，其實已經不在自己身上，而在於天命，所以反而毫不恐懼。

四周有太多的手電筒了，我看不清楚拉我上來的人是誰，我唯一能知道的就是，這個地方全是人。

我耳朵裡還有很多水，但已經聽到了無數的叫喊聲。

我大喊：「送我們去醫院！我們中毒了！我們馬上要死！」

第二十二章　治病

我不敢解釋我們是被魚寄生了，這太難讓人聽懂了，我需要給出一個簡單易懂的危險壓力。

接著胖子也被拉上來，他已經虛弱得站不起來了，就聽見有人問：「齊教授呢？」

「出意外了！」我大叫：「裡面有東西，不要下水！我們中毒了！」

接著我們就被扶起來，往外送去。還有人在問：「齊教授呢？」我聽出是他助理的聲音，聲音中滿是絕望。

被抬出甬道入口的瞬間，陽光照下來，我什麼都看不見，只能閉緊眼睛。我們被抬上車，在醫生的陪護下，車開始在路上狂奔。

我其實可以坐起來，還可以做一些事，但醫生的效率很高，已經在車上替我測基本體徵，於是我不停地唸叨：「我的眼睛玻璃體裡有寄生蟲，腸道裡也有，我的肌肉在溶化。」接著就感覺到有人扒開我的眼皮。

我稍微鬆了一口氣，聽到醫生開始打電話。我不知道是多久到的醫院，醫生在車上直接給我吃了某種藥片，非常苦，接著我被快速麻醉，做了腸胃鏡手術。

我醒過來的時候，眼睛已經動了手術。腸胃鏡手術大概做了六個小時，用內視鏡技術，把我腸子裡的小魚，全都用鉗子夾死，然後一條一條地吸出來。

聽醫生說，眼睛裡的小魚是用白內障手術的方式取出來，這些小魚的胚胎幾乎都附著在眼球壁趨光的位置，但都避過了瞳孔，是一種非常細小的、透明的魚。

因為豬囊尾蚴病的條蟲也是寄生在玻璃體裡的，所以醫院有對應的治療方法，否則面對這種詭異的情況，還真找不到辦法。但這些小魚一死，全都快速溶解，所以除了腸胃鏡的照片之外，沒有任何證據留存。據說從照片上看，這些魚很像寄生蟲，很難說明什麼問題。這些小魚的嘴巴上都有小吸盤，牢牢地固定在體內表皮上。

有一個聲音很好聽的女醫生說，這魚應該是寄生鯰，是一種熱帶的魚，我尿道裡應該還有，需要去找一種南美的樹所結的果實做的茶，喝下去可以溶解這種魚，當地的土著就是這麼幹的。

我後來並沒有喝到這種茶，但也沒有大礙。而我們身上不停地出水，似乎是肌肉溶化所造成的。檢查結果表明我和胖子確實都有非常嚴重的橫紋肌溶解症，導致我們的小便幾乎都是茶色的。這個症狀在寄生魚的問題解決之後，很快就停止了。

似乎被這種魚寄生之後，肌肉和脂肪就會被這種魚釋放的某種物質溶化。就像是蜘蛛一樣，蜘蛛並不吃肉，牠捕食獵物之後，往獵物的屍體裡注射消化液，在體外消化了屍體之後，再將獵物吸空。

我腦子很亂，不由得又想起了那多手的神像。那東西不知道是什麼，但那麼多的手，是否會是類似於蜘蛛的生物？

身體稍微好一些之後，就開始有人替我們做筆錄。我說的全部是實話，我知道沒什麼要隱藏的；而且我們是帶著病歷出來的，他們查看醫院現在的紀錄，或者將來檢查齊教授的屍體，應該都能印證我們的說法。

我的說法如下。

一、用抽水機無法抽光隔水段甬道的積水，因為它下面連通著地下河。

二、泥水中有會攻擊人的怪魚，甚至還有其他東西，非常危險。同時，水中還有寄生類的魚類。這些魚似乎都不是本地的，同時具有某些熱帶魚的特性，說明地下河極海的某一段，水溫會比較高，可能有地熱。

三、底下有無數的文物，齊教授的判斷是正確的。

四、齊教授已經去世了。

齊教授是在我們進去之後，自己冒險跟進去的，不知道他當時為何等不及我們出來，否則也不至於會死。但人當時當刻的很多想法，都沒有辦法回溯。這裡面應該會有隱情，但如今短時間內，我們應該是沒機會知道了。

更奇怪的是，並沒有人來問責，本來我以為我們至少要接受好幾輪盤查，但最終，這些事情都沒有發生。

是不是齊教授其實沒有死呢？但是內臟都那樣了，人怎麼可能不死呢？

接下來的一週，我們的眼睛拆線，期間胖子被人攙扶著，過來和我討論了很多問題。

因為齊教授是我們和考古隊之間唯一的聯絡人，所以考古隊的人在我們離開之後，除了一個會計過來負責醫療費報銷的事情，就再也沒有人理會我們了。我們無法知道後續對於藏地廟的發掘，我推斷此事會消沉很久，然後橫空出世，變成一個巨大的考古發現。但在這之前，我們並不知道會等多久。

藏地廟後殿裡的地圖和墓誌銘碑林，幾乎是一種耀武揚威。要全部找到並且檢查這些古墓，是一項巨大的工程。按照齊教授的說法，還有三個巨大的、世界級別的大墓混在其中。根據我們的筆錄，他們不知道會使用什麼方法突破隔水段，進入到藏地廟裡。但一旦進去了，其中的寶藏，光是整理，最起碼也需要幾年時間。

這一切，在我們衝出來的瞬間，已經和我們沒有關係了。

第二十三章　峰迴路轉

我的理智告訴自己，不可以再接近這件事情，齊教授可能留了後手保我們安全，但事情到底如何，誰也不知道，我們得夾著尾巴過一段日子。但我的性格是不信邪的，藏地廟雖然和我沒關係了，但我三叔的事情，還得繼續查下去。

現在的資料很多，線索比之前更加豐富，但是需要深入地思考和分析，才能理出下一步調查的頭緒來。那樣的思考需要比較好的狀態，我這時候還很虛弱，腦子根本轉不動，只能作罷。

我們暫時走不了，醫院也非常忙碌，之前土石流被救出來的很多戰士和專家都住在這裡。因為參與了救援，很多人都來感謝我們，胖子很熱心，我們很快就在醫院裡搞起了聯誼活動。

住院是極度無聊的事情，聯誼活動讓我暫時清空一下思緒。所謂的聯誼活動大多是打牌，護士一邊來抓人，一邊用河南話數落我們：「不休息好怎麼能康復哩？你們老不好，占著床位，其他病人怎麼辦哩？」

那個河南小護士很可愛，胖子老逗她。

「心情不好，病怎麼能好哩？」

在聯誼的過程中，我們多少還是聽到一些洩漏出的情報。其實就是很多工作人員來看望的時候，在走廊裡打電話、聊天的內容。我們路過的時候，偶爾能聽到一、兩句。這是一個十分有意思的事情，如果是不知道細節的人，聽到這些電話內容完全沒有用，根本聽不懂；但是像我們這樣對事情有一個大概了解的人來說，偶然聽到的一、兩句話，就很容易拼湊出一個完整的故事來。

很快的，我就知道我們兩個的報告還是起到了很大的作用，他們肯定已經下去了，並且保密級別再度提升，這和我的預判一樣。

另外，我們還聽到一個學術上的訊息，就是「複眼仙人」。

具體情況不明，但應該是透過光譜技術，看到壁畫之後的壁畫。也就是說，在我們看到的壁畫下面，還有一層壁畫，那一層壁畫是被廢棄掉的。專家的分析是：之前的壁畫是最早的時候，由文化水準最低、最早一輩的楊家人畫的，畫的內容十分直白。後來隨著時間推移，他們透過學習道教典籍，文化水準也隨之提升，於是又重新繪製了現在的壁畫。原始的壁畫非常寫實，直接描繪了他們要蓋這個廟的原因。

具體的分析我們聽得斷斷續續，很多人都在說，楊家人之前在盜墓的時候，在一個偏遠的山東古墓中遇到一個從古屍復活成仙的「複眼仙人」。得到了指點後，他們也想成仙，於是開始了這個藏地廟的建設。那個複眼仙人的成仙方式，就是他們後來畫在壁畫上的內臟成仙法。

那個複眼仙人，眼睛裡全是小眼睛。

胖子和我說，他仔細分析了，人在這裡修煉，被小魚寄生之後，最終會被小魚控制神經，回到水邊，內臟脫出腹部，落入水裡。小魚從人的內臟裡游出，在地下河長成大魚，重新產卵。卵孵化成細小如牛毛的魚苗，進入人體寄生，吸收人體的營養之後，長成瓜子大小，再次控制人回到水邊，形成一個輪迴。

最早那個複眼仙人的所謂複眼，和我們被寄生時的眼睛很像。他可能是一個在荒廢古墓中修煉的道士，和楊家祖先相識的時候，已經被魚寄生了，並且在楊家人面前死了，內臟脫出掉入水中，所以楊家人把他的死亡方式當成了修仙的方式。

如果真如胖子所說，那個複眼仙人死亡之後，屍體會變得非常輕，確實猶如羽化。如果內臟落入湖中時有大魚出現，吞噬內臟，也是一番奇景，鬼裡鬼氣，產生迷信的想法不足為奇。但這仍舊不能說服我，為何楊家祖先會花一輩子，在這裡修了一個聽雷的藏地廟？

篤信修仙的人，進入道觀，逃避世俗是一種情況；進入地下山洞，在陰冷潮溼的山洞之中，用盜竊來的明器搭一個道觀，一直到自己死，那是另外一種情況。後者要比前者難多了，不是一般人能做到的。

因為修行人的眼光是很長遠的，他們要做永遠解脫的事情；但盜墓賊非常短視，他們如果不短視，就不會幹這一行了。短視的人，突然出現了長期的執念去求成仙，一定是看到什麼讓他無法抗拒的巨大好處。

所以，結論是，那個複眼仙人，死前一定給楊家人展示了成仙的巨大好處，於是楊家人放棄此生，去追隨複眼仙人。

我說完這些，胖子沒有接腔，因為我這些其實也是屁話，對我們的調查毫無幫助。

接著，我們又討論了另外一個我比較在意的問題。整個藏地廟裡有一個設置，是所有壁畫中都沒有提及的，就是廟上方的巨大青銅片傳聲裝置。那東西是和雷聲有關係的，每一次打雷，我們都能在地下清晰地聽到由青銅片傳導下來的雷聲。但無論是在壁畫中，還是在藏地廟的任何地方，我們都沒有看到任何有關青銅片傳導雷聲的紀錄。

這個系統顯然是藏地廟的一部分，如果它沒有在壁畫中出現，唯一的可能性是，修建廟的人，不願意把這個部分在壁畫中表現出來。也就是說，這座藏地廟和雷聲有著某種關係，但這個關係被隱藏了。這應該也是和修仙有關的一個祕密，而且是一個體系，否則那個獻祭的水池，不會叫雷澤。

雷似乎在串聯一切。

不管怎麼說，楊大廣是楊家人的後代，他很有可能知道這個祕密；而三叔和楊大廣一起聽過雷，並且留了很多雷聲重複的錄音帶給我。這些線索應該在藏地廟中匯聚起來，重複的雷聲、楊家修道、複眼仙人、廟宇上方的傳音裝置、楊大廣和三叔的關係……撲朔迷離。

胖子還說，他覺得齊教授臨死之前說的那幾句話，挺關鍵的，但我已經記不清楚了。

如今什麼都沒查到，被捅了喉嚨和屁股，眼睛還被割了口子，實在有點無語凝噎。

我點了根菸，胖子就對我說：「還有一個疑點，那些楊家人，一定知道水裡是有問題的，否則他們在這裡一輩子，一不小心就中招了。等不到廟修成，人肯定都死光了。」

「也就是說，他們其實知道碰到水會被寄生，然後會死亡，不會迷信那是成仙？」

「對，所以複眼仙人的推測，很可能是完全不對的。」

我心說：這不是你的推論嗎？

「如果能再回去就好了。」我發出感慨，那地方真的是一座巨大的寶庫。

胖子拍了拍我。「現在咱們再回去，恐怕會被直接打成篩子。你就別想了。也許等個一年半載的，他們查完了，下面能變成旅遊景點開放，到時候，我們再想辦法。」

如果是普通的障礙，胖子肯定什麼都不在乎地要再混進去一次，但這次連胖子都放棄了，是因為我們都明白，那種級別的考古發現，連蒼蠅都不可能飛進去。我們不是特工片裡的主角，現實生活沒有那麼多技巧。
兩個人沉默半天，我就問胖子：「那麼，回杭州？回福建？」
「回福建吧。和小哥商量一下，他老人家也許有不同見解。要嘛，再去一趟雷老頭兒的死水龍王廟。你不是說，那地方和這藏地廟很像嗎？死馬當活馬醫，反正我現在需要小哥，我得沾點兒小哥的仙氣。」
我想了想，也是，三個人分開有些日子了，這種事他見得多，也許問問他是對的。
於是我們就行動起來，先是申請出院，然後出去找個路緣一蹲，準備直接買票回去。正用手機看機票，就看到一個女的從路邊車上下來，朝我們走過來。
我一眼認出來，那是齊教授的助理，看到她的表情就害怕。
她大概三十歲出頭，還挺好看的，就是有點瘦，但眼神中戾氣很重，看上去非常嚴肅頑固。
她看到我們，表情很複雜。
我拍了拍胖子，讓他防禦。心想是不是他們下到藏地廟，發現有東西損壞了，要找我們麻煩？那裡面的東西，我們一件都賠不起。只要她說出「賠」這個字，我們兩個人撒腿就跑。
胖子也愣住了。
其實醫院門口的人很多，這女助理很高，朝我們走來非常顯眼，我們兩個都不由自主地往後縮了一下。

她到了跟前，說：「齊教授的遺囑裡，有關於你們的部分，讓我幫你們。」

「什麼遺囑？什麼幫我們？」

「他說，如果他有什麼意外，就讓我帶你們去一下六號室。」

「六號室？」我和胖子丈二和尚摸不著頭腦，不知道是什麼東西，而且齊教授竟然還有遺囑？聽起來是下去之前留的，齊教授是知道自己下去會死嗎？

第二十四章　楊家祖墳

我在車上浮想聯翩，齊教授知道自己下去會死，所以留了遺囑讓我們看六號室？還是說，他們下到地底深處之前，必留遺囑是一種約定俗成呢？

助理大人一路上什麼都沒說，我只知道她姓鄧。車開得特別穩，也特別慢。胖子用手不停地摳來摳去，當我看到邊上的車一輛接一輛插到我們前面，鄧小姐還不生氣時，我的白眼都要翻到小腦裡去了。

「太陽那麼大，這六號室快化了吧，咱們是不是快點？」胖子說道。

「我車斗裡還有送檢回來的文物，一會兒要交接，碎了你賠？」對方頭也不回，順手點燃一根菸。

胖子回頭看了看。「慢性子就是慢性子，賴什麼文物啊。妳下車，我來開，妳後面就算運的是豆腐，胖爺我一百八十邁也給妳運到了，一整塊，一點兒裂紋都不會有。」

鄧小姐確實心態好，也不生氣，繼續開車。

我立即緩和氣氛。「齊教授的遺囑那麼管用，能讓我們進到那個六號室？」

「你們手裡的顧問合約還沒有到期，我用這張合約帶你們進去。裡面所有的東西都被清點過了，你們帶出一件來都會被發現。六號室已經被回填了，所以你們得自己想辦法進去。齊教授還說了，你們身分特殊，要查的事情也許不想讓別人知道，所以我就不跟你們下去了。」

「那六號室到底是什麼？」我就問道。

「你到了就知道了。六號室不在主區域內，在藏地廟區域外兩公里處，只有巡邏，沒有放哨的，附近還有很多村子，都是自由出入的。不過它仍然在整個考古區域內，所以路上都有路崗，我不知道你們想幹什麼，但好自為之吧。」

我和胖子對視一眼，都很興奮。齊教授知道我們在找什麼，那麼他在遺囑中留給我們的地方，應該和我們要查的事情有關。齊教授雖然糊弄我們下水幫他們探路，也沒把全部的事情都告訴我們，不過還算是有良心，事後做了提醒。

車子一路先到了六號室附近一個叫伏牛村的村裡，鄧小姐去交接文物，就在村裡的一個小店邊上，有人過來接收文物。

我和胖子下車透氣，因為開得太慢，我睡了兩覺，把興奮勁都睡沒了。胖子就問我：「有沒有五塊錢？」

「怎麼了？」我問。

胖子指了指小店的公用電話。「給小哥打個電話，賭五塊，他接不接？我賭他接，你肯定賭他不接。」

「你還挺了解我。幹麼不用手機打？」我問。

他看了看四周。「肯定有監聽。」說著就走到小店，拿起公用電話，開始打我們福建屋裡的電話。

電話響了幾聲，忽然被人接了。胖子得意地笑，朝我要錢，我掏出五塊，還沒給到他手裡，就聽到電話裡傳來一個說著方言的中年女人聲音。

胖子愣了一下，我就把錢收回去。胖子用福建話問：「大姊，妳咋接我們屋裡電話呢？我們家那個帥鍋鍋呢？」

對方的回答我聽不懂，我沒有胖子那麼有語言天賦。但很快的，兩個人就開始吵了起來。

前段時間，我們出門後打電話給屋裡，都是長時間的忙音。胖子說小哥在我們面前人模狗樣的，我們一走，他電話打起來就沒個完。後來才知道我們走後，村裡有大嬸到我們屋裡打長途電話給外地的兒子、孫子，一打就是四、五個小時。

天氣炎熱，我聽胖子吵著，心中的躁氣也出來了。我身上已經被汗水全部浸溼，脖子和腳踝也開始癢起來。低頭一看，皮膚上趴的都是芝麻大的小蟲，一掌拍下去就發現牠們都吸飽了血。我趕緊去看胖子，發現胖子整個脖子後面、手臂後面，都趴著這樣的芝麻黑蟲，密密麻麻。神奇的是，這些蟲子全部停在一般人很難看到的位置，我趕緊去拍。胖子嚇了一跳，我把他的手掰過來讓他看，他嚇得跳起來，胡亂拍打一通，最後逃回車裡。

沒聯繫到小哥，應該是出門了。胖子有些鬱悶。

不過和鄧小姐接頭的考古隊員拿來了很多工具，說等一下我們得自己掘開六號室，他們考察完已經回填了。我看到工具裡有鏟子、繩子、手電筒，還有橡膠手套和連腰的橡皮褲，都不是很順手。

往口袋裡放東西的時候，我又摸到了從下面拿出來的０４４工程的名牌，心中感慨，又是三叔將我帶到這裡，他還真是不客氣。

鄧小姐把我們帶到山中的一處山谷裡，這裡的路都是土路，再往裡就沒有路了，裡面是一片林子。山谷兩邊是兩座矮山，只能從土路進去，植被也不是那麼茂密，灌木和野草倒是有很多。鄧小姐就讓我們自己進去，她說六號室上頭插了一塊考古研究所的牌子，我們進去就能看見。她還有事，四個小時之後來接我們。

說完，她就開車離開了。我回頭，能看到遠處的村子裡，燈光全亮了。

帶著裝備的我們就像是打掃廁所的家庭主婦。此時，天已經黑了，夕陽的光被山遮住，只留下像棉絮一樣的光脈從山的剪影後透出來。在林子裡只有抬頭才能看到樹葉之間的微弱天光。晚上稍微涼快了一些，但那些蟲子還是直往頭皮裡鑽。終於，我們看到了鄧小姐說的那塊牌子，牌子上寫著——

考古隊工作區域，請迴避。

注意，地下可能有陷落坑。

六號室。

邊上還有一些小的牌子，有的寫著三號溝，有的寫著前置放水牆十二區等文字，表明地下有東西，但都是圍著這個六號室。

「這該不會是個墓？」胖子有些尷尬。「他們帶我們來掘墳，不應該吧。」

我轉了一圈，看四周的山勢，也看不出什麼名堂來，但在地下，又叫六號室，可能真的是個墓。雖然不知道他們為什麼敢讓我們自己挖，但多說無益，挖吧。

鏟子不是專門的打洞鏟，我們把鏟柄鋸短，一路挖下去。下面的入口是現成的，挖了三公尺深就挖到了用木板蓋住的洞口。

剛挖開洞口，胖子就感慨，工程隊幹活就是不一樣，挖得非常好，第一是寬敞，第二是上面還打著很多落腳的坑。每個坑裡都墊著一塊磚，這是為了讓研究人員重複進出而做的加固。看這洞的落勢，還真是一個墓。

洞是斜著打下去的，直接打向山壁。胖子打開手電筒，我們就往下爬。不到二十公尺，我們就看到了墓室的外壁。洞口是用新的磚堵住的，但沒有砌死，果然是回填了。我們小心翼翼地把磚卸了，露出一個大洞，磚都放邊上堆好，等一下還得堵回去。

胖子用他的手電筒去照墓室破口位置的地上，那裡有很多香灰和紙灰，很多沒有燒乾淨。他又仔細照了照堵住墓室破口上方的外壁，上面有褪色的紅字：慈父楊公貴龍墓。

「這是什麼意思？」胖子問：「這字體，怎麼那麼彆扭？」

「這是印刷體，民國時期才有。這確實是個墓，但是一個新的墓。難怪他們可以讓我們下來。」

「新的？多新？」

「我看，是新中國成立後十年左右。」我看到「楊公貴龍墓」這幾個字的邊上還有小字，是立這個墓的人的名字。也是三個姓楊的，兩個兒子：楊元寶、楊遠力。還有最後一個，是孫子。

「這不是全新的嗎？」

我意識到這裡應該是楊家幾個盜墓賊的祖墳。之前一直說有三、四個楊家盜墓賊修建了藏地廟，我還納悶為什麼一直說三、四個，而不說清楚到底是三個還是四個？看著這些刻字，還有最後那個孫子的名字，我就明白了。

那個孫子，就是楊大廣。

楊大廣已經死在氣象站裡了，在外的檔案上肯定是失蹤很久，查無此人。齊教授他們應該只找到三具羽化的屍體，卻有四個人生活的痕跡。齊教授讓我們來看楊大廣他們家的祖墳，那這裡面一定有他認為對我們有幫助的東西，並且他還讓我們去掘了這幾個盜墓賊的祖墳，這老頭兒還真夠黑色幽默的。

「既然要成仙，何必給自己搞個墓呢？」胖子也在納悶。

「事出反常必有妖，進去看看，就知道理由了。」我道。

我上去拜了拜，然後把磚頭掰開，露出了破洞，率先鑽進去，藉手電筒光四處觀瞧。

墓室的拱頂很矮，只能半蹲著前進。這是一個現代墓葬，拱頂極其簡陋，修這個墓的工匠手藝看起來不怎樣。墓室大概十五平方公尺大小，竟然是六邊形的，古墓絕對不會有如此混亂的制式。最突兀的是裝飾在頂部的那一圈技術非常成熟、用機器壓出來的琉璃瓦，上面還有很多帶著西洋味的圖案。但奇怪的是，這個墓室的四壁是有壁畫的，而且壁畫非常精美，和簡陋的拱頂完全不同。

除此之外，墓室是空的。

「東西呢？」胖子問：「這墓就這麼大？是不是東西被搬走了？」他非常失望。

我盯著壁畫，看到壁畫上畫了很多烏雲和閃電。

第二十五章　萬里聽雷圖

靠近看的時候，我發現這些壁畫上還塗了一層蛋清一樣的東西，防止顏料氧化。壁畫上面的陳年龜裂非常明顯，顯然比這個墓的年代要早很多。這讓我有一些驚訝。

我立即就意識到，這些壁畫是古代壁畫，年代非常久遠。

壁畫的風格無法分辨，直覺上是宋朝畫風，畫得非常好。乍一看，上面畫的都是烏雲和閃電。仔細去看，能看到滿牆的雲中，畫著各式各樣的雷公。壁畫的下端，畫著無數山石，山間有樹和亭臺樓閣，還有很多著白衣官服的小人。這些人站在山頂的樓閣中側耳，似乎是在聽天上的雷聲。

胖子顯得丈二和尚摸不著頭腦，問我道：「天真，要是我看得不錯，這壁畫……」

「這些壁畫是從其他墓裡割過來的。」我幽幽道。

楊家人還真是喜歡把其他墓裡的東西弄過來，這次不知道哪裡來的興趣，把其他古墓裡的壁畫都割過來，貼到自己的墳裡做裝飾。這滿牆的壁畫非常珍貴，雷公畫得唯妙唯肖，極具神韻。而壁畫內容，竟然和聽雷有關。

我明白齊教授的苦心了。

如果說藏地廟裡的東西都是從其他地方弄來做裝飾的，只是裝飾品，那麼這個祖墳裡的東西，就不光是裝飾那麼簡單了。這壁畫和聽雷有關，說明我們可能找到這整件事的根上了。

「宋朝的時候，就有人聽雷了嗎？」我喃喃道。同時，我看到在壁畫上有一座廟宇，畫在牆根的位置。我印象太深刻了，一眼就看出來，那廟宇和藏地廟一模一樣，藏地廟恐怕是照著壁畫上的樣子修建的。

而在這個廟宇的上方，有一棵大樹的圖案。如果不是我們看過山中空中那個青銅片形成的傳音系統，很容易就會誤認為這是樹了。那個像樹一樣的圖案，畫的是青銅片形成的傳音系統，結構十分清楚，連枝椏之間的銜接都很清晰。

「藏地廟的聽雷系統，來自這裡的壁畫，藏地廟的設計也是。」我說道：「他們是看到了這些壁畫，才修了藏地廟。」

「齊教授讓我們來看這個？就這？」胖子「嘖」了一聲：「你再仔細看看，絕對不會那麼簡單。」

我仔細去看這裡的壁畫，一幅一幅地看。壁畫上的內容重複，就是一幅長卷，天上是各式各樣的雷公，或者是司雷的神獸，下面是聽雷的人。

聽雷的人都穿著白衣，有些在樹上，有些在船上，有些在山上、亭子裡、亭子頂上和山洞裡。他們有的跪拜，有的很愜意，有的恐懼。畫得非常生動，簡直是萬里聽雷圖。

我又仔細看了看壁畫黏貼的地方，非常妥貼，把壁畫黏上去的手藝，比建築手藝要強太多了。

「天真，你怎麼看？有推測嗎？」胖子著急地問我。

我搖頭。我有幾個想法，但不敢輕易說出來。這個地方沒有棺床，形狀也不對，感覺這個祖墳是假的，是用來藏東西的地方。

「你看，藏地廟和聽雷有關，但是沒有任何資料和壁畫去講為什麼要聽雷，但這裡的所有壁畫，都和聽雷有關。」

「於是乎？」

「於是乎我也不知道。但看畫風，這壁畫應該是宋代的。之前說複眼仙人也是他們在一個古墓裡遇到的，這壁畫和複眼仙人是不是都來自同一個宋代古墓，從而成就了他們要成仙的契機？」

我腦子亂成一團麻，直罵娘。

「這壁畫拍個照片就行了，幹麼讓我們下來啊？你說，會不會齊教授想讓我們看的不只這個，這裡還有祕道什麼的？」胖子對這個空空如也的墓很失望，他蹲下來，看了看地上的青磚說道：「你看地上的青磚，很多都碎了。而且，碎得還挺有規律。」

胖子踩著那些碎磚，一步一步地往前走，一直走到一面壁畫前面，說：「這是輪子軋碎的，你看這些裂痕都是朝一個方向的，所以應該有一輛車，上面裝著特別重的東西，一直從門口進來，往這個壁畫裡推。」

我也湊過去，看了看這塊牆壁，然後舉起自己的菸，放到牆壁和地板的接縫處，只見煙飄上來，有一絲非常非常細微的傾斜。有氣流從牆後出來，是人感覺不到的細微氣流。這道牆兩邊重，中間輕，中間的牆壁裡有比磚輕的異物，所以牆的兩邊下沉，中間拱起，中間位置的氣流更大一些。

「牆後面有空間。」我對胖子道：「這是道翻門。門軸在牆壁中間，整個牆壁可以旋轉。」

「我就說齊教授不可能讓我們下來看畫。」胖子開心了。「怎麼開？」

如果是小哥的話，他幾乎同時就能發現打開的方法，但我沒有這個能力。胖子在角落裡先用力推一下，牆紋絲不動。他又去撞兩邊的牆角，也沒有任何反應。他也不猶豫，拿起鏟子就砸地磚，我明白了他的意圖，馬上幫忙。

就像狗打洞一樣，我們砸碎地上的青磚，先挖到牆的下方，然後再往對面挖。胖子很快就挖通了，後面果然是空的。

胖子把出口掏大，我往洞裡看了看，裡面一片漆黑。我打開手機的閃光燈，把手伸進去拍了幾下，再迅速地縮回來。

打開手機照片，開閃光燈拍出來的畫面慘白，照片拍到了牆後空間的整體，很模糊，但是能看出來牆後是一個大一些的長方形墓室。墓室的中間似乎有一口老石棺，棺材上全是紅漆打底的繪畫，遠看和外面的壁畫細節幾乎一樣。

「這棺材——」

「是古棺，和外面的壁畫年代相仿，也是從其他墓裡搬來的。」

「這不合理啊，你聽說過『代替撒尿』的故事嗎？」胖子問我。

我心說：什麼代替撒尿？就讓他說清楚。

他說道：「就是說，沒人聽說過撒尿還能找人代替的啊。如果嫌自己的墓寒酸，搞點其他地方的壁畫，我覺得雖然奇怪，但可以理解。可是連棺材都是從其他地方搬來的，你不覺得有點不講衛生嗎？」

我放大手機圖片，覺得也是。如果這真是一個墳，那楊家祖宗還真的喜歡用二手貨。但詭異的是，在那口石棺的上方，還懸掛著一個巨大的東西，就像是一口倒掛的大缸一樣。

「這是什麼？」胖子問。

「應該和這些壁畫來自同一個古墓。」我說道。我看著手機螢幕上石棺上方的黑影，心裡湧起一種巨大的不祥感覺。我從未見過這東西，這似乎是某種奇怪的裝置，壓住下面的棺材。

「似乎是某種法器——」我說道：「用來鎮住棺材裡的東西。」

胖子就要進去，我拉住胖子。「先別急，這裡的所有東西，都來自同一個古墓，應該是一個宋墓；而且這裡的東西，都和聽雷有關，說明楊家人把所有和聽雷有關的東西，全都藏在這裡。在那個古墓裡，他們遇到了奇怪的事情，所以裡面的東西都不簡單，我們得做好準備。」

「準備什麼？」胖子問：「都搬出來放這裡了，肯定沒事。」

我也不知道該準備什麼，但還是拉住了胖子，胖子看著我，我努力動腦筋，最後憋出兩個字來。「拜拜。」

胖子愣了一下。「你要走了？幹麼說英文？」

我說道：「拜佛的拜。」

第二十六章　七耳怪屍

我們按照北派的規矩，點香菸祭拜，胖子一氣呵成講了一串話，意思是：我們身體孱弱，家境困難，妻兒老小無人贍養，實在沒有辦法，下來討一點兒東西，以後如有轉機一定加倍奉還。這裡只取一些，打擾您了，請您千萬高抬貴手，念在我們不為自己的分上，不要記恨。

說完，我們磕頭。接著我就和胖子艱難地爬過去。我尚且勉強，胖子則卡了好幾次，皮都蹭破了。手電筒打亮後，我們的注意力立刻被那口紅漆壁畫的石棺吸引住了。

和照片上相比，石棺要大很多，我走近細看花紋，棺外壁上畫滿了雷公。手電筒照過去，能看到棺蓋上雕刻著雲紋。雲紋盤繞成一個耳朵的圖案，上面還用三色彩漆在雲中畫了很多人物，這些人物都有一個奇怪的特徵，耳朵特別大。

石棺上面那個龐然大物有一半嵌入了墓室的天頂，近看竟然像是一口反扣的鐘，是銅製的，上面長滿了綠紅相間的千層鏽，這似乎是一個聲音放大裝置。而且從花紋來看，石棺和這個東西是一體的，似乎石棺裡的屍體會用這個裝置聽某種聲音。石棺、「鐘」，包括外面的壁畫，這三樣東西不屬於這裡，應該都是從同一個宋墓裡盜來的。

我看了看胖子，他的注意力還在棺材上。我把頭探到「鐘」的下面，側耳聽聽，竟然能聽到很多類似水的聲音從地表傳來。

胖子走過來，也探頭過來聽，就好奇道：「什麼聲音？有人在上面小便？」

水聲似乎是從穹頂傳過來的，我想了想，心說動靜不對，又立即爬回去，爬到祖墳外面。剛出去就看到一道閃電，外面不知道什麼時候下起了傾盆大雨，雷聲滾了下來。雨水已經把竹匾沖掉了，順著盜洞往裡灌。我在洞外築起一道高一點的泥堆，然後在洞上頭撐了一把傘，再重新下去。

我重新縮回到剛才的密室中，發現在這個狹小的空間裡，竟然能清晰地聽到雷聲，甚至比在外面聽到的還要清晰。更加奇怪的是，在那口怪鐘下聽雷聲，好像有無數的人在同時低聲說話，有如在竊竊私語。

「這有點意思。」胖子的眼睛開始放光，他的好奇心也起來了。他看著石棺，說：「這具棺材裡的屍體，在聽雷？」我把撬棍遞給他，然後替他照明。他看了我一眼。「要開？」

「難道就這麼走了？」

「你不研究一下這個是什麼嗎？鎮壓下面屍體的東西，到底是什麼？」胖子用眼神示意一下那個倒掛的鐘。「別說胖爺我太謹慎，胖爺是和你在一起待怕了。」

我拜了拜棺材，再用手電筒照了一遍那口鐘，近看的時候，這口鐘並不像一個法器，結構很簡單。

「五塊錢，裡面的東西會不會起來？」胖子道。

我搖頭，覺得很大機率不會。因為我們經歷過的所有詭異古墓，都有邪術的成分，你總能看到不同氣質的壁畫、裝置，暗示你這裡的墓主人擁有某種力量，但這裡並沒有這樣的東西。

我倆深吸一口氣，默契地把撬棍插入石棺的縫隙裡，把棺蓋推出一條更大的縫隙。然後，我們兩個人都後退一步，以防棺材裡有什麼東西出來。

等了一會兒，什麼都沒有發生，胖子才鬆了口氣。我想上去和他一起把棺蓋完全推開，他卻推開我。「安全第一，你離遠點。」說著，他用力把棺材蓋子推出一個斜角來，棺材內部完全露了出來。

推完後，他小心翼翼地用手電筒往棺材裡照，才看了一眼，他的臉色就變了。我想湊過去，胖子擺手讓我停下。「先等等，你做好心理準備再過來，這裡面是個妖怪。」

我「嘖」了一聲，心說：你拉倒吧，什麼時候了，還用這種話嚇唬我。早十年我還會頓一頓，現在的我直接跳進棺材都未必腳抖。

雖這麼想，心頭卻不由得有點小緊張，到底是有段時間沒開棺了。我深吸一口氣走過去，就看到石棺內部呈現出一種奇怪的狀態。

一般的棺材裡面，不是腐爛的棉絮，就是一攤黑水，再不濟也有很多的真菌絲；但這個石棺的內部，竟然好像藤壺寄生的礁石一樣，長滿了密密麻麻雞眼一樣的藤壺。屍體就躺在這些藤壺上，還是側臥，裸露的骨頭上面也全都是藤壺，根本看不清屍體本來的樣子。

我仔細分辨，這是一具沒有腐爛乾淨的骸骨，頭部呈乾屍的狀態，下半身已經是白骨。藤壺長得非常飽滿，連屍體的嘴巴裡都是。我用手電筒照了照他的口腔，發現喉嚨裡也全是，立即就感覺自己的喉嚨疼了起來。

胖子用撬棍敲了敲屍體，發現很多地方的藤壺已經形成一個屍殼；而最離奇的地方，是屍體的耳朵。這屍體對著我們的那一面，竟然長著七隻耳朵。七隻耳朵以一種特別奇怪的方式排列，一直延伸到脖子和後腦。

一開始，我還以為那是某種奇特的磨菇，但胖子用撬棍撬動屍體的頭部，翻看另外一邊，卻是正常的。七隻耳朵對著棺材外那個大「集聲器」，外面不停地打雷，雷聲傳到地下，我們四周就像有無數人在說話。胖子嚥了口唾沫看著我，想說什麼卻沒說出來。

這實在太詭異了，這口鐘正不停地把上面的雷聲傳遞給下面的這具屍體。

這七隻耳朵，每一隻都有耳孔，我把手電筒靠近，就看到這些耳孔都是人工打出來的，打在耳骨上、下頷骨上，還有顱骨上。原來，這些耳朵都是用刀割出來的。這人不是畸形，七隻耳朵好像是一種類似紋身的特殊裝飾。

在中原地帶，這樣又野又帶有一些遠古崇拜的習俗很少見，這極大地體現出這個族群對聲音的崇拜。在這樣的狀態下，聽力是否會異於常人呢？當他聽到雷聲的時候，他又會聽到什麼？為什麼在他死了之後，還要繼續聽雷呢？

屍體的衣服已經全部腐爛了，但確實是中原的葬式。我和胖子互相看了一眼，胖子對我說：「我全都明白了，這聽雷是怎麼回事。」

第二十七章　楊家往事

我有點兒發愣，以往這都是我的臺詞。看胖子的表情，我有一種不祥的預感，覺得他又要胡扯，但又不能不讓他說，只好說道：「請胖爺賜教。」

「這事要從很久很久以前說起。你想啊，這人有七個耳朵，還都打了耳朵眼兒，說明這人的聽力非常好，至少看上去非常好。」胖子說道：「我們之前說了，重複的雷聲，那一定是隱藏了訊息的。這古墓裡的古人，肯定是發現了雷聲會重複的祕密，和我們的想法一樣，他們就以為，打雷是上天給他們的啟示，如果能夠聽懂雷聲裡的祕密，就能夠得到吉凶禍福的各種指導。」

「要知道，古時候神棍多，有一個不要命的神棍，覺得這是一個大好的機會，於是就把自己的耳朵割成這樣，謊稱自己天賦異稟，能夠聽懂雷聲。他用這個方式，成功欺騙了當時的封建統治者，成為他們的國師，並且一直用聽雷來控制朝綱。他手段了得，最終竟然權傾朝野，成了一人之下、萬人之上的『活神仙』。」

「他死了之後，皇帝害怕沒有了他的占卜，會失去權力，就讓人在他的棺材上懸了一個聽雷裝置——就是這口鐘，讓他死後也要繼續聽雷，然後再託夢給自己。」

胖子說完之後看著我，看我沒有反應，就問：「有沒有道理？是不是你的風格？」

「你這是講故事，不是推理。」我說道：「這外面的壁畫明顯和修煉有關，楊家祖宗也是要修仙，和你說的一毛錢關係都沒有。」

「行，那你說，怎麼一回事？」

「我不知道。再繼續找找，任何細節都不要放過。」我說道。我看那棺材根本沒有被撬開過，甚至覺得齊教授根本不知道這裡有個夾層，他就是讓我們來看壁畫的。這夾層裡的東西，是我們偶然發現，否則以他的脾氣，怎麼可能讓我們在這裡自己開棺？

胖子用撬棍去敲棺材的底部，想看看底下有沒有陪葬品。結果一敲，藤壺就碎了，棺材底一下子就穿了，下面竟然是空的。

棺材底下是空的並不少見，胖子吐了吐舌頭。「他們要是發現了就說是自然坍塌。」

但我用手電筒一照，就發現不對。一般棺材下的空間都是用來藏黃金、夜明珠的，往往就一個巴掌深。但這個棺材下面的空間，手電筒竟然照不到底。

「是口井。」胖子道。他用撬棍繼續敲，很快就把整個棺材底捅了下去。棺材下面是一口長方形的深井，從深井的底部刺上來一根石柱，把屍體托在半空，四周都是空的。而且，深井的四壁上，似乎還掛著什麼東西。

不知道托住屍體的石柱是不是結實，所以我們不敢直接踩到屍體上。我在邊上抓著胖子的皮帶，胖子兩腳踩在棺材沿上，伏地挺身一樣把頭伸進棺材和屍體中間的縫隙裡，單手拿著手電筒一邊照下面，一邊探頭往下看。

他喘著氣，渾身發抖，說：「都是青銅片，大大小小，像鱗片一樣。」他把手電筒遞上來，又把手機拿下去拍了一張照片。

我拽他上來。手機拍到的照片十分驚人，只見無數的青銅鱗片一排一排整齊地掛在下面的井壁上，很多脫落後掉在井底，有一些地方已經破損，露出了石壁。所有的青銅鱗片幾乎已經腐蝕成一整片，千層鏽像開花一樣，四處都是。

「天真，你今天要是不推測點什麼出來，你胖爺我肯定就失眠了。」

我趴在棺材邊上，嘗試把頭探到那具屍體的位置去聽雷聲。此時的聲音又完全不同了，上頭的雷聲傳下來，到了我耳邊，和地下井裡的回音混在一起，那種聽不懂的喃喃細語竟然清晰起來，像極了人在說話。雖然仍舊聽不清楚，但說話的狀態非常逼真，聽得我冷汗直冒。

難道是要把雷聲翻譯成人聲？雷聲連綿不斷，確實非常像是人說話的聲音。我讓自己的心境慢慢沉下來，發現人聲竟然越加清晰，我仔細去聽。

胖子說：「也許這裡的雷說的是福建話，我來聽。」

我讓開，他上前去聽。忽然一個炸雷在外面響起，雷聲在墓室裡瞬間迴盪，這次連我都聽清楚了。

「吳……邪……吳……邪……吳……邪……」

那個聲音叫的，竟然好像是「吳邪」。

「雷聲在叫我。」我愣了一下。

胖子和我對視一眼，然後拉著我撒腿就跑。我大叫幹麼，胖子道：「傻啊你？這肯定是鬧鬼了，快跑！」

胖子說得也是，怎麼可能是雷聲在叫我的名字？但如果墓室裡有人叫我的名字，那真是鬧鬼了。我們衝出盜洞來到雨裡，胖子就大罵：「我說我們不能自己來，你看你又開出問題了！我連驢蹄子都沒有！」

我倆連滾帶爬地衝出去，在黑暗中衝進野林子。還沒衝幾步，就看到閃電下，一個穿著雨衣的人低頭站在雨裡。

一道閃電瞬間亮起，這個人幾乎只用了四分之一秒就到了我們跟前，我和胖子嚇得大叫。

「防禦！」兩個人煞不住車，從那人身邊抱頭衝過去，結果被那人同時揪住衣領，直接拽回，摔翻在地。

大雨中，他掀起雨衣的連帽。閃電下，我看到悶油瓶正面無表情地看著我們。

第二十八章　天姥追雲

大雨滂沱，悶油瓶身上的墨綠色雨衣反射著閃電的光，顯得囂張又陰冷，就差拿把菜刀了。

胖子看清之後，抹了把臉就罵：「嚇死我了，大哥，你就不能買件可愛點兒的雨衣嗎？」

我把胖子從地上拖起來，問悶油瓶：「你怎麼來了？」

胖子「嘖」了一聲，對我道：「那是你胖爺我睿智，早在南京就呼叫過他了，哪像你那麼矯情？剛才是演給你看的，沒想到他來得這麼快。」

我怒視胖子。好嘛，這兩人現在有自己的小祕密了。

胖子對悶油瓶說道：「他娘的，這斗又破又小，裡面還鬧鬼，這鬼還認識天真，老叫他名字，叫得可淫蕩了。小哥，你說怎麼辦？要不我們回到裡面在它頭上拉屎？」

剛說完，就聽到一邊的林子裡，伴隨著雷聲又傳來了「吳……邪……吳……邪……吳……邪……」的聲音。

胖子看了看悶油瓶。「我靠，還出來了，小哥帶我東西了嗎？」悶油瓶從背後卸下背包，裡面都是我們的裝備，他把包甩給胖子和我。東西一上手，胖子的精神立即不一樣了，他拿出他的老工兵鏟子，見邊上林子裡的灌木一動，剛要上去打，就看到從裡面走出來一個老頭兒，竟然是金萬堂。

金萬堂看到胖子立即又縮回去，罵道：「死胖子，你瘋了嗎？幹麼一見面就要打打殺殺？」

胖子把他從灌木裡揪出來，罵道：「你怎麼來了？我說剛才那叫聲怎麼那麼淫蕩呢，敢情是你這龜孫。沒事，這裡墳多，我順手把你埋了。」

金萬堂抹了抹臉上的雨水，立即堆笑道：「胖爺有話好說，這三爺欠我的錢沒給，小三爺又把地拿回去了，我兩頭虧。你們和齊教授的事，圈裡都傳開了。我估計著，這算是重新開張跟考古隊混了，依胖爺你那性格，肯定得監守自盜啊，必須算我一份，我得來分東西。」

「誰說我們是來開張的？」我看著金萬堂，金萬堂立即看向胖子。

胖子忽然有些尷尬，很做作地怒罵：「你閉嘴，我們現在是從良的人了，從良知道是什麼意思嗎？就是很在乎自己的貞節！」

我看胖子的表情和金萬堂的樣子，就猜到大概是怎麼回事了，擺手道：「丫，你們倆別演了，回頭再和你們算帳。辦正事吧，雨那麼大，等下楊家這墳就被淹了。」

這肯定是胖子和金萬堂私下有交流，悶油瓶這麼快就到了這裡，沒有他倆的報信和安排是做不到的。胖子肯定和金萬堂說我們重新開張了，讓他順著我們的堂口下貨，只是沒想到金萬堂會跟來。這沒出息的手癢也不是一天、兩天了，這種破爛貞節他自己不在乎，估計也沒人要。不過不可否認，這解了我的大危。如果悶油瓶不來，我也不知道接下來該怎麼辦。

一行人回到盜洞，脫掉雨衣。這裡已經開始積水，我們趕緊把入口堵住，總算是沒有淹到壁畫。悶油瓶看了看盜洞的頂部，用手指劃了一下，盜洞的頂部反而是乾的，看來楊大廣一家做過防水處理。

我們蹚水進到裡面，金萬堂大失所望。「小三爺，這是個『半搭窩子』，你這老江湖也會陰溝裡翻船，怎麼開了這麼個斗？這種窩子裡的東西，不給你紙糊的就不錯了，這成績想開張也開不了啊。」

半搭窩子指的是年代非常非常近的老富家墳，一般修於新中國成立前後，墳很大，但是裡面幾乎沒有任何有價值的東西。多數陪葬品都是銀器，也是比較新的，只能拿回去熔了賣給首飾店。開了這種斗，在這一行是很丟臉的，說明一點點眼力都沒有。

「這是考古隊的六號室，你放尊重點，沒見來的路上有軍隊站崗嗎？」我說道。

「這地方都不在主區內，能有什麼好東西？」金萬堂訕笑，看樣子非常了解這裡的情況。

我和胖子脫掉溼衣服，我讓金萬堂去看壁畫。

悶油瓶四處看了看，又看了看地上我們挖的狗洞，最後看了看我。

我點頭承認。「我只有這個辦法。」

悶油瓶抬頭在墓頂掃了一圈，然後用手指去摸磚縫，忽然一個肘擊，打碎了一塊磚，把手伸進去從裡面扯了一下。

牆壁裡頓時傳來一連串機簧鬆開的聲音，胖子立即上去推動牆壁，牆壁直接旋轉開來，露出後面的密室，金萬堂這才驚呼起來。

我們進去，胖子期待地看著悶油瓶，希望他能找出什麼新的密室來。悶油瓶卻看著石棺底部的深井，表情嚴肅。

我們靜靜地等著，雷聲在外面響起，變成了無數竊竊私語在墓室中迴盪。

悶油瓶也露出了異樣的表情，胖子和我都鬆了口氣，看到他也很迷惑，我們就放心了。

這時金萬堂忽然叫我們過去。我們走出去，看到他幾乎貼著壁畫在看，對我道：「各位，這他娘的可厲害了，這些東西不屬於這裡，是從其他的墓裡搬過來的，好像都和雷公有關。」

「傻子都看出來了。」我道：「說點兒我不知道的。」

「那你能看出來這些壁畫來自哪個墓？那個墓的墓主是誰？和雷公有什麼關係？」金萬堂點上一根菸，不屑道：「還是說，你知道這個墓在哪裡？」

我和胖子對視一眼，看金萬堂囂張的樣子，就知道他這個老學究肯定發現了什麼。胖子走過去。「我不知道這些壁畫來自哪個墓，不過老金你要是胡扯，我知道你本人會埋在哪個墓。」

金萬堂「嘿嘿」一笑。「我和你講，了不得了，如果我猜得不錯，這些壁畫，來自一個非常奇怪的王的陵墓。」

我愣了一下。金萬堂繼續道：「你肯定沒聽過這個王，因為史書裡沒有記載，這個王是被一群方士虛構出來的，和打雷有關。」他吐了口煙。「一個和雷有關的王，你們知道是誰嗎？」

「哈姆雷特？」胖子問。

「你聽過『天姥追雲』的傳說嗎？」金萬堂沒理他，對我道：「首先，大部分半吊子的人，都會以為這些東西來自宋墓，這就錯了。這是一個很大的細節，這些東西，都來自一個漢墓，而且，不是中原地區的墓。這壁畫用的顏料很像宋朝的，但其實是顏料特殊。本來壁畫上的美術風格也能體現出朝代，但因為不是中原地區的畫，上面的人、紋飾都比較特別，難以辨別具體朝代和國家，加上顏料不一樣，所以很多人第一眼都會以為是宋朝的。」

胖子看了我一眼，我有點不好意思。這竟然是漢墓裡出來的，那保存得是相當好了。

我們坐到棺材邊，每人撕了一袋泡麵，一邊吃一邊聽金萬堂吹牛。金萬堂吧唧著嘴，一邊示意如果我們不吃滷蛋可以給他，一邊侃侃而談。

他說的這個故事，和一個傳說中的古王有關。這個王之所以特別，是因為他是完全被虛構出來的，只在《海西注方士傳》中有零星的記載。

據說東漢時有幾個方士望海而坐，看到海邊出現了海市蜃樓，但非常模糊，所有人都看不清楚。於是大家都猜，海上出現的是什麼東西？其中有一個方士說，那是海底的樓宇，來自以前被海水淹沒的城鎮；有一個方士說，那是一列巨船的船隊，來自海外的舞裳國；有一個方士說，這是海獸的背脊，牠在外海晒晒太陽取暖……總之，說什麼的都有。但是有一個叫做「天姥」的方士，他卻什麼都不說，只是回去收拾了行囊。

其他方士問他幹麼，他就指著遠處的雲說，海市蜃樓就在那片雲的影子裡，他要跟著那片雲走，等雲走到陸地上，海市蜃樓再次出現的時候，他就可以走進去，和仙人一起做些快活事情。

眾人皆笑話他，但是天姥毫不在意，背上行囊就在海邊等著那片雲慢慢飄到陸地上空。但他等了很久，雲就是不靠近陸地，似乎知道有人在等它一樣。

天姥終於按捺不住，他找了一個漁民，坐著小船駛入了蜃樓內，靠近之後才發現，這哪是什麼海市蜃樓，全都是真的建築。巨大的建築群堆疊在一起，上面還有很多人生活。

天姥走上去，上面的人告訴他，這裡叫做「南海落雲國」。這個國家的君主，名叫秦荒王，據說是秦國的一個王子，死後被封為南海的仙王，所以建立了南海落雲國。

金萬堂說到這裡，壓低了聲音：「想知道這個傳說和這個墓有什麼關係嗎？交出你們的滷蛋，我就告訴你們。」

我反正不愛那個味道，就把滷蛋給金萬堂，胖子把半碗麵都倒給他。金萬堂滿意地咬了一口蛋，我問：「怎麼聽上去像杜撰的？」

金萬堂點頭。

「這個傳說確實很有可能是杜撰的，如果不是遇到這個墓，我還真是這麼認為。但這傳說中有一細節，就是天姥追雲之時，有一天，雲變成了黑色，衝入一片烏雲之中。天姥迷路時，烏雲中有雷聲響鳴，指引天姥繼續往前。天姥抬頭，就看到雲上有雷公顯現。於是天姥繼續前進，找到了南海落雲國的入口。」

金萬堂拿出手機，給我們看他剛才拍的壁畫照片。在壁畫裡無數的聽雷者中，有一個人，穿的不是官服，而是方士的服裝。

這個人雖然畫得非常小，但是描繪得非常細緻。他上方的雲是黑色的，還有雷公在雲中露出半身，手指著前方，似乎是在為下面的人指引方向。說實話，唯妙唯肖，不容有第二種解釋。

「壁畫講的就是『天姥追雲』，這個絕對不會有錯。這個小人就是天姥，但是這個天姥畫得那麼小，所以他必然不是壁畫的主角，那麼主角是誰？」

「壁畫上，誰畫得最大？」胖子問。

我們立即起身來到外面的墓室，開始仔細地看壁畫。很快的，我們就發現了一個體形上被畫得最大的人，這個人混在雷公裡，但不是雷公，他站立在雲上，著華貴的衣服，戴繁複的頭飾，腦袋上也有好多耳朵。

秦荒王？我心中暗自推測。

「壁畫的主角，一般就是墓主人。你看，七隻耳朵，是不是和棺材裡的東西扣上了？」

「所以，這些壁畫和棺材，還有這個聽雷的裝置，有可能來自南海落雲國？這個國家是真實存在的？在哪裡？海市蜃樓裡？」我心中覺得好笑。雲頂天宮傳說是在天上，已經夠離譜了。這海市蜃樓的古墓，還被人盜出來了，楊家人簡直是倒斗界的神筆馬良。

「我覺得不對，我們得繼續理理。」

金萬堂點點頭，剛想說話，我就聽到嘎啦嘎啦幾聲響，抬頭一看，悶油瓶正在扭動肩膀，整個人的體形開始變得鬆垮。他正嘗試調整自己的體形，爬入石棺下的井中。

「縮骨？」金萬堂驚嘆道。

悶油瓶一點一點變瘦，用類似瑜伽的動作，把自己塞進那道縫隙裡。進去之後，他把腿踢在石柱上頂著，扭動身體讓體形恢復。我們過去圍觀，就看到他正用手電筒照屍體的底部。
金萬堂問：「啞爸爸，你在找什麼？」
悶油瓶回答他道：「買地券（註8）。」
我一聽，心中一樂，看了看金萬堂，意識到我們太學究了。
既然棺材在這裡，底部很有可能有買地券，石棺裡到底是誰，找到這個就能知道。

註8　又稱「地券」，置於墓室內，是生者為死者在陰間買下一塊棲身之所的證明。券文刻寫或筆寫於磚、鐵、鉛板、石板等硬化的物品上，以便於墓中久存。

第二十九章　南海落雲國

買地券說白了就是問陰間買地的憑證，和現在的土地證書差不多，只不過買的地是地府裡的地，作為自己的棲身之所。當時寫買地券是和陰間交易，多被認為是無功德、陰損的事情，只有無後的人才幫助別人寫這種東西謀生。

我曾經收過四川洪雅縣出土的買地券的拓本，前面一些內容我還記得，是「維天聖四年太歲丙寅五月二十七朔今有亡人為徐國嘉州洪雅縣集果鄉侏明里今有歿故亡考君徐大人用錢九萬九千九十九貫九百文……」，買地券前頭的內容會非常清楚地體現墓在哪裡，墓主人的訊息。

悶油瓶的點子是準的。

我們在石棺邊上往下看，就見悶油瓶雙腳卡在井的兩邊，仔細查看屍體的底部。我把手機遞給他，他拍了一張照遞回給我。我就看到屍體的底部是一整塊石板，上面全是銘文。因為長滿了藤壺一樣的東西，所以看不清楚寫的是什麼。

胖子遞下去一支錘子，悶油瓶開始敲那些藤壺，露出下面的字，他緩緩唸道：

「閩越蛇種，南海王織。」

「什麼玩意?南海?」胖子問:「真是南海落雲國嗎?」

金萬堂道:「哎呀,我明白了,南海王織,這是個歷史上存在的真人,這人是東漢時期福建一帶一個古南海國的國君。」他忽然眼睛一亮,跳了起來。

我們都看著金萬堂,他皺起眉頭就開始胡言亂語,說的話讓人聽不懂。

「閩越蛇種,據說古代七閩古國的人崇拜蛇,又是閩又是蛇,說明地券買的是福建的陰地,墓主是百越族的人,這個墓應該在福建的地下某處。《山海經》裡說閩在海中,也就是說很久以前,這塊區域是在海裡的,和大陸是分離的,那天姥追雲追到海裡,忽然看到一個國家的故事是可信的。我的天哪,『天姥追雲』的故事是真的,他不是進到了海市蜃樓裡,他是進入了當時的南海國。」

他看了看屍體,繼續道:「南海國是當時靠近中國沿海,位於福建、江西交界處的一個古國,漢代的時候就消失了。」

「破案了,這些壁畫、棺材、鐘,都來自南海王的王墓。」胖子為了表示自己的存在,做了一個總結。

金萬堂道:「歷史上對於南海國的記載非常少,因為這個國家很小,而且存在的時間很短。只知道滅國之後,遺民皆搭船出海。無數的船出海之後,就再也沒有出現過了,南海王也不知所終。沒想到這麼一個小國的王也有那麼豪華的墓葬,在這方面真是不遺餘力。」

如果是南海國,那這些藤壺也就有了解釋,南海王墓很可能被海水倒灌淹過。

楊家人盜出棺材的時候，將藤壺一起帶出來。

悶油瓶在下面暗示我一聲，我再次把手機遞下去。他已經落到靠近井底的位置，他拍了一張照片，再次把手機丟上來。我點開照片，就看到井底青銅片下的石板上有幾十卷已經腐朽、黏在底上的錄音帶。

他縮骨重新爬上來，手裡提溜著錄音帶的殘骸，我們把錄音帶的殘骸一字排開，大概有四十卷，年代已經非常久遠了，裡面的帶子都爛斷了，無數的汙泥卡在錄音帶裡面，轉都轉不動。

胖子喃喃道：「又是錄音帶，如果沒有意外，應該也是楊大廣的，看來楊大廣同志曾經躲在這個井底，錄雷聲。」

那麼三叔有沒有來過這裡？楊大廣聽雷，是和三叔一起的，還是他獨自聽過一段時間之後，三叔才加入的？我心中的疑問逐漸堆積。

「錄音帶直接丟棄在這裡，應該是沒有錄到他想聽的東西。」我道。

悶油瓶忽然搖頭，我們看著他，他道：「他不是在井裡錄雷聲，他是在井裡播放雷聲。」

我愣了一下，忽然一身冷汗。「什麼意思？」

他拿出一片青銅片，放到我的手中，說：「這是某種鳴雷用的樂器。」

我皺起眉頭，頓時理解他的想法。楊大廣並不是每一次來都會碰到打雷，所以他來這裡的時候是帶著錄有雷聲的錄音帶，到井裡播放。在井裡播放雷聲，和青銅片形成共鳴，就能催動這些青銅片發出特殊的聲音，這真是一種雷聲翻譯器嗎？可以翻譯出雷聲中的訊息？這可相當不得了。但是，現在青銅片都腐朽了，所以我們聽到的聲音渾濁不堪，無法確定。

把錄音帶拋棄在這裡，也許是這些錄音帶裡沒有他要的東西；也許是他和我們一樣什麼都聽不出來，因為巨大的挫敗感而把東西丟棄，畢竟這些青銅片看上去在很久以前就已經腐朽了。而他死在隱蔽的房間裡，沒有留下任何有用的線索，也證明了他沒有太多的收穫，但應該不會什麼都沒有，畢竟堅持了那麼長時間，他多少知道一些什麼吧？

我仔細地看著青銅片，胖子沉重地對我道：「天真，旅途並未結束，齊教授讓我們到六號室來，我覺得，他是希望我們找到這一切的起點。」

「南海王墓嗎？」我嘆氣道。

我感覺齊教授是因為藏地廟裡的東西太珍貴了，不想我們惦記，所以索性給了我們楊家聽雷的線索，讓我們不如去查聽雷算了，放過藏地廟裡的寶貝。

這我可以理解，畢竟我沒有說雷聲重複的事情，所以齊教授不知道聽雷這事可能也非常有價值。

「整個藏地廟，都是一個表象，你看你三叔沒有在這裡留下什麼線索，我們除了一堆寶貝，也沒有看到關鍵性的壁畫或者浮雕，只知道一切的源頭，是因為楊家祖先在南海王墓裡盜取了這些聽雷的東西。那麼關於聽雷以及雷聲重複的祕密，應該都在南海王墓裡。從你三叔的習慣來看，他讓你搞的事情一般都是大事。」

「藏地廟雖然非常誇張，但比起我們之前做的事，那其實就是文化瑰寶，還算不上世界奇觀；但南海王墓就不一樣了，這個墓裡，似乎隱藏了非常厲害的祕密。」胖子慷慨激昂。「你三叔傳簡訊來，如果不是陰謀，那麼要你查的，一定是這玩意。」

我看了一眼悶油瓶，後者對我點了點頭，我嘆氣。胖子說得其實非常到位，但我還沒有做好心理準備，再下一次那麼大的地方，這意味著我要離開我的靈魂港灣，重新進入凜冽的危機中。

但難道我可以就此不管嗎？

我看了看手機裡的那條簡訊，心情很複雜。

難道被胖子說中了，我們真的要重新開張了嗎？

第三十章　線索分析

接下來的時間，我們把這裡所有訊息全都看了一遍，希望在哪個犄角旮旯裡寫著：謎題是這樣的——

這當然是不可能的，我們沒有再發現任何有用的線索，只能把一切恢復原樣，作罷離開。

出來時，正好看到鄧小姐來接我們。一下子多了兩個人，她也很錯愕，但她看到悶油瓶之後，眼睛都轉不開。我已經習慣了，催促她送我們去火車站。一路上，鄧小姐心神不寧，車開得磕磕撞撞的，我也沒有太顧及，腦子裡全是事。

我們和金萬堂在車站分開，他回北京，按照他的套路，繼續去查南海王的資料。這資料不好找，因為沒有專門著作，相關的專家和古董商都少，需要一個一個去問。我們說好了，有什麼收穫，不管是啥，他都要分百分之二十。

胖子和他分開就嘮叨，說有期徒刑分他二十年。我心裡還挺矛盾的，不知道是不是年紀有點大了，覺得此事沒有讓我太過興奮，更多的是焦慮。

不過金萬堂有一件事說得挺對的，他說我三叔既然到過藏地廟，一定也到過楊家祖墳，楊大廣肯定領著他看過了。三叔那麼聰明，一定和我們一樣，慢慢地查到南海王墓。以他的性格，肯定直接就去了。

我得做好在南海王墓裡發現三叔也來過的心理準備。

我在火車上仔仔細細地把事情想了一遍，楊大廣的上幾輩人進過南海王墓，從中盜竊出了壁畫、石棺和這些青銅片，然後來到伏牛山，在山中修建了這個墳，將盜出來的東西藏在裡面。

在南海王墓裡，他們遇到複眼仙人（至於那是古屍復活還是其他原因，不得而知），假設那是因為古屍被寄生而短暫復活的情況，但被他們以為是神蹟，於是開始篤信修仙，修建了藏地廟，並且最終都「終於」羽化成仙。

楊大廣在父親死前，知道了修仙的祕密，知道了雷聲和修仙的關係，也知道了雷聲重複的神蹟等等。但畢竟是新時代了，楊大廣沒有完全相信這件事情，他選擇了讀書的出路，去了南京之後，他應該就結識了我三叔，得知彼此都是盜墓世家之後，兩個人一見如故。

三叔何時和他認識的，我並不知情，反正他肯定把聽雷的事情說給三叔聽。三叔很有興趣，他們應該很快發現了雷聲重複的情況，三叔被震驚了，於是開始調查。三叔和他一起進山錄過一段時間的雷聲，但三叔從來沒有和我說過這段經歷。楊大廣也帶三叔去過藏地廟和假墳，如果金萬堂的說法正確，之後他們應該就去了南海王墓。

歲月如梭，不知道他們之間發生了什麼，楊大廣死在氣象站的密室裡，而三叔委託金萬堂買下氣象站的地。

這裡有一件事情，直到事後我才反應過來，但在此刻的思索中，它被我疏忽了。就是買地這件事情，太大手筆了，三叔無論想做哪件事，都有更小成本的方法可以完成。比如說，讓我到這裡來替楊大廣收屍，或者讓我知道聽雷這件事，都有更加省錢的方法。但他全沒有使用，而是直接把地買下來，並且把地留給我。

如果是巔峰時期的我，應該第一時間就能反應過來，這塊地，或者地下的東西，才是三叔要留給我的關鍵；但此時我已經不在巔峰狀態，所以並沒有想到這一層。當時我所有的注意力，都被錄音帶裡的雷聲吸引了，只顧順著雷聲一路追查。

楊大廣已經死了，我們沒有找到任何文字紀錄，只有無數的雷聲錄音帶。陳文錦和三叔都失蹤了，這麼多年杳無音信，我完全沒有自信這輩子還能再見到他們。最奇怪的是，我翻遍了我能找到的所有地方，他屋子裡、他生活過的地方，他鋪子裡所有他用過、寫過的文字資料，問過所有他以前的夥計、朋友和姘頭，都沒有得到一絲和這件事情有關的紀錄。

這件事就像是一個黑洞，若非這塊地，我絕對不會知道三叔還做過這樣的事。

三叔這個人的做事方式，我是清楚的。之前的十幾年裡，他和我經歷了那麼多詭譎的事件，我仍舊可以從無數蛛絲馬跡中找到他、推理出他的行動軌跡和動機，但這件事情，竟然一點痕跡都沒有。

這說明什麼？說明三叔徹底銷毀了和這件事有關的資料，而且是一件不剩。這種銷毀的程度，我曾經做過，必須把房子裡的每一張紙片都燒掉，才有可能做到。

後來我又發現，三叔所在的考古隊，代號就是044，在西沙考古之後失蹤。我在調查的時候，調查出來的結果是：有人記得這件事情，但是資料全都不見了，無法考證。

在我從楊大廣的皮夾中找到的照片，他們的制服上也有著044的標號，說明這件事情，文物所應該是有批准的。這個文物所也早就註銷了，但我打電話去問幾個之前聯繫過的人，得到的答覆是：沒有聽說過這件事情。

那就意味著，文物所在開展這項工作之初，是保密的。如今三叔帶隊的044考古隊員已經全部死亡或者失蹤，所以這個世界上所有關於這件事情的文字資料，以及可能親歷的人員，應該已經全都不在。

我把雷聲重複以及調查雷聲重複之人的情況一對比，手心就全是冷汗。體感告訴我，這件事情非同小可，而人世間有關這件事情的所有資料，就是我口袋裡的一小包東西，和在伏牛村黃土下面的那一點點東西裡。

三叔當年的事情已經無法考證，如果我想要有所突破、認真去調查這件事情，還真就只有一個辦法：必須找到楊大廣祖先當年盜過的那個南海王墓。

這個古墓在哪裡呢？

第三十一章　賭一把

從機率論來說，這個古墓可能在中國福建的任何地方，深埋在泥土下幾十公尺深。南海國的資料之少，幾乎和東夏國一樣，要找到它，難比登天。

胖子也在琢磨，吃飯的時候，我們交換了一下想法，基本相同，胖子就問我怎麼辦。

「棺材上全是藤壺，這個古墓是半溼半乾的環境，應該是在海邊。」

「什麼叫半溼半乾？」胖子問。

「如果是在海底，藤壺會長得更多、更厚，現在這個厚度說明棺材被水淹沒過，但水很快就退了。壁畫保存得非常好，應該是一直在相對乾燥的地方。這說明古墓是很多層的，棺材被淹的時候，壁畫沒有被淹。」我看著手機裡的棺材照片。

「那就是海邊的礁石山洞。南海王墓在山洞深處，天文大潮（註9）的時候，會

註9　當月球、太陽和地球的位置呈接近一直線，這時月球和太陽引力的疊加作用力最大，潮汐的漲落也最大，漲潮至最高潮位時稱為「天文大潮」。

被淹沒一部分，平時都是乾燥的。」胖子道。

「還有，楊大廣他們之所以選擇在伏牛山修藏地廟，是因為那裡是河南的雷暴中心。所以，南海王墓，應該在福建的雷暴中心。我們在福建住了那麼久，就沒注意過。」

胖子點頭，看了看邊上，有一個人長得很像福建人，正在打電話，胖子就過去問他：「兄弟，福建的雷暴中心在哪裡？」

那哥們兒放下電話，看著胖子，說道：「福建的雷暴，沒有中心。兄弟，你是不是做了什麼虧心事？你在福建，無論去哪裡都逃不掉的。」

我在百度上也查到，福建幾乎所有區域都是雷暴高頻率地區。我吐了吐舌頭，在福建不能亂發誓。

悶油瓶一直在發呆，我把手機遞給他。「來，場外救援，現在到底應該怎麼做？」

悶油瓶轉頭看了一眼手機，然後看著我。

「對了，你當時也在西沙，你應該也是044的成員。」我忽然想到。「你知道南海王墓的事情嗎？」

悶油瓶說道：「我知道他們之前在福建有活動，但我是在西沙的時候才加入的。」

我愣了一下。「你是說，044在福建有過考古計畫？」

悶油瓶點頭，我和胖子對視一眼。胖子道：「我們猜得沒錯，三叔那麼聰明，他在楊家墓裡也發現了南海王墓的線索，所以，０４４去福建，很大機率和我們的目的一樣。」

「所以，福建的活動是？」

「他們只是偶爾提起。」悶油瓶回憶了一下。「我覺得，你可以從灘塗開始查起，我記得他們在福建的那次活動，是在一處灘塗上。」

胖子一下子翻起來，張大嘴巴看著我，我也張大嘴巴看著他。

「小哥在西沙之後，再沒有一口氣說過這麼多話，果然大家只有在回憶往事的時候話多嗎？」胖子道。

我看著悶油瓶，忽然意識到，我邊上就有一個０４４的活人，我應該早點問他的，剛想繼續開口，他又說道：「只有這個線索，他們對這件事情非常小心，之後如果我想起什麼，我會告訴你。」

也是，他記性本來就不好。我心中想道：灘塗，這真是我從來沒有面對過的環境，但符合我們之前的一切推測，半乾半溼，在海邊，有藤壺，也多雷聲，加上０４４的人對此諱莫如深，那真的非常接近了。

我揉了揉臉，立即去查關於福建灘塗的訊息，一查就又頹了。福建大大小小的灘塗不計其數，大概有二十萬公頃。一片灘塗就已經非常大了，足夠我們忙活半年乃至更久，幾乎不是單憑人力就可以去尋找的。

我說：「我們只能按照文化規律，來賭一把，這幾天，我們重點去有灘塗的地方，去附近的村莊尋訪奇怪傳說，如果灘塗下有古墓，附近多少會有一些奇怪的民間故事。」

胖子開了瓶啤酒，皺著眉頭。「你可想好了，這事弄不好是你畢生的事業。」

「不會的。」我告訴胖子：「我現在隨時可以放棄。也不知道是不是三叔引我入局，我如果放棄，不管是三叔還是另外的陰謀家，都必須繼續給我線索勾引我。」

有時候，放棄也是一種調查的辦法。

我說這話的時候，心裡完全沒底，也就是先糊弄自己。另外，灘塗下面的古墓，也完全不知道是什麼情況，我們之前從來沒有遇過。有一些古書中講過，很多沼澤下，都有被泥水淹沒的巨大山體。

如果當時有山脈為龍脈，就會葬有古墓，龍脈被吞入沼澤，叫做「沉窨」。龍困於泥沼，風水敗壞，子孫多重病而亡，是天凶之穴。也不知道灘塗之下，是否一樣？如果王墓被沉窨了，難怪南海國完全滅亡在歷史裡了。據說光武大帝的皇陵也是葬在黃河泥沼的土層裡，風水格局反其他皇帝而設，盜墓賊沒有一個生還的，不知道下面是什麼情況。

一路上想了很多，不知不覺就到了福建，剛下火車，金萬堂就打來電話——

「我查那個南海王墓，得到一個好消息、一個壞消息，你先聽哪個？」

第三十二章　聽到雷聲會死

我一直等著這個電話呢，也不和金萬堂廢話，讓他趕緊把消息說了。對於我來說，有消息都屬於好消息，不分好壞。金萬堂這一次說得很簡單，嘩嘩嘩就把來龍去脈說了一通。

當時分別之後，我託他帶著一些壁畫和棺材的照片，四處打聽。壁畫解讀有一套規則，金萬堂在楊家墳裡其實已經講得差不多了。因為擔心有遺漏，金萬堂搭飛機回北京，比我們先落地，一早就帶著這些照片去找老園子的那些玩家。他有一批客戶，都已經八十多歲了，藏東西早。那個年代還有雜家，就是什麼都玩，任何不講道理的東西都要挑出一個道理。這些人都是寶貝，看東西有自己的一套邏輯。

金萬堂就找了他們，大部分人都說沒見過這種壁畫，但其中有一個人說見過，卻不是在器物上，也不是在別的壁畫上，而是在一個紋身上看到。當然最奇怪的還不是這個，最奇怪的是，當時的情況和這次一模一樣，也是有人在問這個東西，給了他一張人皮，人皮上紋著這些東西。

這應該是兩年前的事了。

我愣了一下，立即問：「是我三叔嗎？」

金萬堂道：「這就是壞消息了。我查了，不是你三叔，但當年查事情的那個人，確實和你是有關係的。」

我問是誰，金萬堂嘆口氣，忽然就不說了。

我大怒。「你少賣關子，別一回北京就裝大尾巴狼，我飛過去把你做成片皮烤鴨你信嗎？」

金萬堂還是嘆氣，說道：「小三爺，這個人在江湖，身不由己，你可別怪我啊。」

他沒頭沒腦地說了這一句，我心中一慌，心說：什麼意思？你做了什麼對不起我的事？查事的是警察嗎？你把我供出來了？

金萬堂說道：「你看看四周，這人你認識，而且神通廣大，他應該已經到你身邊了。」

我愣了一下，轉頭看了看，悶油瓶在後座睡覺，沒有其他人啊。我此刻已經在回去的車上了，心說：胖子都開到一百二十邁了，還有什麼人可以瞬間到我身邊？你就吹吧。正想著，一輛吉普車忽然從邊上貼著我們超車，然後一隻手從車窗裡伸出，讓我們靠邊停車。

「什麼情況？嫌胖爺我開得不好，找碴的？」胖子問。

我瞇起眼睛看車牌，是當地車牌，心說該不會真是便衣警察，就說：「靠近看一眼。」

我們緩緩從吉普車邊上開過，就看到吉普車副駕駛座的窗開著，我二叔正叼著菸，衝我喊：「停車！」

我愣了一下，渾身的冷汗瞬間就出來了。這幾年已經沒啥東西能讓我光天化日出那麼多冷汗了，唯獨二叔可以。這是從小落下的病根。

胖子認識我二叔，也有點意外。「真巧啊！哎，你二叔怎麼也在這裡？是不是旅行啊？」

他看了我一眼，眼神問我停不停，我搖上窗戶對胖子道：「快跑！」

「為什麼？」胖子納悶。

二叔幾年前就嚴禁我再查三叔的事情，他的體系在情報方面很強，但從那個時候就對我封鎖了消息。之後每次見面，幾乎都會叮囑我好好金盆洗手。我見他一次，他和我提一次，我覺得我都快把金盆洗穿了，他還是不相信我。

當然這幾年我也確實沒幹什麼，不過，我打心底不認同他讓我遠離的想法。對我來說，我才是主要事件的當事人，二叔最多算個搞後勤的，有什麼資格來教我做事？所以收到三叔簡訊的時候，我壓根沒想過二叔的禁令。他一出現，我才想起來，一定是金萬堂查事的時候，被他發現了。金萬堂和二叔有很大的生意關係，肯定不敢得罪二叔，直接出賣我絕對是他的風格。

那金萬堂說之前在用人皮打聽這事的人，顯然就是我二叔了。

我不想和二叔廢話，我都快更年期了，二叔還像青春期一樣訓我，想得美。我回頭讓悶油瓶繫好安全帶，他已經醒了，看著窗外，對我點頭。胖子一腳油門，車子拉到了最高速度。幾乎是同時，我二叔的電話就打過來。

我接起電話，他說道：「你停車，你看到前面的雷雨雲了嗎？馬上就要有雷暴了。」

我抬頭看，果然前面有一片烏雲，我們正朝烏雲衝過去。

「我正好洗車。」我對二叔說道：「二叔啊，這麼巧啊，我有急事我得先走，回頭找你賠罪啊。」

「你如果不停下來，你聽到下一聲雷聲之後，就會立即死亡。」二叔冷冷地說道：「我是為了救你，要是你不停下來，我就撞到你翻車，你繫好安全帶吧。」

他剛說完，吉普車就衝過來，幾乎貼著我們的車擦過去，兩個後視鏡相撞，直接撞碎。

胖子回頭看我，滿臉不可置信，問我道：「天真！你是不是勾引二嬸了？這是要和我們同歸於盡！」

「你滾蛋！」我大罵。二叔的車在前面直接煞車，想引起我們追撞。胖子反應很快，立刻小幅度轉向，貼著路肩又超了過去。

「你和二叔解釋解釋！肯定有什麼誤會！」胖子看著後面的吉普車又緊逼過來了。

我對胖子說：「二叔說我們開到前面的雷雨雲下面，聽到雷聲我就會死。」他油門還踩著，前車窗開始出現雨星子。

胖子低頭看了看前面的雷雨雲，道：「胡說吧，你二叔是沒錢了要繼承你的遺產吧。」

「他只能繼承一堆債務！」

二叔的車也是改裝過的，性能比我的金杯汽車好多了，又立刻開到我們前頭，連續三個短急煞，逼我們減速。

胖子躲了兩次，整輛車子因為超出性能的轉彎發出了恐怖的聲音，我一頭冷汗。眼看雷雨雲就在前面，能看到雲層裡的閃電，只是還悶著，胖子就大聲問我道：「你要不問一下二叔，是只有你會死，還是我和小哥也會死啊？」

眼看另一輛吉普車也逼了上來，我盯著前面的雷雨雲看，腦子一片混亂，心說：為什麼會死？

胖子開得太快了，我們迅速靠近雷雨雲，我意識到自己根本來不及仔細考慮明白，車子就會衝進去了。一種莫名的恐懼感油然而生，我立即想到死在氣象站裡的楊大廣，他的屍體看上去是坐著忽然死亡的。

難道他洞悉了雷聲的祕密，被滅口了？這個世界上有一種雷聲滅口機制，雷聲知道你想調查它，就會想辦法弄死你？

想到這裡，腦子裡還沒決定啥，我的身體就誠實地喊了一聲：「停車！」

胖子如釋重負，立即閃了雙黃燈，開始減速，停到路邊。二叔的電話就掛了，車也倒回來停到我們前面。我看著他下車，耐心地打開傘，然後走過來。

「別屁啊，你們的家事我管不了，但胖爺我在心情上支持你。」胖子輕聲和我說道，他的注意力還在雷雨雲那邊。「長話短說，不然雲就到了。」

我看著那片雲還在向我們飄近，二叔已經到了車窗邊。

「下車。」

「二叔，如果打雷會死的話，我們是不是走遠點兒再說？」

「下車。」他冷冷地看著我。

我乖乖下車。我自小就和三叔玩成一片，經常沒大沒小的；但二叔完全不同，二叔是一個不苟言笑的人，從小我就不太敢和他說話。我這種性格和二叔這種人相處的方式，就是別起衝突，所以基本上他說什麼是什麼。

二叔把持著我們家裡的正規產業，我和三叔都屬於賠錢貨，只有二叔把家裡的產業一直做到現在的規模。當然，他也有這種性格一定會有的附屬品格——摳門，所以很難相處；而且他記仇，報復心強，又沉得住性子，總之就是不好惹。

兩兄弟從小性格迥異，所以感情也很微妙，但二叔很孝順，老人都是他照顧的；再加上他在九門之中，謀略、風水、鑑賞都是他那一輩公認的第一，所以二叔算是我們老吳家的明燈，九門中有名的「別人家的孩子」，地位自然要比三叔高一截。

二叔替我撐傘，示意我往後走走。我回頭看了一眼雷雨雲，他就問：「你害怕？」

此時我不能離開，就問：「您怎麼來了？聽說您也在查南海王墓裡聽雷的事情？好巧啊。」

二叔做了一個別說話的手勢，指了指天上，我抬頭看天，烏雲開始聚集。

「啥意思啊？為什麼我聽到打雷會死啊？」

「你簡直和你三叔一模一樣，怎麼說都不聽。不是讓你別查嗎？你瘋了嗎？好不容易過了幾年太平日子，你爸媽可以不用那麼擔心，你又來！」

我不說話，每次都提我爸媽，我不知道該怎麼回答。

「有時候我真懷疑，你是你三叔親生的才對。」

「二叔，我和你說個笑話，如果我是我三叔親生的，我可能都不姓吳。」說完我自己都樂了。胖子說我勾引二嬸，三叔私通長嫂，三叔又可能不是三叔，我們家太亂了。

「你應該姓作，作死的作。」二叔冷冷地看著我。

我現在倒也不至於害怕他的眼神，就和他對視。「你是來阻止我的嗎？二叔，你可以口頭上阻止，但你知道，不肖子孫用嘴是阻止不了的，我肯定會查下去的。小哥在我車上，你這點兒人不夠抓我，我肯定逃得掉。」

二叔看著我不說話，我也不說話，但我其實擔心得很，因為眼角餘光看到雷雨雲已經越來越近了。

「你先跟我來，我給你看樣東西。」二叔走著，後面就開過來第三輛吉普車，停在我們面前。後門打開，一個老人坐在後座上，裹著毯子，轉過頭看著我。我看到他的臉的時候，嚇了一跳。

這根本不是一個人，更像是一個妖怪。這人的五官比例非常奇怪，上庭非常寬，整張臉都擠在下半部分。仔細看就能發現他沒有下巴，他下巴的骨頭應該是沒有了，只剩下皮肉。

老人和我對視，眼神渾濁。

「這是和熊打過架嗎？怎麼傷成這樣？」我輕聲問。

「這個人叫母雪海，這是雷擊傷，大概三十年前，這個人被雷擊傷，瀕臨死亡，昏迷了快六年才醒過來。七年前，又被第二次雷擊，之後就徹底瘋了。第二次雷擊燒掉了他的下頜，他再也沒有辦法說話。」

我看著母雪海，他也看著我。

「這人是你三叔044考古隊到目前為止唯一活著的人，但是腦子和下巴都被雷擊毀掉了。」二叔說道：「據我查到的訊息，他深度參與了你三叔聽雷的事情，具體他們一起做了什麼，我不清楚，但他是外聘的顧問，本身在文物所沒有公務員編制。雷劈的時候他在鄉下，鄉下的醫院以為他已經死了，開了死亡證明，之後你三叔把他送到杭州，在杭州救回來的。所以以你在局裡的關係，是查不出這個人的。」

我看著二叔，044所有在編的人，除了小哥之外全部失蹤和死亡，我當然不可能知道這種編外人員的細節，但二叔是怎麼找到這個人的？難道三叔有一部分的資料被他藏起來了？

「不是我找到他的。」二叔似乎知道我的疑問：「是你三叔送來給我的。五年前，他的醫藥費用完了，醫院依著他入院單子上的最後聯絡人，把他送到我這裡。我看了一下之前的單據，是你三叔負擔了他的醫藥費，後來把最後聯絡人訊息改成了我。」

「也就是說……」

「之前一直是你三叔在祕密養著他。你三叔失蹤之前，應該預料到了他自己可能回不來，於是更改了最後聯絡人的訊息，如果他回不來，醫藥費用完之後，就會有人把這個人送到我面前來，讓我替他養。」

我看著母雪海，心說：這樣的事情三叔也讓我幹過，我們都是三叔的「養瘋人」。

「脫了他的毯子。」二叔對母雪海後面的人說道。後面的夥計把母雪海的毯子扒拉下來，把他的背掰過來，讓我看他裸露的後背。

「你三叔失蹤了，還送了個人過來，我肯定要查，於是先檢查了這個人，這個人身上有一個很奇怪的痕跡，引起了我的注意。」

我看著老人裸露的後背，他後背上有一塊四方形的巨大傷疤，這是硬生生被剝掉了一塊皮。

「這個人後背的皮被剝掉了，我問了醫生，這不是雷擊導致的燒傷疤，是有人直接割掉的。」二叔說道：「他背上之前紋了東西，被人割下來帶走了，後來我花了重金，把這張皮弄了回來。」他點起一根菸遞給我。「你猜他背上之前紋了什麼？」

第三十三章　不要暴露在雷雨雲下

在這個節骨眼上，我實在不想聽二叔賣關子，就說道：「你說吧，我猜不出來。」

二叔從口袋裡掏出一卷東西，遞給我，我展開一摸，立即就知道，這是革化的人皮，上面有刺青的文字。為什麼能立即知道？因為這人皮的大小，和母雪海背上的傷疤大小相仿。

在人皮的主人面前，看他被割掉的皮，這場面還挺奇怪的。

我乾咳一聲，看了看，上面紋的是：**不要暴露在雷雨雲下，我會死**。

除了文字之外，還有很多類似我們在楊家墓看到的壁畫圖案，但是非常簡陋。文字和圖形都很簡陋，幾乎就是用針和藍墨水自己業餘玩的。

「這是什麼意思？」

「你這麼能，自己分析啊！」二叔似笑非笑地看著我。「你不是很能編嗎？」

我笑笑，感覺到二叔確實是有些不爽。

看著母雪海被雷擊之後的臉，和他後背被割皮的位置，我說道：「首先這些字，肯定不是他自己紋的，因為他紋不到。這些文字顯然和那些阿茲海默症病患掛在胸口的牌子，功能是一樣的。只不過母雪海已經瘋了，他無法表達自己，無法自控，於是有人把他的禁忌紋在他的背上，提醒照顧他的人。」

這是一個非常長遠的考慮，也就是說，替他紋字的人，知道他會在一間間的醫院、療養院裡不停地轉手，照顧他的人也會不停地換，而自己無法一直在他身邊，於是提早做好準備。

但這個提醒，確實非常離奇。一般人會紋個手機號碼，或者紋過敏食物的提醒，免得照顧他的人疏忽，但這裡卻紋了「不要暴露在雷雨雲下」；加上他被雷擊之後，臉部殘疾，以及剛才二叔說的話，我不得不得出一個結論。

「二叔，是不是調查聽雷的人，如果暴露在雷雨雲下面，就有可能被雷擊？」

二叔看著我，不說話。

我轉頭看著雷雨雲逼近，嚥了口唾沫，心說：難道是天機不可洩漏，一旦我開始調查聽雷的事情，就會被老天爺幹掉？０４４後來團滅消失，難道都是被雷劈死的？那三叔怎麼沒事？不僅沒事，他後面還展開了和老九門、汪家那麼巨大的計畫。而且他與陳文錦和楊大廣應該進行了很長時間的聽雷，也沒有被劈死啊！

我看著母雪海，他的臉恐怖至極，就算我推理出來很多不合理的地方，看到這張臉，也開始害怕了。

「兩個點，一個開始，一個結束。」二叔說道：「你推理一下，不可能逃出這個模型。」

我做出了一個滿是問號的表情，心說：什麼意思？二叔講話經常這樣高深莫測。

「我猜想，這件事情非常玄妙，你一開始可以調查，但當你調查到某個關鍵點的時候，就不可以再暴露在雷雨雲下了，否則就容易和母雪海一樣，被雷擊致命。普通人不會那麼幸運，被雷擊之後還能倖存。」二叔說道：「之後你就只能躲避一切雷雨，你三叔他們應該也經歷過這個階段。這是一個開始。」

「那一個結束呢？」

「這種危險狀態，是可以結束的，透過某種儀式、某種獻祭、某種解脫事件，你三叔和陳文錦，應該完成了這個結束狀態，得以倖存。這是一個結束。」

「你的意思是，他們調查聽雷調查到最後，和上天達成了和解，就放了他們一馬？」

「沒有那麼簡單。我們不知道調查到哪一刻，就會變成母雪海的狀態，也不知道背後的邏輯到底是什麼，是科學規律，還是匪夷所思的靈異現象，都不知道。所以，當你看到雷雨雲的時候，你要敬畏、遠離。事實上，很少有人可以像母雪海一樣，有第三次機會。」

我再轉頭去看雷雨雲，只覺如芒刺背，那雷雨雲已經壓低到感覺再有幾個大竄步就能蓋下來了。母雪海呆呆地看著雷雨雲，竟然露出一絲詭異的笑意，閃電閃起的時候，我看到他的嘴在蠕動，似乎在回應閃電。

「你還查嗎？」二叔問我。

「您都不怕，查了那麼久，我肯定比不上您。我不怕。」我還在嘴硬，這時雲裡閃了一下，接著一秒後，一聲巨大的驚雷就到了。

我嚇得一個哆嗦，二叔就揶揄地看著我。「可以，我不阻止你，我知道那個張起靈在這裡。你翅膀硬，但我會和你競爭，如果我比你先查清楚了，你就收手。上車，在車上把你查到的事情都和我說一遍。」

說著二叔招手，一輛吉普車開門，我逃也似地爬上去。二叔上去就說：「和那個胖子說一下，我們去小邪在福建的村裡休整。」

車子很快掉頭，貼著雷雨雲往回開，看樣子是要改道繞過雷雨雲。我鬆了一口氣，就對二叔道：「那您也要交換您的情報，否則我一說，這裡不就沒有我的事了嗎？」

「你是不見黃河不死心。你真的不怕死？」

「我會非常小心的，做好萬全準備，如果不走運，我也認命。」我說道，看著二叔，盡量眼神真摯。

「那你死前，是不是給你們家留個種？」二叔揶揄我。

我就笑。「二叔，您身體那麼好，您生一個過繼給我爸唄。」

二叔就怒了，我立即轉移話題，開始講我們在河南的所見所聞、南海王墓，把各種事情快速地和他說一遍。二叔面無表情，也不知道有沒有仔細聽，看不出他的情緒，就我一個人講，就好像是小學生背課文一樣，我覺得非常尷尬。

車開得飛快，胖子的金杯車從我們邊上過，我真想瞬間移動，回自己的車上去。

一路無話，我們先回到雨村裡，這裡真是我心的歸宿，到了之後我就有點不想再折騰了。

我們的屋子裡擠滿了吳家夥計，二叔把我們拍的照片列印出來，鋪滿了桌子。我們三人反而被擠在角落的沙發上，看他們開會。

屋子的其他地方全部堆滿裝備。這些夥計大部分都是夾喇嘛（註10）夾來的，一個個長得歪瓜裂棗，說話南腔北調。

胖子問我：「你二叔也要去南海王墓？」

「是這樣的，他要去，我也要去，我們合作，但我們並不是一個團隊。」

「哦，懂了。」胖子說道。

「我自己都聽不懂，你就懂了？」我笑道。

「你和你二叔是『炮友』唄。」胖子道。

我就笑，非常貼切，就是聽著怪。說實話，二叔現在要參與一起找那個斗，

註10　意指組織一批土夫子盜墓。

我內心是接受的。因為理性告訴我，我們要在福建灘塗找到東西，僅憑我們三人的話，財力、物力、人力都遠遠不夠，真的是畢生的事業。

二叔效率很高，很快就有夥計得了命令出去辦事。所有人都在抽菸，整個屋子煙霧瀰漫，就像是著火了一樣。不久後，其他人也被派了出去，只剩下二叔的一個夥計在打掃滿地的菸頭、擦桌子。

我把門打開，把菸味散出去。胖子小聲道：「我和小哥先睡了，你們爺倆敘舊。」說著胖子進去，對二叔陪笑。「老爺子，那你們繼續聊，我明天要早起，先睡了。」

二叔「嗯」了一聲，看著悶油瓶，說道：「你留下。」悶油瓶似乎沒聽見，往自己房裡走去。二叔猛一拍桌子。「我叫你留下！」

我嚇了一跳，不知道二叔為什麼忽然「擺架子」，立即去看悶油瓶。悶油瓶停了停，看著我二叔。

我連忙上前。「二叔，怎麼了？」

二叔冷冷道：「我有事問他，他肯定知道老三在哪裡。」

悶油瓶搖頭，推門進屋了。二叔站起來，似乎不肯罷休。我立即把二叔拉住，說：「他就這樣，二叔，您別介意。您再問他，他會打量您的。」

二叔坐下來，喝了口茶。「他還是什麼事都不說嗎？」

「不說，我知道的也差不多了。」我嘆了口氣。「其實騙我最多的是三叔，不知道他有多少事情瞞著我。但知道那些事情後，我付出的代價太大了，別人不說，就不說吧。」

「你三叔欠的債多，事情過去後，他一件一件地還，這輩子都不知道能不能還得完，我們吳家都得幫著還。」二叔忽然也嘆了口氣，扶了扶額頭。「來聊聊正事吧。」

我點頭，正襟危坐，忽然回到了小時候我二叔考我背唐詩的時候，我大體是背不下來的，因為頭天晚上三叔肯定會帶著我去野地裡抓蚱蜢，一路抓到我睡著，再把我提溜回來。所以小時候我是討厭二叔的，特別喜歡三叔。現在想來，這個家要是沒有二叔，真的有可能垮掉。比起我爸爸現在的狀態，如今的二叔，頭髮已經全白了，雖然他保養得猶如有魅力的帥大叔一樣，但我能從二叔的精神頭中，看出隱藏的疲倦和蒼老。

「您準備怎麼找？」我問二叔。

二叔長嘆了一口氣，道：「小邪，你答應我一件事情。」

夜深人靜，氣氛顯得有一絲淒涼。

「好。」我點頭。

「為了你爸媽，你做事還是保守一點，找到南海王墓之後，你別下去，我找人下去。安全了，你再動。」

「二叔，我不是不講道理，這點我還是聽的。」我有一些動容，我聽出了二叔語氣中的巨大疲憊。

他平日要負擔的事情太多了，我一定是他非常多餘的負擔，但他又不能不管我。

「我想你也猜到了，044有可能下過南海王墓，所以我們一方面打聽044那些人在當地考古的訊息，看看當地的老幹部裡，有沒有還有記憶的；另一方面，還是笨辦法，一個灘塗一個灘塗找，但我們需要提高效率。」

「有什麼古法，是我不懂的嗎？」我問道。

「這個南海王墓用一般的方式是找不到的，我在北京找了個高人來幫忙。」

我愣了一下。「高人？」

二叔點頭。「他是真的能聽雷探墓的人，明天就到。我們根據各種線索，優先選擇灘塗，只要天上打雷，他就能知道下面的情況。」

我愣了一下，聽雷這技術現在還有人會嗎？我知道一些山區裡的盜墓村裡的老賊，還有人能在打雷的時候，感覺出地下有東西，但真的能靠聽雷找墓的，早就是傳說裡的人物了。

「是人，就會在行動的時候留下痕跡。044在福建的考古活動，應該是機密，越是機密，就越可能讓人記憶深刻，我覺得不難找。」二叔說道，他閉著眼睛，良久，才道：「小邪，我有一個預感，你三叔的屍體，可能就在南海王墓裡。」

「為什麼？」我問。

二叔沒有回答，只是說：「我只是覺得，我們應該做好這種心理準備。」
他閉著眼睛，竟然緩緩地睡過去，那是巨大得無法抑制的疲憊。
我嘆了口氣，打水替他洗了個腳，然後把他扶起來，他迷迷糊糊的，我把他扶到臥室裡。

第三十四章　劉喪

我和二叔睡一起，他睡得像殭屍一樣，一晚上一動也不動。這心裡得有多少事，才能睡得像是尺量出來的一樣。

我滿鼻子煙灰，睡得也不踏實，好在福建山裡的空氣好，睡了不到六個小時，我就有精神了。

二叔早就起來了，我出去就看到二叔在跟周圍的鄰居聊天，還發紅包呢。我一出來，隔壁大媽就上來親熱地打招呼，把早餐也端上來，兩個雞蛋、一碗白粥加一塊臘排骨。什麼時候有過這待遇啊？我趕緊蹲下來和二叔在院子裡吃早餐。也不知道二叔和她說了什麼，她開心得簡直要飛到天上去了。

整頓一番，重新上路。我們先往海邊走，在鎮裡就碰到了二叔說的高人。那人剛剛到達，竟然穿著西裝、提著行李箱，看著好像是商務旅行剛落地的樣子。我上下打量他一番，西裝修身，非常高級，黑框眼鏡；手錶沒有鑽石，但是錶面很大，看上去也不便宜。

看到我們的時候，他一邊解開領帶夾，一邊和我二叔說：「剛出差回來，衣服都沒來得及換。」二叔向他介紹我，我朝他點頭。目光對視下，我覺得對方看我的眼神略有深意。

正在納悶，胖子在邊上輕聲對我說：「你小心點兒，這人我認識，不好惹。」

我心說：這是誰啊？這行裡的高人，我二叔認識的話，我不會不認識；胖子認識的話，我更不會不認識，沒高人穿成這樣的。

我就問胖子詳細情況，胖子說這人不在這一行，他什麼事都幹，什麼事都懂，但是凡事特別悲觀，外號劉喪。他是最近一段時間起來的新人，外八行（註11）什麼事都能搞定。別看他那麼老成，但據說是個九〇後，半路出家玩古董，被西安一個瓢把子收了。聽說他耳朵特別準。現在墓越來越難找，很多妖魔鬼怪都出來說自己知道特別的找墓法子，大多都是騙子，但這人據說是有真本事，而且他價格公道。

這人現場脫掉西裝，換上T恤和牛仔褲，一下子就變成了和我們相似的模樣。我心說：在什麼人中穿什麼衣服，這人其實心眼挺細的。

上車出發，這人從背包裡掏出一堆手機，一支一支地架在方向盤上，排了十幾支，上面顯示的都是沿海各個鎮的天氣預報。

二叔問：「有雷聽嗎？」

註11　在古代傳統三百六十行之外，不在正經營生之列。共有金點、乞丐、響馬、賊偷、倒斗、走山、領火、採水，幾乎囊括了江湖上所有的偏門。

劉喪搖頭，手指飛快地滑過各個螢幕，發現都是晴天。劉喪就「嘖」了一聲：「得了，這大晴天，二叔，你的錢我賺不了，我回去了。」

「別啊。」二叔道：「這裡天氣變得快，就算等，我們也得等到打雷的天氣來啊。」

胖子輕聲道：「孫子，你接活之前不會看啊？你都來了才看，肯定有譜，別裝大尾巴狼，老人家不懂你的套路，我可懂。」

劉喪這才看到胖子，臉色一變。「胖爺，怎麼哪裡都有你啊？」說著就看到悶油瓶，他忽然渾身一震，臉一下子就紅了，眼神馬上轉回去，人有點不知所措。

我看了看胖子，心說：這哥們兒怎麼了？就聽到胖子說：「別理他，他是咱小哥的粉絲。我認識他，就是因為他之前託人找我要簽名。」

粉絲？在深山裡還有粉絲？我心裡奇怪，就看到劉喪偷偷地拿出手機，對著後面拍了一張照片。

胖子看到劉喪偷拍，立即惱羞成怒，指著他就罵：「拿來，拿來！」

劉喪把手機護在懷裡，一邊躲一邊冷冷地說：「被拍的人沒說話，關你屁事。」

胖子過去搶，二叔埋汰地看了胖子一眼，罵道：「再鬧就下車！」

胖子縮回去，在我耳邊輕聲說：「這哥們兒肯定是你二叔的私生子。」二叔透過後視鏡看了一眼胖子，胖子把臉轉過去。

劉喪偷偷轉頭又看了悶油瓶一眼，悶油瓶看著窗外。胖子抓住悶油瓶的連帽T

替他戴上帽子，遮住了他的臉。劉喪眯起眼睛看了看胖子，胖子把鞋一脫，一腳踩在劉喪的椅背上，做了個警告的手勢，劉喪冷笑著坐回去，車裡的氣氛變得非常尷尬，同時又很幼稚。

一路無話，那劉喪趁我們一不注意，就不停地偷拍。我一開始還能忍，慢慢的，我也有點忍不了，他只要一拍，我就踹前座的椅背，後來換他開車，他才老實了不少。

我們開了快七個小時才到平潭縣。第一站選在平潭，主要是因為之前搜索了大量的福建民間傳說，都難以和南海國產生關聯，其中一些有明確的朝代和歷史人物，顯然是由歷史紀錄演繹的；有一些傳說的區域非常局限，一看就知道是在當地幾個村子發展起來。

只有平潭島上的漁民中流傳著一個民間傳說，非常有意思，裡面有皇帝、神仙、大海這些元素，二叔覺得可能和南海古國有關。

第三十五章　啞巴皇帝

平潭很早以前叫做「海壇島」，總共由一百二十六座小島組成，符合當時有理論說南海國極有可能是海上的一群島嶼，漁業非常發達。島上有一個啞巴，他平時特別喜歡折紙兵和紙馬當兵馬，故被人稱呼為「啞巴皇帝」。

啞巴皇帝的親人都被當時的皇帝殺死了，所以他非常恨皇帝，但是也沒有辦法。一次出海打魚，他差點死了，在海中漂流的時候，忽然有一個奇怪的人從海裡浮上來，說自己是蓬萊的仙人。仙人看啞巴皇帝可憐，就給了他三張紙，說：「你用第一張紙剪一棟房子，第二張紙剪一個糧倉，第三張紙剪一些衣服，剪完三張紙你就可以開口說話，也可以遮風避雨、吃飽穿暖了。」仙人還叮囑，做法術的時候不可以被人看見，否則法術就不靈了。

啞巴皇帝看著三張紙，想起自己死去的親人，恨得咬牙切齒，所以他用第一張紙剪了一座大山，為鄉親們擋住海上的大風大浪。他用第二張紙剪了一把大弓和一支神箭，還有很多兵馬，準備對付皇帝。但他手比較笨，不會剪兵和馬的眼珠，於是就用嫂子鍋裡的芝麻當眼睛。第三張紙，他剪了舂臼、簸箕和槌子，準備給嫂子勞動時使用。

第二天天還沒亮，啞巴皇帝就搭弓引箭，射向皇帝的金鑾殿，結果皇帝太過昏庸，還沒有上朝，箭射在了皇帝的寶座上。皇帝上朝之後，看到箭後大驚失色，於是派丞相去查，很快就查到這是啞巴皇帝所射。皇帝派大軍過來圍剿，啞巴皇帝甩出紙剪的千軍萬馬，結果因為嫂子的芝麻是炒過的，所以兵馬全都是瞎的，被皇帝的大軍打得一敗塗地。

啞巴皇帝沒有辦法，讓嫂子閉上眼睛，把舂臼、簸箕和槌子丟入海中，大聲喊：「舂臼變船，簸箕變帆，槌子變槳。」舂臼、簸箕和槌子就變成了船、帆、槳。他帶著嫂子上了船，逃入海上。

他叮囑嫂子不要睜開眼睛，但海上風浪太大，嫂子被風浪一顛，嚇得睜開眼睛，法術一下子就破了，舂臼、簸箕和槌子變回紙，啞巴皇帝和嫂子一起消失在大浪中。

我們站在海邊的灘塗邊，夕陽西下，整個灘塗全是橘金的波紋，海面像金箔一樣，遠處有無數的釣梁子——像「7」字形一樣的兩根棍子，是漁民在漲潮的時候釣魚用的。

我們一邊吃著泡麵，一邊聽二叔繪聲繪色地把這個傳說講了好幾個版本。胖子聽著彆扭，就問：「不對啊，怎麼都是他和嫂子，他哥哪裡去了？」

我說道：「他哥肯定被皇帝殺死了，你能想點正能量的嗎？」我二叔特別不喜歡聽這種笑話，我趕緊向胖子打眼色。

胖子不解風情，繼續道：「你們確定他哥不是賣燒餅的？你們再好好打聽打聽，這是不是弟弟和大嫂講不清關係的故事？」

我不理他，轉頭問二叔：「您的意思是，這個啞巴皇帝，就是南海王？」

「南海王曾經造反被鎮壓，之後被貶為庶人，最後消失於海上，你不覺得和傳說中的啞巴皇帝有點相似嗎？這裡有大面積的灘塗，下面有沒有東西，要靠劉喪好好聽一聽了。」二叔說完看了看劉喪。

劉喪看了看天，天上沒有一絲雲，要是能打雷就有鬼了。胖子就對他道：「我買幾個炮仗來放一下，你湊合聽一聽？」

劉喪看了看手錶，對胖子道：「我是按時間算錢的，要想給二叔省點錢，你就少添亂。炮仗是不行的，得用雷管。聽說胖爺你玩炸藥是一把好手，不知道炸泥巴怎麼樣？」

胖子看劉喪擺架子，冷笑道：「你小子看不起人！你胖爺別說炸泥巴，炸屎都能炸上葛萊美。」

劉喪來到車後，打開後備箱，翻出來一箱子雷管，丟給我和胖子。他本來也想丟給悶油瓶，但想了一下沒敢丟。胖子甩手就把自己的丟給悶油瓶，劉喪紅著臉再把雷管丟給胖子。我們四個人互相看了一眼，劉喪開始脫衣服，我們三個人立即也跟著脫衣服。

「我在中間聽，你們在三個角分別引爆，如果下面有東西，四十分鐘內我給你找出來。」劉喪戴上一只特殊的耳機。他身材很瘦，裸著的身上紋著一隻不完整的麒麟，能看得出是模仿悶油瓶的紋身，但是不如悶油瓶的有神韻，而且還沒有紋完。

劉喪滿臉通紅，胖子剛想說話，劉喪就罵道：「別說了！走！」然後往灘塗走去。

第三十六章　海蟑螂

劉喪在海風中前行。我們停車的地方其實是泥塗混合的海岸沙地，離灘塗還有一點距離，要走很久。他身上背著幾件大瓷罐一般的瓷器，形狀和尿壺一樣，但開口卻是在瓷器中間，一看就是老東西。

胖子就嘖嘖道：「考考你，這孫子背著的是什麼東西？」

我仔細去看，這幾個東西是典型的老瓷白，開口位置的釉花是一朵蓮花，瓷器的兩端各有一朵牡丹，牡丹中間是八卦圖案。於是我猜那是魂瓶——常見於南方古墓中，又叫做「五穀囊」。不過很多魂瓶都是長的，有些像是竹筍一樣，也遠比這東西華麗。我見過的普通魂瓶，上面的瓷雕都有三、四層，據說上面疊層越多越能代表墓主地位。如果這是魂瓶，那也未免太簡陋了。

胖子對我道：「不知道了吧！這是情趣用品，這小子是個變態，幹活還帶著。」

劉喪回頭就罵。「你沒喝多吧？我敬你算是個長輩，你別倚老賣老總欺負我，這是地聽，你有沒有文化？」

我愣了一下，我聽說過地聽這種東西，這東西不常見，也不怎麼值錢，所以就一直沒去研究，沒想到是這種樣子的。這東西是古代守城時防止外面的敵軍挖地道用的，埋入城牆下，能聽到遠處的掘地聲。無風的時候再蒙一塊小牛皮，能聽得更清楚。

我走近去看，發現都是遼白瓷，看來是從古戰場上挖出來的。聽說這種地聽因為在戰場上被血腥氣浸染，會有靈性，在夜深人靜的時候，收藏的人還能從中聽到戰場上廝殺的聲音。我沒有想到劉喪用的是古法，對他的印象不由得有些改觀。這哥們兒的師父看來是那一輩的老瓢把子，這是傳承下來的手藝。

說著就走到了海岸邊緣，前面就是灘塗，這是一條肉眼可見的分界線。我們現在走的部分是沙子居多，長著無數的草，隨著離灘塗越來越近，草越來越少，沙子逐漸變成了泥，腳感也越來越軟。到完全沒有草的地方，則是一片你能踩出腳印但不至於陷下去的區域。這一條線非常明顯，過了這個區域，大概再走十幾步，就是灘塗了。

灘塗的特徵就是一腳下去，泥巴會黏住你的鞋底，沒有那麼容易提腳。這說明你已經進入灘塗範圍了，走到深處，那就是一腳下去，直接沒到大腿根的沼澤。

在灘塗走路非常艱難，泥巴帶著吸力，我們必須脫鞋，可才走了十幾步就筋疲力盡了。當地人用一種叫「海馬」的交通工具，其實就是可以單腳跪立的雪橇一樣的木板，但是我們沒有，只能徒步。

我們在灘塗中跟著劉喪爬了半天，也只走到灘塗的中心。接著，他開始找位置，我們三個又花了十五分鐘才到了他指定的三個位置，開始按順序往灘塗中埋雷管。此時，我們已經不知道摔了多少跤，渾身都是爛泥，海風越來越冷，還好帶著酒，喝下去渾身發暖。

夕陽逐漸落下去，天色壓了下來，感覺是一塊鑲著亮邊的夜幕從天穹扣下。所謂暮色，可以很精確地形容現在的光線，海平面還亮著，但是天上已經可以看到星星了。

海面上沒有一艘漁船，除了我們，灘塗上一個人也沒有。二叔他們的車在很遠的岸邊，閃著雙黃燈，我們只能看到燈光。我拿出對講機，問望風的情況，望風的人說海邊幾里地一個人都沒有。

我看向劉喪，他將地聽一件一件地埋入淤泥中，排列成一個很奇怪的形狀，然後每個地聽裡放入一枚銅錢，祭拜了一番後，就俯下身，把耳朵置入一件地聽的開口中。接著，我們陸續引爆雷管，衝擊波巨大，形成漫天的泥巴雨，我兩次被震翻在泥巴裡。

劉喪依舊穩穩地趴在中間，一邊仔細聽，一邊讓我們用洛陽鏟把雷管越埋越深。深埋之後的爆炸就不像噴泉了，反而更像放屁——泥巴裡會湧起一個氣泡，然後非常猥瑣地破掉，散發出硫磺的味道。

天完全黑下來，我們打開手電筒，內心只有疲憊，海風吹得人全身都麻了。酒勁也過去了，我們凍得直打擺子。灘塗上很多地方爬滿了海蟑螂，按道理來說，這東西應該在礁石上，而不是在這裡，看著十分噁心。

劉喪一直沒有收穫。隨著我們炸的地方越來越多，我發現情況有些不對，他不說話了，表情也變得疑惑起來。

休息的時候，我們朝他聚過去，問了半天，他才肯道：「我現在只能肯定兩點，第一，下面是礁石；第二，礁石上應該有大量的孔洞，連通著岸上的山巖。那麼多海蟑螂出現在灘塗上不正常，肯定是被我們從下面的孔洞裡震出來的。但因為下面的礁石也是巨大的固體結構，我沒有辦法肯定下面有沒有斗。」

我看他的表情，覺得不太對，他沒有說實話。我拍了他一下，對他道：「小哥在這裡呢，你得說實話。」

「你到底聽到什麼了？」和胖爺說，胖爺我保證只笑話你兩個月。」胖子對他道。

他看著悶油瓶，遲疑了一下，還是沒有說，但是他看著地聽，表情非常疑惑。

忽然我感覺到腳底的泥巴不太對，似乎變鬆了好多。本來剛沒到腳踝的，現在一下子沒到了膝蓋。而且我的腳奇癢，能感覺到有無數的蟲子從泥中爬出來。我用手電筒一照，發現我們腳踩的地方，到處都有海蟑螂從泥水中爬出來。

我和胖子對視一眼，同時看向悶油瓶，只見他蹲下去，瞬間夾住一隻，看了看，似乎是普通的品種。胖子立即拿出信號槍，對準天空就是一發照明彈。紅色的光彈在半空炸亮，我們向四周望去，驚呆了。整個灘塗上，數以十萬計的海蟑螂正從爛泥中湧出來，目力所及的泥巴都在蠕動，細看全是這些東西。

「是不是剛才那幾個炮，炸了底下的蟑螂窩了？」胖子喃喃道。
劉喪的表情卻是呆滯的，他只是看著地聽，絲毫沒有在乎這些蟲子。
我看了看腳底，隨著蟲子不斷湧出來，我們腳底的泥巴也越來越鬆，我剛想提議，悶油瓶忽然喊：「上岸！」
我們三個人立即往岸上狂跑，劉喪沒有這種默契，他愣了一下。忽然，從地下傳來一連串打嗝一樣的巨響，接著，遠處的灘塗冒出十幾個巨大的氣泡，那個地方的泥巴猶如溶化一樣開始下陷。我大叫一聲「劉喪」，他才反應過來。四個人奪路狂奔，照明彈一落下，就看到灘塗上到處冒氣泡，就像是一鍋巨型的「海蟑螂湯」。
我們摔倒了十幾次，身上爬滿海蟑螂，但是灘塗太難走了，用盡所有力氣也才跑出去十幾公尺。悶油瓶忽然停下來，臉色不對，我一抬頭也發現了問題。
二叔他們的車燈不見了，我們衝的方向一片漆黑。
「是不是跑反了？」我大罵。回頭看，仍舊是一片漆黑。
悶油瓶指了指前方，胖子單手換彈又是一發，照明彈射向遠處，目力所及竟然全都是灘塗，完全看不到之前來的海岸，更不要說二叔的車了。胖子在這顆照明彈沒有落下來之前，反方向又打了一發，兩邊同時被照亮，我們立刻發現不對勁，兩邊都沒有任何海岸。我們身處一個巨大灘塗的中心，遠比之前我們在岸上看到的灘塗要大。
「這是哪裡？」胖子問：「岸呢？」

「麻煩了，麻煩了。鬼打牆了。」我倒吸一口涼氣，心說中邪了。我不停地看兩邊，兩邊什麼都沒有，只有一望無際的灘塗。胖子還要打照明彈，我攔住他說：「省著點兒用，咱們闖禍了。」

胖子一把揪住劉喪。「你到底聽到了什麼？這是怎麼回事？」

劉喪發著抖，看著悶油瓶說道：「這灘塗下面有邪祟，我聽到下面有人說話。」

第三十七章　羅剎海市

我們還在繼續往下陷，需要不停地踏泥才能維持住在灘塗中的高度，身上也爬滿海蟑螂，不少隻還爬到我們衣服裡面。我不停地抖落、拍打，但是無暇顧及更多。還好這種東西雖然看著噁心，但是不傷人。

胖子揪著劉喪把他甩倒在泥上，逼問：「什麼說話？你說清楚。」

劉喪喘了口氣，仍舊說不出來。我們三個人都看著他，他終於說道：「灘塗下面，有東西在說話。」他頓了頓，顫抖得更嚴重。「不對，不是一個人，是無數的人，無數的人在說話。」

我們面面相覷。他用力吸氣，咬牙道：「聽起來特別熱鬧，但說的都是我聽不懂的話，有很多很多人。」

「在這灘塗下面？」我問道。

劉喪點頭。胖子說道：「你的地聽是不是有邪勁？我聽說很多瓷器，能夠聽到很久以前古代集市的聲音。或者，你聽到的是這些蟲子在泥巴裡的聲音。你別瞎說。」

劉喪說道：「我最開始聽的時候沒有，是我們開始炸之後，才慢慢出現的。」他朝一個方向看了看，身體忽然縮了一下，壓低聲音說：「是我們吵醒的，這灘塗下面有東西。」

兩邊的照明彈落下，光線慢慢變暗，只剩下手電筒的光，這個時候，我清晰地感覺到，海風停了。

海風一停，灘塗上的乾燥冰冷立即變成了潮冷，我的冷汗全出來了，臉色也沉了下來。我看了看悶油瓶，他也看向劉喪正在看的方向。他和劉喪兩個人看著那片黑暗，都不說話了。那裡其實就是我們來時候的方向，如今一片漆黑，但能看到我們的腳印一路延伸過來。

「怎麼了？」我問他，他沒有回答我，忽然往那個方向跑去。

我把劉喪提溜起來，三個人跟著悶油瓶，沿著我們來時的腳印往回跑，踩著泥巴一路狂奔。我和胖子有默契，知道要出事。胖子點上菸，從身後的包裡掏出了「拍子撩」（註12）丟給我。我上好子彈，把大白狗腿刀橫到後腰。胖子又掏出他最近的新寵——短頭的十七連發「土衝鋒」，我都不敢相信他竟然帶著這些東西在市區裡亂闖紅燈，但是現在也不需要計較了。

手電筒很快照到灘塗上的地聽，剛才沒來得及帶走。劉喪只靠近一下，就不敢

註12　土製手槍。將小口徑雙管獵槍的長槍管鋸了，把槍托修成手槍的樣子。

再去聽了，說道：「變近了。」

「什麼？」

「剛才沒有這麼清晰，那下面的聲音現在變得很清楚了，你們自己聽。」劉喪道。

我走上前，靠近地聽、仔細去聽。我的耳朵沒有劉喪那麼靈敏，但也能依稀聽到他說的那種聲音。我本來以為聽上去很像是說話，但是可以用風聲或者水聲解釋的那種聲音，但我一聽就發現不對。

這種聲音，聽上去更像是一個巨大集市裡的聲音，有人吆喝，有人說話，而且人非常非常多。劉喪果然是專業的，他覺得詭異的東西，一般不會是錯聽。

我想了想，忽然想起我在一些古書中看過這個現象。在某些海邊的老縣志中，都記載了一種關於「海市」的傳說。說是黑夜的海上，有時候會傳來無數人的聲音，就像是一個巨大的集市，此時如果順著這些聲音往海上去，就能看到一個海上集市——羅剎穿行其中，捕食誤入海市的人。這個傳說後來被很多志怪小說家寫成了故事。

難道古書中所說的這些聲音，其實都是從灘塗下傳上來的嗎？古人牽強附會，把這種現象編撰成志怪故事，還是真有什麼蹊蹺？

劉喪渾身發抖，被現在的情況嚇呆了，不停地說：「道上都說跟著小三爺出去肯定會出事，我以前覺得是以訛傳訛，肯定是你們的宣傳手段，沒想到這麼準。」

胖子一個巴掌搧過去。「小渾蛋說什麼呢，反了你了！」

劉喪用肘部一擋，同時往前一腳踢胖子，胖子沒抽到他，反被踹倒在灘塗上。胖子撥開海蟑螂，爬起來就怒了。我攔住他們兩個，就看到劉喪忽然冷靜下來，看著地聽。

「等一等。」

「等個鬼啊！」胖子就要動手。

「那聲音停了。」劉喪道，抬手阻止胖子。「不對，不是停了，那聲音在動，它──」

劉喪轉動頭部，不停地尋找聲音，忽然，他看向一個方向。

幾乎是同時，悶油瓶也看向那個方向。劉喪立即道：「我靠，它上來了，注意那個方向，那東西從那裡出來了，現在朝我們過來了。」

胖子端起槍，拔出照明彈，就看到劉喪側耳聽了三、四秒，說：「兩公里半，偏東一點兒。」

胖子打出一發照明彈，射向那個方向的上空，將那個區域照亮。我們只看了一眼，所有人轉身就開始狂逃。

第三十八章　泥漿

在照明彈的照明下，灘塗遠處的泥漿拱起，如一座小山朝我們湧了過來。看不清泥漿下面是什麼東西，但前進速度非常快，翻起的泥漿噴到一人高。

我們四人撒腿就跑，胖子跑了幾步才反應過來，就罵：「我們跑什麼？幹它！」我大罵他糊塗。灘塗無比鬆軟，在這種地方，身手再好也沒用，不能跳、不能躲。他又衝出去十幾步，也立刻明白了，因為腳已經重得抬不動了。悶油瓶提溜著我和胖子，把我們努力往前拉。他的力氣很大，每次我們陷進去，他單手就能把我們拉出來；但因為沒有著力點，用盡了全身的力氣，我們在黑暗中也只衝出去三、四十公尺。

劉喪落在後面，他幾乎半個身子陷在泥裡，驚聲大叫：「偶像，救我！」悶油瓶回去抓住他的脖子，將他拖到我們身邊，三腳踹到我們膝窩上，把我們瞬間放倒，然後按進爛泥裡。「別動。」說完，悶油瓶撿起我們的手電筒，整個身體弓出一個很大的弧度，甩手把手電筒朝一個方向丟過去。

手電筒在空中轉動，落在很遠的地方，插入淤泥中。他連丟了三個，每個都是頭往上，光斑在空中甩出一個螺旋光帶，落在遠處形成了三個光點。丟完，悶油瓶也蹲下來。我們立即明白他的意圖，迅速把臉全部用泥糊上，只露出眼睛和鼻孔。我看胖子還叼著菸，趕緊一巴掌將他糊滅。

泥漿山瞬間就到了，黑暗中根本看不到泥漿中到底有什麼，只聞到一股惡臭。我心說：難道海市是一種巨大的海獸，以語吸引人到海邊，然後進行吞噬？但很快的我就發現不對，我們趴著的那塊灘塗，竟然開始動了起來，往我們前方流動過去。我們被裹挾在內，也一起往前。

所有人翻起來，開始朝後爬，但毫無作用，我們還是被往前帶去。胖子大罵，朝我們被拉過去的方向開槍，似乎以為是什麼怪物在吸這些淤泥，但子彈在黑暗中曳出一條光後射入虛空，前面毫無反應。

我的反應算是快的，滾到胖子身邊，拔出他的照明彈再次射向天空，這次我們終於看到前面是什麼了。這不是什麼泥巴裡的巨獸，而是前面的淤泥灘塗裡出現一道裂縫。這條裂縫不寬，但是很長很深，整個灘塗裂開了幾公里長的口子。

「我明白了！」胖子喊道。

我也明白了，可能是剛才我們引爆雷管時引起了衝擊波，導致灘塗下面的岩石發生坍塌。剛才有泥漿噴出來是因為岩石坍塌後，下面的氣體衝上表面形成的，現在所有的淤泥正湧向這條裂縫。

我們拚命往反方向爬，但毫無用處。胖子大喊：「天真、小哥，咱們爺仨要折在這裡了！胖爺我有句話必須現在問你們。」

劉喪大叫：「聽聽聽聽！」

我立刻聽到，從縫隙下面傳來無數人說話的聲音，非常清晰，非常近。泥漿的流速忽然變快，我身下一空，就被泥漿裹著沖入了裂縫裡，接著就是自由落體。不出十幾秒，我就落在下面的泥潭裡，那感覺就像是被拍在一噸屎裡。下面一片漆黑，空氣中瀰漫著惡臭。

「死不了！」我對著黑暗大罵。上面的泥全部砸在我頭上，我趕緊往邊上滾，掙扎著不讓自己被活埋，隨即就看到我們的手電筒也被淤泥帶到另一邊，但是我搆不到，只能看到光點，手電筒瞬間就被淤泥覆蓋了。

我爬起來就喊：「胖子，你們在哪裡？」

胖子點起一支冷焰火（註13），照出縫隙底部的一塊區域。他離我一百多公尺遠，是被淤泥沖過去的。我朝他望去，發現整個縫隙的底部現在是一片泥河，縫隙的兩邊是岩石。我們最起碼摔下來六十公尺深，已經摔到灘塗的最深處——海床的深度。縫隙兩邊的岩石上掛滿了淤泥，形成很多淤泥瀑布，在淤泥之間裸露的岩石部分，能隱約看到上面鑲滿了水缸，密密麻麻，成千上萬。

縫隙底部的泥河還在繼續往海床的更深處流去，我好不容易才能站穩，只能爬

註13　採用燃點較低的金屬粉末，經過一定比例加工而成的冷光無煙焰火。

到一邊的崖壁上，找了一塊岩石固定自己。劉喪在另一邊也點起了冷焰火，我看到他和我一樣趴在山壁上，但他那一邊的山壁有無數的腐朽木船，一層一層嵌在岩石中。

悶油瓶的冷焰火在更遠的地方亮起，我鬆了口氣，看了看手錶，然後預估一下現在的形勢。

淤泥往下的流速明顯在變慢，但海水開始灌進來，我們腳下的水越來越多。我抬頭看，此刻我們離灘塗的表面有六十多公尺的距離，將近二十層樓的高度，從底下往上看，真的非常高。兩邊傾瀉下來的淤泥形成土石流一樣的瀑布，雖然速度變慢了，但仍舊毫不留情地在往裡灌，很快我們就會被活埋。

我分析，這個灘塗底下的「峽谷」本來是海床岩石中一個巨大的管狀山洞，我們把雷管往下打，把這個山洞的頂部炸碎了，所以上面的淤泥一下子全部灌入下面的山洞，連同我們也一起被裹了下來。

洞壁上的水缸和船，似乎都是陪葬品。這個山洞很有可能是南海王墓的一部分，大概是墓周邊的陪葬坑。我們運氣好，也許真的找對了區域，南海王墓就在這裡。但就算是淤泥往下的流速變慢，不出兩個小時，也能把這條縫隙填滿。我們在這裡會被水皮革化，變成鞣屍，所以，一分鐘都不能浪費。

我大聲問胖子：「怎麼弄？」

劉喪已經反應過來，他開始嘗試從崖壁爬回到灘塗上去，但淤泥往下流的力度驚人，他只要一停就會被裹帶下來。

胖子在這種時候決策最準，他大喊：「上不去的！」他指了指腳下正在流淌的泥河，在這個「峽谷」的深處，匯聚在一起的淤泥正往一個方向流去。

「這原本就是個山洞，既然裡面有陪葬品，那一定有通道可以通往地面，咱們先順著這些泥流動的方向往深處去看看。這裡是海蝕地貌，前面肯定有很多空間，我們應該能找到安全的地方先撐過一段時間。」胖子努力蹚水，指著劉喪邊上的淤泥，說：「有船！」

我拍掉順泥下來的海蟑螂，朝劉喪爬過去。淤泥此時已經快淹到大腿了，我知道如果到大腿根，那基本上就不可能走路了。現在每走一步都要耗費巨大的體力。我和胖子到劉喪邊上，他臉色慘白絕望，瑟瑟發抖，胖子不去管他，用手撥開淤泥，甩出自己的槍，用力甩掉槍管裡的淤泥。

我拽住他。「會炸膛的！」

「品質好的槍會，這把是土槍，打出去的子彈可能會掉地上，但槍膛絕對不會炸，賭上昌平二狗黑的尊嚴！」胖子瞄準岩壁，開火掃射，打在岩壁中一艘獨木舟的木楔子上。這些木楔子都是用來把船固定在岩壁中，木楔子瞬間被打得粉碎；同時在這個狹小的空間裡，槍聲差點把我炸聾了，好半天耳朵都嗡嗡叫。

我鼻子不好，但還是能聞到這底下全是淤泥和鹽的味道，獨木舟被保存得很好，說明本來山洞是幾乎密封的。

我有種不祥的預感，往深處走真的會有通路出去嗎？

胖子一路掃射，把所有的木楔子都打碎，我們兩個人用槍托把獨木舟從岩壁裡撬出來。這種小獨木舟上過桐油，雖然已經腐爛，但船身仍舊是完整的。我們爬上去，胖子就對劉喪喊：「趕快，三秒鐘，過期不候！」

劉喪回頭一看，立即撲上船。我們一條腿跪在船上，一條腿當槳，像划「海馬」一樣將獨木舟往下游划去。路過悶油瓶時，悶油瓶不知道在看什麼，胖子大喊：「小哥！」

悶油瓶一個翻身，帶著漫天的泥花飛起，落在我們的船頭。船頭一重，速度一下子加快，我們收腿滾上船，正好泥河的坡度加大，船瞬間往下連跌了兩個落差，船身直打轉，差點翻過去。好不容易穩住，船已經轉了好幾個大圈。悶油瓶單手拽著我和胖子的腰帶，劉喪抱著獨木舟的一邊，我發現悶油瓶好像一直在找什麼。

「你在看什麼？」我大叫。

悶油瓶回答了我，但那個瞬間，坡度忽然變大，從剛才的四十五度左右一下子變成六十度，我們像坐雲霄飛車一樣開始往下瘋狂加速，我被嚇得什麼都沒聽到。

這裡的淤泥還沒有完全覆蓋這個「峽谷」的底部，很多尖刺一樣的岩石仍露在淤泥外，速度一快，獨木舟就開始接連撞上這些岩石，瘋狂地打轉。我什麼都看不見，頭暈目眩，如果不是有人拽著我，我肯定已經被甩飛了。

劉喪在黑暗中大叫：「各位前輩，我要吐了！」

我大叫：「噱下去！」

胖子大叫：「小哥在找墓門！給他打燈！」說著他咬牙將一顆照明彈打向半空，瞬間照亮整個「峽谷」。

我們發現獨木舟正在急速打轉，滑向下一個深淵，下面的坡度更陡，這是要摔死了啊！

下面一片漆黑，根本看不到底，而我們已經通過了頂上坍塌的區域，進入山洞有頂的部分，兩邊的崖壁上已經沒有了淤泥，開始出現無數的飛簷和石門、廊臺。

我仔細一看，滿懸崖的亭臺樓閣都是浮雕，猶如巨大的盆景一樣。在我們前方有一個巨大的大殿鑲嵌在崖壁上，上面有兩道石門。

「那門是真的假的？」

「是真的！」胖子眼尖。「有門縫！」

難道這就是墓門了？我們找到南海王墓了？我正看著，忽然感覺到有人抓住我的領子，一回頭我就看到悶油瓶看我一眼，我立即大叫：「不准丟我！我成長了，我自己可以！胖子，土耗子（註14）！」

悶油瓶這才鬆手。胖子把腰間的土耗子丟給我，我用嘴巴咬住，然後拔出拍子

註14 一種挖洞工具，它的作用不是挖，是把土往外運送。一般兩端繫有繩子，有的一端繫繩子，裡面的人挖，外面的人就把土拉出來。

撩，用嘴把土耗子的柄插進槍眼裡。胖子拽出腰間的登山繩扣在土耗子上。我忍住劇烈的頭暈，對著崖壁就是一槍，拍子撩瞬間炸膛，土耗子被打出去，帶著胖子腰裡的登山繩一下子撞在崖壁上，但撞了一下沒掛住，就一路往下掉，胖子大罵我沒用。

我一看完了，轉頭對悶油瓶說：「你現在可以丟我了。」

就在這個瞬間，不知道土耗子勾到什麼，繩子一下子繃緊，拉住胖子的腰。胖子大喊一聲，一手拉住我，一手死死地抓著獨木舟，悶油瓶拉著我的腰帶，三個人被拉成一條線，船直接被拽停。劉喪被甩飛，經過悶油瓶的時候，悶油瓶一把拽住他的頭髮，把他往崖壁上一甩。他撞上崖壁，往下滾了十幾圈，終於單手抓住一個凸起停了下來。

胖子哈哈大笑，這時我忽然聽到頭頂傳來悶雷一樣的聲響，抬頭一看，在照明彈的照射下，如潮水一樣的淤泥順著泥水河，鋪天蓋地地湧下來。

上游發洪水了！

第三十九章　南海王墓

胖子腰部的登山繩被瞬間拉緊，登山繩有彈性，繩子勒進胖子的肉裡。胖子看著從上面撲下來的泥漿，大罵：「拉肚子了！趕緊躲！」

我對著劉喪大叫：「伸手！」

劉喪在那裡狂吐，幾乎抓不住崖壁，更不要說伸手了。

悶油瓶低聲道：「走！」

我咬牙，努力蓄力，一腳踩著胖子的肩膀跳上崖壁，伸手抓住一處浮雕，腦門磕了一下，撞得七葷八素，差點也摔下去。悶油瓶跟著凌空躍起，在空中一百八十度轉身後，落在我身下不遠處的位置。胖子丟出繩子的另一頭，悶油瓶一把抓住。我倆將繩子拉住，胖子跳入泥水中，獨木舟瞬間被沖走。

我們兩個死死地拉住胖子，把他拉到岸邊。整個過程不到三分鐘，照明彈正好落入泥水中，四周陷入一片漆黑。

胖子大喊：「貼邊！」

我用力貼住崖壁，緊接著鋪天蓋地的泥漿順坡下來，差點把我帶下去。我死死抓住一處凸起，同時依靠前方崖壁上的各種亭臺樓閣緩衝掉衝擊力，才得以穩定住。黑暗中，我被一股巨大的力量擠到崖壁上，嘴巴、鼻孔裡全是泥。

我用盡所有的力氣轉身，找到崖壁間的一個縫隙，把臉塞進去，最開始還能呼吸兩、三口氣，之後整個肺被身後巨大的力量壓得根本吸不進氣去，別說說話了，連動都不能動。

和水完全不同，泥漿的壓力死死地把我按在崖壁上，力量之大，讓我感覺自己的肋骨好像都被壓進肺裡，那種劇痛還無法叫出來，我甚至感覺內臟都要被擠壓出來了。接著，一切變得無比寂靜，我忽然只能聽到我體內的聲音，骨骼的摩擦、心臟的跳動，和泥巴擠入我耳朵的聲音，我知道我的內耳已經灌滿泥漿。

那個瞬間，我的意識進入一片空白。

我之前經歷了很多事情，這些事情讓我面對生死危險時非常從容，我有一種錯覺，我不再懼怕生死離別；但這一刻我發現我是錯的，從容不代表不害怕。我可能在此刻要死了，那種從心裡湧上來的恐懼，和我第一次下墓時毫無區別。

這一切幾乎就在三、四秒內發生，接著我忽然感覺到壓力一鬆，身下的崖壁一下子碎了，巨大的壓力連同泥巴和我一起擠進了崖壁裡。我一個狗吃屎摔在地上，發現崖壁內部是空的，裡面是一道陡坡。衝力毫不猶豫地湧進來，我被裹著一路往裡滾。

我本能地呼吸了一口，連泥帶氧氣吸入肺裡，開始劇烈咳嗽起來，渾身痙攣，把我耳朵裡的泥都擠了出來。也不知道滾了多久，泥漿終於停下來，我立即用盡全力站起來，開始嘔吐，吐出來的都是泥。

我摸了摸腰，還有四根冷焰火，不能再濫用了。我從腰包裡掏出打火機點上，微弱的火光只照出一個極小的區域。我發現自己在一個通道裡，看牆壁的材質和工藝，我意識到這裡是一處墓道，墓道裡全都是海蟑螂，火光一亮，所有的海蟑螂瘋了一樣地亂竄。

我一低頭就看到四周幾乎爬滿蟲子，密密麻麻，還時不時掉落到我身上。隨著我的感覺逐漸恢復，我感覺到這種蟲子的足尖勾痛了我的皮膚——其實我早已滿身都是。

管不了那麼多了，看到墓道，我恍如隔世，真的有墓在灘塗下面？真的是南海王墓？

我看了看手錶——多少年養成的規矩，在三十秒內，我快速清點了身上所有的物品。一支手機、四根冷焰火、四根雷管、十七根螢光棒、四盒萬用火柴、一個打火機、六包壓縮餅乾、三十多顆子彈，大白狗腿刀還在，但拍子撩丟了，其他東西也全都丟了。

再回頭看，來路全部被泥漿堵住，我擰開大白狗腿的刀柄，從裡面拿出一只哨子，剛想吹一下告知其他人我沒事——哨子的傳播距離比人的聲音遠——就聽到墓道深處傳來非常清晰的嘈雜聲，就如同一個地下集市在前方。我抬頭看前方，前方一片黑暗，沒有任何光亮。

我想了想，放下哨子。

安全第一，不要驚動黑暗中的東西——不管有沒有。

我開始往前走，剛走了幾步，就看到墓道中間立著一個東西。打火機的光線微暗，照不出全貌，我只能逼自己靠近，一直到離那東西兩步遠，我才認出來，這是一尊雷公雕像。

雕像的顏料已經全部剝落，只剩下少許的色塊，表面粗糙，是陶製的。雷公左手高舉，右手扶腰，面部已經被毀掉。之所以能認出這是雷公雕像，主要是它腰間有兩個鼓。這個雕像形容枯槁，有可能燒陶的時候是一層一層燒製的。外面的陶皮都碎到剝落了，整個雕像看上去像是乾屍一樣。

我之所以覺得它有些不同尋常，是因為這個雕像特別乾淨，彷彿雕像有什麼魔力一樣，上面一隻海蟑螂都沒有。

我不敢去觸碰雕像。嘈雜的聲音不是雕像發出的，而是從雕像後面的黑暗中不停傳來，聽上去十分詭異。我正發著呆，忽然聽到從我腳下某處傳來了哨子聲，有兩個哨子的聲音。

我鬆了口氣，他們兩個人應該也找到路進來了。

剛才悶油瓶就在我身下的位置。泥漿衝破崖壁不是偶然，從我身體的感覺來看，這些浮雕都是用陶燒製而成後貼在崖壁上的，胖子和悶油瓶如果沒有被嗆死，他們用身上堅硬的部位隨便一撞就能把浮雕撞破。如果他們所處的區域後面也藏有墓道的話，那他們的位置應該就在我腳下不遠處。

我有些擔心劉喪，他剛才的位置非常不好，我們沒來得及管他，他如果被泥漿埋了，現在應該正好在人生的最後幾分鐘。

我將打火機放到地上，用大白狗腿的刀背敲了敲地面，我仍舊不敢用哨子。這裡的傳音效果非常好，整個墓道裡響起清晰的回音。很快的，從我腳下某處，傳回了金屬敲擊地面的聲音。

我和胖子有專門的敲擊溝通方式，不用摩斯電碼，因為胖子的英文實在太差。我聽了一下，確定是胖子的回覆，敲擊的節奏我很熟悉。我仔細去聽胖子的意思，聽完之後，我心生納悶。

胖子敲擊的意思很奇怪，他在說「滅燈」。

滅掉照明，不就什麼都看不到了嗎？為什麼？

第四十章　滅燈

我深吸了一口氣，滿鼻子的海腥和潮氣，喉嚨不由得發癢。胖子敲得非常急促，看樣子這事很重要，我壓抑內心的恐慌，慢慢合上打火機的蓋子。

墓道重新回歸黑暗，我揉搓了一下上臂驅寒，聽到墓道深處那種集市一樣嘈雜的聲音立即清晰起來，竟好像有一大群人正往我的方向而來。那聲音越來越清晰，有爭吵、有吆喝、有大笑，發音類似當地的方言，我無法聽懂。

我的雞皮疙瘩開始起來，也不知道是冷還是害怕。胖子的敲擊聲夾在那些聲音裡，繼續傳來。

「朝聲音走，千萬別開燈。」

胖子也能聽到這種聲音，他還讓我過去？胖子性格比較魯莽，可能一進來，聽到聲音就直接過去查看了，然後發現是安全的。所以他才讓我過去？

他敲擊的時候，我聽到更深的地方，又有新的敲擊聲加入，敲得沒有章法，但是很從容，應該是悶油瓶在回應我們。

我側耳聽了兩遍，心中篤定是悶油瓶不會錯，於是和胖子一起敲擊回應。此時，我希望聽到第四個人的敲擊，但來回就是這兩個聲音了。

我敲擊問胖子：**「劉喪怎麼樣了？」**

胖子回覆我：**「不知道什麼情況，我們先會合。」**

我心中暗嘆，希望劉喪命大，然後問：**「為什麼不能照明？」**

胖子隔了很久才回覆，顯然這個答案過於複雜，他要想想怎麼表現。他敲得很混亂，我大概猜測他的意思。

「墓道壁上有東西，會看到我們。」

墓道壁？我皺起眉頭，墓道壁上全都是海蟑螂，剛才根本沒有注意上面還有什麼。「會看到我們……」難道海蟑螂下面還有東西？這樣想著，我就不敢靠近墓道壁，一下子覺得黑暗中站滿了什麼。

「你那裡也能聽到那奇怪的聲音？那是什麼？」我敲擊問胖子，希望他給我一個準確的訊息，我再動。

胖子回道：**「不知道，但從我這裡聽，小哥是在那個方向。」**

我明白了胖子的邏輯，現在這種情況下，我們最安全的選擇是找到悶油瓶。

「咱們都往那個聲音走，也許那個聲音所在的地方，連通我們兩條通道，所以我們都能聽到。」

「也許是兩個不同的聲源發出來的。」我說道。

「那也得會合。」胖子繼續敲。**「我還有十八根雷管，如果不能會合，我就找我**

們之間相隔最薄的地方炸過來。保持敲擊，熟悉各自位置。」

我心說也只能如此，於是站起來提醒胖子：「**雷公像，有點異常，別碰。**」然後繼續往前走。

胖子頓了頓，回敲。「**你認真的嗎？我剛打包好。我碰到的這個是鎏金的。**」

我一邊心中暗罵這老王八蛋越老越不怕死，一邊在黑暗中安靜地往前移動，每移動十幾步，我就和胖子互相敲擊通告自己的位置。悶油瓶會在我倆交流的時候隨機加入。慢慢的，我就發現我移動的速度比胖子快很多，我意識到胖子可能真的背著那雷公像在走，不由得扶額。

越往裡走，集市嘈雜的聲音越清晰，我聽到胖子的敲擊聲也越來越近。我發現聲音因為管道的共鳴，開始從四面八方湧來，無法分辨方向。走過一定距離，聲音太過清晰，幾乎就在我邊上，我有點不敢往前了。

胖子也停了下來，我對胖子說：「**那聲音好像就在我周圍，我得先弄清楚是什麼再走。在你那裡聽，小哥有什麼指示嗎？**」

「**沒有，小哥沒敲，是不是我們走岔了？**」胖子回覆。

我敲道：「**你快和他聯繫一下，確定一下方位。**」

這一下胖子沒有回敲，我又緩緩地敲了一遍，胖子才緩緩地敲了回來，一下一下，一段訊息敲了起碼三分鐘。

「**我好像走到它們之中了。**」他說道。

我愣了一下，意識到胖子可能走得比我快，已經走到那些聲音的中間了，但我仍舊感覺到胖子是在我腳下的某個空間。果然，我聽到的聲音和他聽到的聲音來自不同聲源，但這兩個聲源的方向倒是一樣的，所以我們一路都沒有走岔。

在敲語中，訊息的表達僅僅集中在有限的幾個意思裡，我是沒有辦法和胖子聊股票和百老匯的；但墓裡的大部分情況我們都考慮到了，所以這個「它們」，我們是精心設計過的，意思是非人，是胖子無法形容的東西。

我的冷汗冒出來，趴到地上。這裡的海蟑螂好像不多了，我把耳朵貼在地上，聽下面的動靜。集市一樣的聲音清晰地從下面傳來，幾乎就在我正下方。我非常非常輕的敲擊。**「到底是什麼東西？」**

胖子緩緩地回應過來：**「不知道，老子先炸得它們媽媽都不認識它們。」**

我愣了一下，就聽到胖子敲了一個「三」，心中不祥的預感起來了；胖子又敲了一個「二」，我忽然明白是怎麼回事，爬起來往牆壁上一貼，同時往來路方向狂逃。

只聽一聲巨響，地面被炸開了，火光一瞬而逝，整個地面下陷。我腳下一空，連同地上的碎石一起摔下去，腦袋一下子磕到尖銳的地方，我翻身想立即起來，但頭暈目眩，鼻子和嘴巴裡全是血味。

我摸了一下，頭上的血順著鬢角和鼻梁流下來，耳朵嗡嗡的，什麼都聽不到。

恍惚中，就在我眼前不到兩公尺的地方，第二根雷管炸了，這一下火光沖天，我瞬間看清墓道中的情形。四周的墓道壁上全是各種陶製的「小人」，每個大概到我膝蓋高，在墓道壁上形成一幅海上集市的景觀。胖子在很遠的地方，閃光中，我看到他的脖子上趴了一個「東西」，竟然是個雷公像。

那東西已經完全變形，竟然似活了一樣，躲在他背上，雙手捂著他的耳朵。

我愣了一下，立即去摸自己的脖子，一下子就摸到一個東西。那東西的皮膚非常粗糙，誰趴在我的背上？

第四十一章　眼睛

竟然有這麼大一個東西悄無聲息地爬到我的背上，我都沒發覺。

我拽住背上的東西，想把它扯下來，但這東西的手像是鋼筋一樣硬。一片漆黑中，地面又塌陷了，我被掀飛出去兩、三公尺，撞到墓道壁上。整條墓道的地面都塌了，我雙手扒拉了半天，什麼都沒抓住，再次跌入下一層墓道。

這層墓道很高，我側身著地，落進了淤泥中，碎石劈頭蓋臉地落下來。我爬起來就發現，墓道底部的淤泥沒到了我大腿。

我吐掉嘴裡的泥就對胖子大叫：「胖子，你背上有東西在弄你呢！」

胖子沒有反應，不知道是不是摔暈了。癲狂中，我一腳踩空，猛地發現淤泥下的墓道底部不是平整的，好像有一個深坑。我踩進坑裡，瞬間沒入淤泥中。淤泥很冰，凍得我直打哆嗦，但是因為剛才的劇烈運動，我也不至於很難受。這裡應該有濃重的氣味，但我的鼻子現在已經麻痺了，什麼都聞不到。

在淤泥中根本無法反抗，淤泥有一股吸力，不斷把我往下吸。我撲騰了半天，等腳踩到下面的硬底時，只剩下胸口以上的部分還露在外面。再一摸身後，就發現背後的東西沒了。

幾乎是同時，那種嘈雜的集市聲在我身邊消失了，回到了遙遠的墓道深處，又變得深遠而空靈。

我鬆了口氣，不知道怎麼回事，好像剛才我背上的東西捂著我的耳朵，就可以把墓道深處的聲音直接傳到我耳朵裡。從剛才摸的手感來看，那東西應該就是我先前路過的雷公像，是不是我經過它之後，它就爬到我背上來了？

我大叫胖子，還是沒有任何回應，但是我的叫聲有回音——這個地方很大，不是之前的小墓道。雷公像肯定和我一起掉下來了，但是如今在哪裡？我深吸了一口氣，逼迫自己冷靜，從淤泥中掏出冷焰火點亮——我沒法再聽胖子的了。

橘紅色的強光瞬間照亮了這個墓道，我發現這已經不能算是墓道了，這是個巨大的空間，大概可以並排開八輛解放牌卡車。這應該是一條主神道，用來運輸石料和進主棺的。整條神道已經被淤泥掩埋，就像是灘塗一樣，神道中的東西也全部被淤泥覆蓋，只有一排排人俑的上半身露在淤泥之外。

普通的古墓絕對不會有這個結構，看來這裡絕對是南海王墓了。

這些兵馬俑一樣的整排人俑，數量驚人，非常壯觀，我有點驚訝。南海王墓可能是大墓，我是想到過的，因為這種偏遠地區的統治者，做事情會更加偏激一些；但大成這樣的規模，我是沒有想到的，這肯定已經逾越他的等級，代表了他在後世的野心。

我用冷焰火照了一圈。胖子不知道在哪裡，我看了看頭頂的大洞，心說是不是他沒有掉下來？

我無法移動，連抬腳都困難，只能看看周圍有沒有東西可以借力。邊上有一個人俑的頭，我努力伸手過去，抓住那個頭，借力把自己從淤泥裡拉出來，趴在淤泥上，結果慢慢地又沉了下去。在完全被淹沒之前，我及時用雙腳夾住那人俑的身體。一番折騰後，我坐到人俑的肩膀上。

四周並沒有雷公像的蹤跡，是不是沉到淤泥裡去了？我有些膽寒，同時也發現，這是個陪葬坑，不是神道。因為裡面的人俑太多、太密集了，神道裡放那麼多東西根本無法起到交通的用途。

目力所及，密密麻麻的都是被淤泥淹沒的人俑。我用冷焰火照明，發現人俑的數量實在太驚人了，而且所有的人俑都是七隻耳朵。

正想著胖子為什麼不讓我照明，我就發現陪葬坑的牆壁上畫滿了眼睛圖形的壁畫，此刻那些眼睛全都盯著我看。

第四十二章　屍變

壁畫的風格和楊大廣祖墳裡的壁畫完全一樣，因為年代更為久遠，所以氧化得非常厲害，只能看到一些紅色，其他都已經變成灰色。楊大廣的祖先也來過這裡吧，在這裡開始了他們的聽雷修仙之旅，我心想。

陪葬坑中的泥漿也不知道在這裡沉澱多久，表面都結了一層殼。按道理來說，古墓應該是密封的，這些泥漿漏進來，不知道是不是楊大廣的祖先進來的時候，破壞了密封結構導致的。但如果不是這層泥漿的殼把水蒸氣封死在殼外面，壁畫的氧化會更加嚴重。即便如此，壁畫上眼睛的瞳仁部分已經全部褪色，滿牆的眼睛都是灰色的，看上去如同死人的一樣。

以前的經驗讓我警覺，陪葬坑其實是宣告自己財產的方式，所以陪葬坑的壁畫，肯定和這一主題相關，基本上都是歌頌墓主的財富之多之廣，畫眼睛則毫無道理。胖子剛才說牆壁上的東西會看著我，我把冷焰火劃過牆壁，除了這些眼睛，我沒有看到其他看著我的玩意，心中不由得納悶。

被滿牆的眼睛盯著，還是相當不舒服的。

我不敢下到泥漿裡，也不知道剛才的雷公像是什麼東西，它如果在下面等著我，我下去是羊入虎口。

此時，我忽然想到一件事，深吸了口氣，掏出手機——之前我們有過約定，如果遇到困境，有一個備用方案，就是可以利用手機的藍牙查看對方位置。我打開藍牙，搜索了一下，發現了悶油瓶的手機藍牙名字，但是沒有看到胖子的。我鬆了口氣，悶油瓶離我不遠。我立即舉起手機，打開前置鏡頭，將整個陪葬坑拍了一張照片，傳了過去。

幾分鐘之後，一張照片傳過來，我看到悶油瓶和劉喪在一處墓道裡，劉喪在他身後比了一個「耶」的手勢。照片裡的光線來自手機的閃光燈，曝光得不平均，說明他們沒有開其他的照明。

在照片裡，我發現他們周圍墓道的壁畫上面也全是眼睛，但那些眼睛是閉上的。

我又看了看四周的壁畫，忽然發現不對，為什麼我這邊壁畫上的眼睛都是睜開的？不僅睜開，而且竟然都變成了血紅色。

整個陪葬坑的壁畫倏地都鮮豔起來，其他地方的色彩不知道何時也變得無比絢爛，如果不是上面有剝落的痕跡，我會以為壁畫是在幾十年內畫上去的。我默默地舉起手機，拍了照片傳給悶油瓶。不一會兒，有訊息傳過來，裡面有打好的字，一看就是劉喪輸入的。

「待著別動，快把冷焰火滅了！」

我環顧四周看壁畫，哪裡敢立即熄滅冷焰火。左邊的壁畫離我最近，我探身把冷焰火舉過去，火光一靠近這些壁畫，我就看到壁畫上的眼睛由紅開始變黑，變得猙獰起來。

我立即把冷焰火插入淤泥滅掉，四周一下子暗下來。同時我把手機的光調到最暗，問他們：「壁畫裡是什麼？」

忽然一滴東西滴在我的手機螢幕上，我聞了聞，一股惡臭襲來，猶如死掉的海鮮。我再抬頭，就看到左邊壁畫的眼睛已經鼓了出來，牆壁表面開裂，正往外滲出惡臭的液體。

在手機的光照下，壁畫開裂的縫隙後面，有一個東西正在窺探我。那是一隻血紅的眼睛，長在一張慘白的臉上。

我遇過這樣的情況，當時也是在岩壁中看到了眼睛，那是一條蛇的眼睛，但這顯然是人的眼睛。那隻眼睛非常怨毒，在微弱的手機螢幕光下，眼珠血紅渾濁，似乎得了什麼嚴重的眼疾；而那種液體，是從縫隙中流出的，似乎壁畫後面被這種液體浸沒了。

我和這隻眼睛對視著，心臟狂跳，心說：這是什麼？難道每一隻壁畫的眼睛後，都有一具「粽子」嗎？這牆壁裡鑲嵌的肯定不是活人，而且看眼睛四周的臉部皮膚，都呈典型的水銀灰色。這些屍體有可能是泡在水銀裡防腐的古屍，估計是陪葬的奴隸。可為什麼要將陪葬的奴隸鑲嵌在牆壁裡？

我只思考了兩、三秒，就看到四周壁畫上的眼睛都開始開裂，從每條裂縫裡，都探出了血紅的眼睛。這局面就不對了，如果是這樣，那壁畫後面就擠滿了古屍啊。看壁畫開裂的速度，這後面的東西是在往外擠。

忽然，一大塊壁畫掉下來，在四、五條裂縫連起來成為大裂縫之後，壁畫整塊裂開了。我一下子就看到壁畫後面的情景，只見壁畫後面的牆壁上全是洞，每一個洞裡都種著一具古屍，臉鑲嵌在牆壁上，身體插在牆壁裡，一個洞就是一個穴。古屍很明顯是屍變了，臉上長滿了灰白的水銀癬斑，其他地方長滿了黑色的短毛，唯獨眼睛是睜開的，眼睛那麼渾濁，應該也是水銀癬導致的。

它們是被黃泥封死在壁畫後面的，隨著壁畫的脫落，越來越多的洞露了出來——這就是胖子說壁畫裡有東西看著我們的原因。他被沖進古墓的時候，可能撞掉了壁畫，直接看到壁畫後面的古屍。他用冷焰火看的時候，發現了屍變的跡象。

我現在明白了，而且我絕對要行動了，只要有一個從牆壁裡爬出來——淤泥裡有個奇怪的雷公像，外面有個「粽子」，我還活不活了？於是我小心翼翼地站起來，一下子跳到另一個陪葬俑身上，連續跳了十幾個，跳到陪葬坑的另一邊，重新點起冷焰火去觀察。

沒有出口，我又跳了其他幾個方向，一一觀察之後，我絕望地意識到，如果有出口，可能也在淤泥下面。

再一回頭，我就看到從牆壁的眼睛壁畫中，已經擠出了幾具古屍，竟然都是女屍。所有的屍體連頭髮都保存得很好，看不清臉面，但能感覺到，她們都在看著我。冷焰火的光線飄忽不定，她們的影子也飄忽不定，在牆壁上猶如蛇一樣。

我重新衝回掉下來的地方，一邊看上面的破口，一邊大叫胖子。胖子還是沒有回音，我咬住冷焰火，用力往上跳，但根本搆不著頂部，一下子又摔進泥漿裡。

我從泥漿裡爬出來，重新爬回到陪葬俑肩膀上，再去看牆壁，就發現好多古屍已經從牆壁裡爬出來，牆壁上只剩下一個個臉盆大的洞。

我再往淤泥裡看，不知道什麼時候，一團一團的頭髮出現在我腳下的淤泥裡，全都仰著頭從泥漿中看著我，泥漿中留下一條條長長的軌跡。

完了。我此時反而冷靜下來，伸手摸了摸身上還有什麼，要準備做最後一搏了。什麼不可靠的招式，都得用上了。

第四十三章　廢棄的墓道

我倒楣是因為雷管，走運也是因為這個。我摸到雷管的時候，心中不由得暗罵。我拔出身上的雷管——毫不猶豫點著了，然後算著距離就丟出去。

丟完，我咬著冷焰火，整個人往遠處跳進淤泥裡，用盡全身的力氣蜷縮起來，心中默數一、二，還沒數到三，雷管就炸了。我在淤泥裡就像是被打了一記重拳，差點昏過去，左邊的身體完全承受衝擊波，剛爬出泥巴我就吐了。冷焰火從泥巴裡被炸出來，那玩意被衝擊波轟出去三、四公尺，仍舊燃燒著，但我已經搆不到了。

藉著火光，我看到陪葬坑頂部再次被炸塌，無數的碎石掉下來。我抱著頭，看到我丟雷管的地方被炸出一個大坑，泥漿漫天都是，全都糊在壁畫的眼睛上。一片狼藉，已經看不到之前擠出來的古屍了，那麼近的距離肯定也炸碎了。

我看著四周大量開裂的壁畫和裡面更多的黑頭，再次丟出三根雷管，然後再次縮入淤泥裡。一、二，又炸。這一次動靜大了很多，地動山搖。因為之前已經把淤泥炸開一個豁口，還沒等淤泥再次完全覆蓋，第二、第三根雷管也炸了，三連炸，淤泥被炸得滾燙，第三響我直接被衝擊波從淤泥裡炸出來，翻了一個跟頭後又被拍在淤泥裡。接著鋪天蓋地的淤泥落下來，身上的內褲都不見了。

天花板完全崩塌，陪葬坑的底部也塌了，所有的淤泥開始往一個方向湧。我內心只有一句髒話，我讓胖子把雷管引線加到三秒，他只加到兩秒，肯定是喝了酒加的。要不是我惜命，都是第一時間把雷管丟出去，老子肯定被自己的雷管炸禿。我掙扎著想爬起來，身體卻繼續往下陷，身上的淤泥都在冒水蒸氣。我心裡冷笑，沒想到吧，好朋友們，就算你們都是旱魃，四根雷管下去也該懷疑人生了。

淤泥帶著我往下溜，那股力量之巨大，不是人可以抗拒的。之前在淤泥中的陪葬俑，全都被炸得七零八落，也順著淤泥往下流去。下面應該是乾的吧，只要沒有淤泥，我就立即跑路。

冷焰火先被淤泥沖下去，我在那個瞬間差點就抓住它。它落下去之後，我已經到了破口邊上，往下一看，就看到無數的古屍站在下一層，全都抬著頭，看著我。

下一層和這一層之間起碼有三層樓高，我反射性地去抓邊上的東西，不能摔下去，下去就死定了。但是抓了兩下，什麼都沒有抓住，接著我整個人一下子騰空，落了下去。

完了，我的好運用完了。

就在這個瞬間，天花板上倒掛下來一個東西，一下子抓住我的裝備帶。我剛想掙扎，就聽到熟悉的聲音——

「別動！」

接著天花板上面，就聽到胖子一聲「起」。

我整個人被拔出淤泥，一下子從天花板的豁口處被拉到上一層，然後甩到地上。

手機螢幕的暗光照向我，我就看到悶油瓶翻到一邊，半蹲在地上看著我，身上綁著繩子，紋身出來了一半，看來剛才用了很大力氣。胖子也在一邊喘氣，手裡提著繩子的另一頭，舉著手機照我。「你瞎炸什麼啊？」

我抹了一把臉。「向你學習。」一下子就倒在地上。

胖子遞給我一條毛巾，是他綁在手上擦汗的，那個味啊……我勉強圍上，發現身上好幾處都燙傷了，有一塊傷還在胯下。我嘆了口氣，然後就問胖子和悶油瓶是怎麼會合的。

胖子不回答我，還是問：「你炸什麼？這下面有什麼值得你炸的？」

「你沒看到嗎？」我說，讓胖子去看下一層的壁畫。「那牆壁裡的古屍，都出來了。我要是不動點兒大的，我怎麼脫身？還不是因為找你？否則我早跑了！你去哪裡了？」

「哪有古屍？」胖子問，他又打開手電筒，按著我的頭，探下去照了一圈。

所有的壁畫，全都完整無缺。

我愣了一下，仔細去看，還沒定神，就被胖子拽上來了。

「你是不是打開照明看壁畫了？」

「是啊！我背上背了個東西掉下來，那東西不見了，我不用冷焰火看看在哪裡，我怎麼打？哎，對了，你背上那個呢？」

胖子翻了個白眼。「讓你別開照明，這壁畫會讓人產生幻覺。我剛才被炸出去十幾公尺，我背上的那東西就和我摔一塊。我爬起來之後，發現我摔的地方有好幾個雷公像呢，趕緊就躲起來不敢發聲，等了一會兒，小哥就追著聲音來了，把我拽了出來。我倆回頭找你，結果你炸下面去了。」

我看了一眼悶油瓶，對胖子道：「你五十步笑百步，你也是被救的一分子。」

胖子道：「哎，胖爺我不承認啊，胖爺只是等來了救援，沒有自亂方寸，不像你。」

我想了想，還是覺得生氣。剛才的一切那麼真實，就想再看一眼求證，但被悶油瓶按住了，他對我搖了搖頭。

我就問悶油瓶。「這裡到底是怎麼回事？你們有沒有什麼眉目？」

悶油瓶搖頭。「還需要一點兒時間。」

我往地下的陪葬坑看了看，淤泥正在湧入下一層，露出這個坑的全貌。冷焰火早就被沖下去，在那幾分鐘的光線下，我看到淤泥下面似乎都是馬和車的殘骸，這是個車馬坑。淤泥退去後，下面的戰車全都露出來，難怪剛才踩著，感覺高低落差那麼大。

這些腐朽的漢代戰車殘骸在淤泥的保護下，很多甚至還有漆色，但輪軸都腐朽坍塌了。整個陪葬坑全是戰車和馬骨，十分壯觀。在這些戰車中間，擺著的都是七耳陪葬俑，猶如闖越森林裡面的邪神一樣，此刻也全都被淤泥帶倒了。

之前胖子炸雷管的時候，我看到這裡的牆壁上全是陶瓷小人，用手機一照，果然如此。雖然剛才的爆炸把牆壁都炸爛了，大部分小人都碎了，但還是有完好的小人，都是立體地鑲嵌在牆壁上。這是一個立體盆景，除了小人，還有陶瓷的亭子、松樹，其中還有用珊瑚做的各種飛鳥。然而大型的建築，比如說龍樓、大殿和高塔，則是畫上去的。在這個立體盆景中，還用了非常多的貝殼。

「這是那些聲音的來源嗎？」我側耳聽了一下，並沒有聽到任何海市的聲音。

胖子搖頭。「但這些小人都是中空的，這些牆壁，也都是中空的，裡面有無數的通道，都有手腕粗細，不知道通向哪裡，之前那奇怪的聲音，應該是從這些通道傳到這裡的。」

「也就是說，這個古墓裡有一個集市，集市的聲音，透過這些管道，可以傳到古墓的任何地方？」我忽然想到之前那個雷公像，那東西捂著我的耳朵，我立即就會覺得，集市的聲音就在我耳邊。到底哪個才是海市噪聲的真正來源？

胖子搖頭。「真不知道。不過有一點可以肯定，天真，這個墓穴裡，除了排水系統，還有一個傳音系統，不知道是做什麼用的。這些陶瓷小人，都張著嘴巴，喉嚨是個洞，連通著牆壁裡的傳音通道，所以，這個浮雕盆景，有點像一個喇叭，是用來釋放聲音的。」

所以之前我們在灘塗上面炸雷管聽雷，劉喪聽到下面有說話的聲音，其實是這些複雜系統對雷管聲音的回音嗎？某個地方發出一個聲音，聲音會在整個古墓遊走，並且在這些浮雕盆景所在的區域釋放出來，形成像集市一樣的嘈雜聲。

「也許還可以做對講機。」胖子對著牆壁上的孔洞叫了一聲：「這個羅剎海市，能不能派個擺渡車過來？我們不認識路！」

孔洞裡並沒有反應。

我看著悶油瓶，說出了我的推測：「難道和雷聲有關？」

「那得打雷之後才知道。」胖子道。

我嘆氣。他說得沒錯，我們對這裡一無所知，這是我們第一次真正意義上在沒有任何資料的情況下，就進入到一座古墓裡。我們非常被動，而且處於絕對的劣勢。

「不至於什麼都不知道吧？」胖子拍了拍悶油瓶。

悶油瓶道：「這些墓道都是相通的，我們現在已經看到四層結構了，按我的經驗，你剛才炸了之後，淤泥應該往下流到墓室最下面的排水層，你炸的地方是陪葬坑，我們現在所處的這一層應該會有主墓道。」

胖子蘸了我身上的泥在地上畫了一下，這個墓和平原上的漢墓不同，它比較立體，主墓道在陪葬坑上方，可能透過石階和陪葬坑相連。

「還有一層呢？」

我看了看頭頂，頭頂還有一條墓道，就是我掉下來的地方，的確是有四層。但這條墓道是怎麼回事？總覺得太多了。

「你說你之前被沖進去的那條墓道？」胖子也發現了我的疑惑，他在圖上重點畫了一下。「我正要和你說呢。這一條墓道是多餘的，和我們所在的墓道垂直平行，在整個王墓的最上方。」

「那一條是廢棄的。」悶油瓶看著我。「可能是挖到了什麼東西，不敢繼續，所以重新調整了墓道的位置，所以這個墓本質上是三層。」下水層、陪葬坑所在的層，然後我們所在的層，而最上面一層是廢棄的，不算。

我驚訝道：「為何說是廢棄的？」

悶油瓶沒有回答，只是做了一個去那邊休整的動作。

我這才意識到他其實早就回答我的疑問：可能是挖到了什麼東西。忽然覺得自己剛才的問題有點蠢，不過我之所以這麼問，可能因為我剛才路過的時候，沒來得及細看，並沒有覺得那墓道有什麼廢棄感。

胖子拍了拍自己的肩膀，悶油瓶用手一撐，整個人翻了上去，然後丟繩子下來，我和胖子拉著繩子陸續上去。

這一次我就發現，這條墓道中的壁畫都沒有完工，很多地方的線條和色塊都是短缺的，甚至很多墓道壁都不平。壁畫也都是畫上眼睛，能看到很多眼睛的輪廓，如果不對比，就會以為這裡的壁畫本來就是這樣設計的，但看過下面的眼睛，就知道這裡的並沒有畫完，這條墓道果然是廢棄的。

胖子湊近壁畫，用刀刮了刮，放在鼻子下面聞了聞，說道：「這裡的壁畫都沒有完成，應該是安全的。」說著就讓我們讓開，打起了螢光棒。

黃色的螢光亮起，比昏暗的手機光明亮很多，你無法了解這種從極度壓抑的微光環境中一下子豁然開朗的感覺。其實螢光棒遠沒有冷焰火那麼好的照明效果，但我還是覺得整個空間瞬間變得溫暖和開闊。

一股汙濁的氣體，被這暖光從我體內逼了出來，我頓時覺得自己放鬆下來，差點站立不住。

我們看了一段時間的壁畫，上面的眼睛沒有發生任何變化，墓道確實還在基礎修建階段。那種感光顏料還沒有塗上去，我們是安全的。

我們鬆了一口氣，陸續打亮螢光棒，四周都亮了起來，壓力一下子極度減輕。

這個時候我忽然想起來，劉喪不見了。剛才劉喪不是還和悶油瓶合照嗎？他們是在一塊的，如今怎麼只有悶油瓶出現了？我問悶油瓶劉喪的下落，他說剛才來救我們的時候，讓劉喪原地等待，那邊暫時安全。我低頭看了看手機上的藍牙，在這個距離已經搜索不到劉喪的藍牙信號了，我們和他的距離應該不近。

我再看自己，滿身的汙泥，連頭髮和嘴脣上都是泥巴，幾乎全裸，除了裝備帶和襠部的毛巾，我簡直就是一個原始人。悶油瓶好一點兒，但也裸著上身，下半身緊身到膝的運動褲還在，腰間的裝備袋也最完整，也是一身泥，在四周的暖光下，像是在拍時尚創意大片的模特兒。胖子徹底全裸，具體我就不形容了，他斜背著裝備帶，上面的裝備早就掉得七七八八了。他毫不在意，撓了撓襠部，渾身可以抖動的東西都跟著在抖。

「早知道這裡安全，早該上來了，睡一覺也好。」胖子道。

我們都相視苦笑，就地休整。之後開始四處查看，看看有沒有壁畫之類的東西，能給出有關南海王墓的更多訊息。墓道兩邊向黑暗中延伸，看上去非常悠長。我進來的入口是在左邊，那右邊不知道通往哪裡。我們三個先往右走了一段時間，墓道裡什麼都沒有，地上只有從墓道頂部掉落的一些碎石，很快的，前面就出現一條橫向墓道。

我們遇到了一個丁字路口。

這裡又出現了左右的難題。我們先往右走，很快的就來到墓道右邊的盡頭，是一堆亂石，亂石中間有鐵漿澆灌。顯然當初修建的時候，就被人為堵死了，胖子踹了幾腳，紋絲不動。我拿螢光棒仔細去照，還能看到亂石上面，有用顏料畫的簡筆畫。

「這好像不是眼睛？」胖子道。

這些簡單的畫，畫的不是眼睛，而是各種打魚、農耕，還有和孩子們玩耍的場景。畫得很潦草，和牆上壁畫的工整謹慎不同，這些圖案非常隨意，但是充滿了生動的藝術性。

「這是當時的工匠們，知道這條墓道被廢棄了，在休息的時候，隨意畫了他們生活的場景。」我說道。當時修築王墓的工匠，多數是徭役或者是囚犯，在暗無天日的地下空間裡，只能靠休息時候畫這樣的圖，來懷念自己田園牧歌般的生活吧。人的柔軟，就算是在陰森的古墓之中，也不會被完全侵蝕，只是不知道畫這畫的人，後來怎麼樣了。

胖子拍了幾張照片，說是以後可以泡妞用，然後我們就往另外一邊的墓道走去。

另一邊的情況十分不同，我們走了起碼半個小時，都沒有到頭，這差不多就有一公里的長度。到了後面，就連未完成的壁畫都沒有了，只能看到用石灰打的草稿，而且氣溫越來越低。

最大的不同，是我們在環境中講話的聲音變了。之前我們講話的時候，在墓道中會有輕微的回音，這些回音讓我們有一種眩暈感，而且聲音比較渾濁，不是那麼清楚；但是越往裡走，我們的聲音越清楚，甚至有點過於清楚了。

胖子說墓道四周的岩層裡可能有很多空洞，形成一種吸音的效果，讓我們講話時所有的回聲都消失了。

他以前去過錄音棚，錄音棚裡的感覺和這裡很相似。我就問他去錄音棚幹什麼，胖子說他以前組過樂隊。我心中奇怪，胖子和我們相處那麼多年了，他以前大部分時候不是都和我們在一起嗎？他媽的哪裡還有時間組樂隊？胖子就笑而不答。

雖然墓道壁上只有一些草稿，但還是有敘事作用的，一幅幅看下去，我逐漸發現，這裡要描繪的故事，可能就是啞巴皇帝和嫂子的故事。

當然，我還發現了一些細節的不同，因為這些石灰草稿，並不是在講述啞巴皇帝和嫂子之間發生的故事，而是他和他女兒的故事。

其實非常簡單，這個故事裡的女子明顯是未婚，而且年紀不大；壁畫的內容，也多數是關於生活的，而不是愛情，這必然是父女——壁畫是非常精確的，不會亂畫。

「所以說，是啞巴皇帝和啞巴公主的故事，不是啞巴皇帝和啞巴嫂子的故事。」胖子嘖嘖稱奇。「看來這個公主對南海王來說非常重要，你看每個故事裡都有她。」

草稿裡還有很多其他的故事，似乎本來打算完成一個南海王高貴品質的壁畫，每一個故事都講述了南海王偉大而高貴的事情，但最後都沒有完成。

我們一邊看一邊往裡走，接下來又出現一個亂石場，裡面有很多魚形狀的石頭雕塑，但大部分都是雕刻失敗的產物，被丟在這裡。我發現很多雕塑非常粗糙，可能這裡還有培訓的功能。

後面的墓道壁上雕刻著各式各樣的魚，胖子和悶油瓶表示他們在更深的地方也看過魚的浮雕，我也在那些被炸的小人那裡看到有小人騎著魚的陶瓷像，這個古國的漁業屬性還是非常明顯的。

走過這一段，我們終於到頭了，盡頭出現了一塊顏色不同的巨大石頭。這塊石頭完全是白色的，上面有很多刀砍斧劈的痕跡，看樣子這塊石頭的質地非常堅硬，他們挖到這裡就挖不動了。

「這東西該不會是風水裡說的龍骨吧？」胖子用手電筒照著這石頭。「這真是倒了血楣啊。」

龍骨就是龍脈中特別硬的石脈，如同龍的骨頭一樣，當時的工具根本無法進行有效挖掘。

如果只是地質障礙，那麼這條廢棄的墓道根本不重要。我們蹲下來休息，開始商量下一步怎麼走。

胖子把所有的路線全都畫出來，標明我們已經探明的部分，做了一個平面圖。胖子就說道：「現在如果我們朝外走，外面全都是泥漿，二叔不知道心態好不好，不好的話，家裡已經在吃席了（註15），只能從其他方向另找出路。別忘了，我們是為了找你三叔才下來的，你三叔當年很大機率來過這裡。雖然我們還沒有發現任何痕跡，但如果要在這裡找你三叔的線索，你會去哪裡？」

「主墓室。」我說道：「且不管三叔，楊家人肯定到過這裡，他們偷了一具棺材出來，所以這裡肯定有其他出入口，而且線索肯定在主墓室。」

註15　指某人死了，辦葬禮時悼念者會留下來吃一桌白事席面。

胖子對悶油瓶說：「小哥，你可得為我作證，是天真要去主墓室的，不是我提議的。」

我就對胖子說道：「但南海王的棺材已經在楊大廣家的祖墳了，這主墓室裡肯定空空如也，什麼都沒有，所以你也別太得意。」

胖子沒想到這一茬，一下子就鬱悶了。他又想了想，臉色更加難看。「難道連壁畫也是那楊大廣祖墳裡的壁畫，他們已經搬空了？」

「十有八九。」我對胖子說道。

我們又討論一番主墓室的精確位置。從我們的經驗來看，被淤泥淹沒的陪葬坑是通往主墓室的，皇陵不太會耍花招，主墓室並不難找。但我們無法通過那個滿是淤泥的陪葬坑，因為淤泥裡可能有東西。

不過我們可以從下面一層往主墓室的方向前進，那一層的墓道和下面的陪葬坑是平行的，到時候找個裂縫下去就行。所謂「找」個，在我這裡是真的找，在胖子這裡可能是炸一個，所以大家都認可了這個方案。

於是我們順著原路回到下面一層，開始往深處走。這裡也有很多的淤泥，但都已經乾透了。

盡頭出現一塊照壁，到頭了。這一層看來也不簡單，因為照壁上有一個奇怪的浮雕雕像，像邪神一樣，騎在一條巨大的魚身上。

邪神像是多手造型。在道教傳說中有很多多臂的神明，有理論說這種多手崇拜和原始宗教苯教（註16）往中原的傳播是有關係的。在新石器時代後期，有過一次本土原始宗教的大傳播和融合，當時各地都出現了大災難和動盪，各部落大量遷移，宗教形成大融合，這也是造就了苯教和道教繁複的神仙體系的原因。

這座墓建於漢代，如果苯教當時已經進入東南沿海的蠻荒之地，那這個邪神像的出現也說得通，這也許是某種已經消亡的苯教原始神殘留的唯一形象。

我看著那雕像，覺得非常熟悉，我在藏地廟的極海裡也看到過。

註16　由西藏的原始薩滿信仰演變而來，也是西藏歷史上最早的宗教。

第四十四章　父女

但我能肯定的是，在藏地廟極海中看到的邪神是會動的。雖然我並沒有完全看清那到底是什麼，但我依然覺得，那是魚身上的某種裝飾。

這塊照壁上的邪神，和整個墓穴裡的雷神崇拜格格不入。雖然南海古國是一個地方政權，但其文化體系也應該是相對統一的。

「你怎麼看？」胖子看我沒有說話，就問我。

我對他道：「也不是完全沒有關係，至少這東西騎了一條魚。」一路過來，魚的造型還是看到了很多。

當然還有另外一個可能性，我們從進來到現在已經深入不少，到了這個位置，差不多十分靠近墓室的核心位置了。在這個地方，應該出現墓主人的形象了。

這會不會是墓主人的樣子？

我湊近去看那邪神像的耳朵，並不是七隻耳朵的造型；而且我們已經見過了這個王墓中的墓主，也不是這個樣子。

這個時候胖子就「嘖」了一聲，上去摸雕像的胸部，我看向他，他鄭重道：

「天真，這邪神是個女的。」

「何以見得？」我問道。

胖子就開始掰邪神身上乾掉的淤泥，很快的，一尊身材曲線明顯是女性的浮雕就完全露出來。我看著胖子，心說：這也算是超能力了。

淤泥退掉之後，浮雕背後的圖案也顯露出來。我愣了一下，發現那些圖案似乎不是普通的花紋，甚至比邪神更加複雜。我們都上去幫忙，把整個浮雕弄出來。

在邪神像的後面，有一個更大的雷神浮雕，這是一個雙層鑲嵌的浮雕。後面的那個雷神完全被淤泥覆蓋了，雷神特別大，一塊照壁根本雕刻不下，因此只有半身，另外半身沒入了墓道下面。從構圖看，它明顯和這個女性邪神是一對，女性邪神是在雷神的手心裡。

「這是一對璧人。」胖子喃喃道。

我搖頭。「不是，這應該是一對父女。」

這就是南海王和他傳說中的那個女兒。

我和胖子都皺起了眉頭。說實話，在我們經歷過的所有事件和資料中，父女合葬這種情況極少出現。印象中，只有晉朝的王彬父女兩人，因為同時痴迷於吃丹藥，先後差了二十年中毒死亡。女兒追隨父親，葬在了父親的墓裡，陪葬的一批長生不老丹全都是五石散成分。難道南海王父女也是這個套路？

有故事啊，爸爸的小棉襖。

胖子退後了幾步。「奇怪奇怪，太奇怪。」

我看著胖子，胖子也看著我。「這個墓太邪門了。」哪裡就搆得上這個「太」字？我心說。胖子繼續道：「媽媽呢？只有爸爸和女兒，如果媽媽沒有合葬進來，那浮雕上也沒有媽媽的形象嗎？媽媽怎麼了？不值得嗎？」

我們爬上爬下，開始清理這個石室中的淤泥。我內心也開始清明起來，這裡的淤泥之所以掛得那麼奇怪，是因為淤泥之下應該全是浮雕。果然，我們又在左牆和右牆清理出來兩大塊浮雕。

胖子用手電筒掃過，說道：「各位，這也太扯了吧。這南海王是個扯淡鬼吧。」

此時我們的身體已經從剛才劇烈運動的狀態中涼下來，這石室裡面本來就冷，汗一往裡收，就覺得溼氣侵入心脾，刺骨地冷。

浮雕上面的泥土整塊被剝落下來，散發出一股陰溝的臭味，這種臭味必然是油脂腐爛才會產生的。胖子說這裡的淤泥，是在殉葬的時候倒入了無數的臭魚爛蝦陪葬形成，後來因為地震才灌進這裡來。

淤泥下的浮雕牆壁，還是非常壯觀的。浮雕在手電筒光下呈現出一種特有的陰影斑駁感，讓浮雕上的人面都深邃陰森。雖然所有的浮雕都相當粗糙，但整體線條繁複，內容非常多，南海王應該把自己的生平，都刻在這裡的牆上了。

我們忍著魚腥味慢慢觀察，胖子很是興奮，一直發出奇怪的聲音，還不停地發出咒罵。我本來是想從頭開始看細節的，但聽到胖子的動靜，忍不住去看他鑽研的那部分。這一看不得了，這不是普通的敘事浮雕，這上面的內容，竟然是南海王神話一樣的奇遇故事。

胖子大概看懂了，但看壁畫和浮雕是我的強項，他就一直看向我。我振奮了一下精神，以往我都會敷衍他，但這浮雕上的內容，還真的值得好好講講。

浮雕的前半部分是在說，南海王當年還不是皇帝的時候，整個部落臣服於中原。他當時只是一個普通人，這裡難以辨別他是什麼身分，因為浮雕上的造型，既可能是漁民，也可能是士兵。這南蠻子就是老實，什麼都直接往上刻，如果是中原人刻自己出身，最起碼是翰林子弟、沒落貴族，肯定要替自己安個什麼後裔。

當時的生存環境條件嚴苛，在他生活的地方，一到雷雨季節，海裡就沒有海產了，他只能進山打獵。結果有一次不慎跌入了一個很深的山澗，山澗的底部有一個水潭，他摔進水潭後沒有死，發現那裡的山壁上有一個洞；更神奇的是，他還看到有很多動物路過那個洞的時候，都會忽然被洞吸引，自己爬進洞裡。那個洞大概有酒桶那麼大，進入洞裡的動物，他再也沒有看到牠們出來過。

南海王就覺得這是一個神洞，因為他還看到了很多古人——一種生活在閩南叢林裡的土人——留下的壁畫，似乎都是在祭拜這個洞。他當時非常飢餓，看到一頭鹿爬進洞裡，就想抓來吃。結果鹿逃入了洞深處，南海王在飢餓的驅使下，也跟著爬進洞裡，看到洞裡有更多的土人壁畫。

那頭鹿跑進了洞的極深處，南海王沒能抓住，最後的力氣也耗盡了，他無法離開這個洞，就癱倒在洞裡，準備等死。他看著四周的壁畫，上面畫著古人把人當作祭品，趕入神洞之內，然後部落的首領在外面許願。

此時外面開始打雷，整個山體都在震動，他覺得天旋地轉，死期已經到了，既然如此，那就當一次祭品吧。於是他開始許願，許願自己來生有子女，生活富足，成為一國之君。

之後，他就暈了過去。等他醒過來的時候，發現洞裡開始淹水。原來是外面下雨，雨水從岩石縫隙中匯聚到洞裡，之前的那頭鹿被淹死沖了出來，堵在他的面前。

於是他割開鹿的喉嚨喝了鹿血，然後拖著死鹿走出這個洞。之後他便一邊吃這頭鹿屍，一邊休養。沒想到他吃了鹿肉之後，不但身體恢復了，還變得非常強壯。最終，他爬出山澗，回到人間。

整個故事到這裡還十分正常，但再往後，就出現了讓人難以理解的一幕。

在南海王回到地面之後的某一天，他發現自己的肚子裡有東西，剖開之後，從裡面出來了一個女性怪物。

「我去！」我轉頭看了看那個邪神的浮雕。「這浮雕的意思是，這女妖怪，沒有媽媽，是南海王自己生的。」

第四十五章　突變

胖子張大嘴巴。「這和這大浮雕就對上了！這啥意思啊？許願不夠精確是吧？」

還真是許願不夠精確。這南海王許願有子女，肯定是希望自己權傾朝野，三妻四妾，讓她們來生，沒想到是他自己生了。

這神洞是不是閱讀理解有問題？

我皺眉，不過這浮雕裡有兩層很清晰的意思。一是南海王的權力來自一個神洞，這個很像是部落王權的特徵，權力同樣來自神，但這個神有特別的原始特徵；二是這個神洞不僅僅是一個象徵的力量，最後似乎還託身於南海王的身體，真實地降臨了。

南海王既為神的支持者，又為神的父親，看樣子南海國是一個神權和政權一體的古國。

這個故事還沒有完，我敏銳地感覺到這個故事背後的一種可能性——雷聲，南海王是在打雷的時候許願的，而這個王墓明顯是雷聲崇拜。

神洞也許不是關鍵，洞裡的雷聲才是關鍵吧。

胖子已經先我一步去看對面的浮雕。我看了一眼悶油瓶，他似乎對浮雕的興趣不大，而是在看那幅主浮雕。我覺得他似乎有什麼我們不知道的發現，但胖子一直拽我，我只能先把另一邊的浮雕看完。

另外一邊的浮雕我就非常熟悉了，南海王得到了神洞的庇佑和自己女兒的威懾力之後，開啟了星辰大海，很快統治了整個部落。南海國建立之後，和中原開始有頻繁的衝突，然後就是建功立業。浮雕上還非常老實地講明白了，戰爭進行到後期，南海國被迫往地下河遷徙。南海古國是一個以漁業為主要產業的古國，在中原的強壓下，一部分人離開大陸，一部分人進入了地下河。他們在地下河裡，建立了遼闊的疆域，依靠地下部分的支持，和中原繼續對抗了很多年。

在這部分的浮雕裡，只有一個地方引起我的注意。

就是在南海王征戰的整個過程中，他的耳朵越來越多，似乎每當他占領一個地方，就會用刀多刻一隻耳朵出來。到了浮雕的最後，他終於變成七隻耳朵。原來在南海古國，耳朵的數量代表著軍功。

「那他如果打輸了，怎麼不割一隻呢？這不是賴皮嗎？」胖子說道。

此時天上又開始打雷。雷聲在地宮中分外清晰；而雷聲過後，那猶如鬧市一樣的人言碎語又從墓道的各個縫隙中傳遞出來。那種聲音的邪性非常驚人，我覺得劉喪那邊已經快瘋了。

慢慢的，這些聲音猶如過山風一樣緩緩低落下來，最終回歸平靜，就像牆壁裡有一群小人如潮水一樣爬過。我們都沒有發出任何聲音，一直等到墓道恢復正常才鬆了口氣。

「會不會是電磁效應？」胖子輕聲問，好像怕有人偷聽一樣。

電磁效應就是假設這裡的山體中含有大量磁性礦石，當年那些修建王墓的工匠聲音被這些礦石記錄下來，打雷時，空氣中產生放電，這些聲音就被播放出來了。

但這聲音太清楚了，有點說不過去；而且用手摸著浮雕，能清晰地感覺到輕微震動，我覺得更大的可能性是牆壁裡有東西，受到雷聲的驅動後，會發出聲音。

說實話，那聲音的規模之大，讓人感覺牆壁裡全是人，一打雷就開始說話。

雷聲平息下來，我滿頭冷汗，接著剛才的話道：「這浮雕前面挺寫實的，後面挺扯淡的，這不太正常。我估計要嘛就是從頭到尾說的都是真的，要嘛就是從頭到尾說的都是假的。」

「還是要尊重科學啊，這肯定整體扯淡。」胖子道：「不過浮雕上父女同出，說明這裡葬了兩個人啊！南海王可能已經被你三叔搞出去了，他女兒應該還在這個墓裡，這裡可能還有一具主棺沒有被打開過。有得搞，天真。」

在這塊浮雕上，其實南海王女兒才是主體。南海王的構圖雖然大，但是隱在後面，所以他女兒的墓葬規格可能還要高於他；但從浮雕上看，他女兒完全不是一個人，而是個妖怪，妖怪也要合葬進來嗎？

這也是說，在這個墓裡，他女兒才是這塊區域的主角？

我照了照浮雕的邊緣，沒有再往前的路了，路應該是在這塊浮雕後面，這浮雕石板就是封門石。這裡沒有三叔經過的痕跡，難道真被胖子說中了，這裡不是通往南海王主墓室，而是通往這個邪神女兒的墓室？否則為什麼要在這裡立一塊刻著女性邪神像的浮雕石板封路？

胖子看了看我，他和我想的一樣。這東西起碼有幾十噸，我和胖子上去推了一下，紋絲不動。我們上了撬棍等各種工具，一絲起色都沒有。

此時又開始打雷，貼著牆縫聽裡面的古語聲，真的讓人起雞皮疙瘩，就像是在我們耳朵邊說一樣。

「是不是南海王女兒的冤魂在說話？」胖子說道。

「說什麼？」

「外賣放門口就行了。」胖子道：「她以為我們是送外賣的。」

「這聲音可不只一個女兒。」我看著四周浮雕，那些竊竊私語到處都是。

等雷聲過去，我們兩個繼續推石頭，仍舊沒有移動分毫。我的肩膀都瘀青了，整個人滑倒在浮雕面前。胖子也坐到地上，萬分沮喪。我想想也好笑，這幾十噸的東西，我們幹什麼呢？再有幾十個我們又能如何呢？

「裡面有人的話，幫忙推一下。」胖子對著牆縫說了一句，我瞪了他一眼，心說哪壺不開提哪壺。

就在這時，忽然「卡」的一聲，令人完全無法預料的事情發生了，浮雕真的往外推了一點兒，縫隙變大了。我嚇得趕忙往後退，胖子則一下子爬起來做出防禦動作。

接著，一陣陰森的竊竊私語聲，從縫隙中傳出來；但這一次沒有打雷，而那竊竊私語的聲音也沒有那麼雜亂，能聽得出是一個女聲，好像在牆後貼著縫隙不停地唸什麼。

我看著這浮雕封門石，看著上面的邪神浮雕，忽然覺得我們是不是打開了什麼潘朵拉的盒子？

原本在一邊看我們演戲的悶油瓶轉過頭來，死死地盯著那條縫隙。

胖子拍了拍我，說道：「別怕，才開了一條縫，只要不是一縷煙出來，咱們還有機會。」

那浮雕封門石本來緊緊封死了往後的道路，那縫隙連刀都插不進去，如今竟然被裡面的力量推出來幾分，縫隙有一指寬了。我算是工科生，知道那需要多大力量，這裡面的女人如果出來，一巴掌能把我的頭打飛。

這力量絕對不是人類能有的。

胖子用手電筒去照那條縫隙，我真的在那條很窄的縫隙中看到一個人影，非常瘦長，大概比我還要高了好幾個頭，也在縫隙後面看著我們。胖子的手電筒光劃過去的瞬間，我看到她的皮膚是慘白色的。

接著，那浮雕又往外挪了一分，因為石頭十分沉重，所以地面也隨之發出碎裂的聲音，十分嚇人。我渾身冷汗，此時那條縫隙已經變得兩指多寬了，再推四下，人絕對可以出入了。

胖子一邊做著防禦的動作，一邊用手電筒繼續照那個縫隙，對我道：「天真，勾引她，把路給我們開出來！」

只見有一個東西從縫隙中窺探著，看不清楚是什麼，但似乎真的要從縫隙裡擠出來。這個場景實在是太驚人了，我捂著胸口幾乎要窒息，悶油瓶直接躍起，飛過去一腳踹在浮雕上。

那一腳力量極大，浮雕硬生生被踹回去，縫隙瞬間變小。接著悶油瓶直接用肩膀頂住浮雕，我反應過來，立即和胖子上去幫忙，把浮雕死死頂住。

這時候我感覺到浮雕另一邊傳來一股力量，極其霸道。

「這是什麼東西？」

「公主吧！」

「白雪公主嗎？童話裡都是騙人的！」

第四十六章　她出來了

那浮雕繼續往外推，我們用盡全身的力氣，讓縫隙不再變大。因為我沒有正對縫隙，所以不知道裡面是什麼情況，但我知道她正死死地貼著縫隙。

悶油瓶忽然放開，浮雕一下子就往外推出一分，接著悶油瓶拽過放在墓室中間的青銅燈，他渾身的紋身浮現，把浮雕推回原位，然後把青銅燈卡在浮雕前面，直接頂住浮雕。

三個人放開，我看到悶油瓶身上的紋身出來了大半，胖子就笑。「天真，破紀錄了，咱們下來後最快速度遇到了『粽子』。」

這肯定不是「粽子」，那影子的姿態非常奇怪，但和浮雕上的邪神確實有幾分相似。我驚魂未定，胖子還想再說話，被悶油瓶制止了，他讓我們安靜。

那浮雕封門石還在輕微地抖動，青銅燈也開始扭曲，被壓合的縫隙又被硬生生推開了半指寬的縫隙。裡面的力量太大了！

但青銅燈好歹是金屬，扭曲到一定程度之後就硬直了，門這才完全卡死。我對他們打手勢，讓他們往墓道裡退，咱們就別惹這姊們兒了，沒想到胖子竟然小心翼翼地往前摸去。

「你幹麼？」我輕聲怒道。

胖子就看著那道縫隙，對我做了一個他自有主張的手勢。「沒事，她夠嗆能出來，咱們多少得看一眼那是什麼東西。」他走到縫隙前，用手電筒往裡照。

我看了一眼悶油瓶，心說：你也不管管他。

胖子的膽子真是大，今天出門沒看黃曆，也不知道沖的什麼運。他看了幾眼，似乎看不清楚，就開始往縫隙上貼。墓室中本來就很黑，他的手電筒照出一塊光斑，我們的螢光棒照著他，看著就和偽紀錄片恐怖電影一樣。但胖子終究沒有把眼睛貼到縫隙上去，他似乎是看到了什麼，就不敢再靠近了。我被他的表情搞到心癢，也想過去，悶油瓶一把按住我。

我遠遠地看著胖子竟然鞠了個躬，慢慢地退回來，也對我做了一個不要說話的動作。

我們三個人以極輕的動作退出這個墓室，就好像從教室最後一排座位蹺課一樣，退回到墓道裡十幾公尺後，我們才坐下來。

我這才發現自己的肩膀全烏青了，忙問胖子：「什麼收穫？為何鞠躬？你是不是投了皇軍？」

胖子臉色蒼白，說道：「胖爺我不是鞠躬，我是觀察一下性別。」

我無比納悶地看著他，心說：重要嗎？胖子又說道：「不是要確定一下是不是公主嗎？」

「那結果呢？」我問道。悶油瓶也轉頭看著他。

「不是公主。」胖子看了看我，做了一個手勢，表示非常雄偉。「我覺得都可以當主公了，但這東西好像沒有蛋。」

我看他臉色蒼白，知道他是在胡說，但這笑話也沒那麼好笑了，就問他到底看到什麼了。

胖子說道：「我也沒看清楚。這東西到底是不是人呢？就算是『粽子』，也不是人變的『粽子』。但絕對不是公主，我覺得可能是公主的侍從什麼的，不知道中了什麼邪術，變成妖怪了。我看那臉上的五官，好像都是畫上去的。」

畫的？

我用手電筒照了照浮雕的方向，愣了一下，站了起來。

從那縫隙中竟然擠出幾根細長的指甲。這東西很高，縫隙又太細了，無法完全出來，就從縫隙的下沿硬生生擠出來一半，正在刮外面的青銅燈。

我和悶油瓶立即想衝過去，這時候忽然打了一個雷。

這是那種巨大的雷聲，整個古墓都開始震動，潮水一樣的竊竊私語瞬間炸開，在我們四周不停地衝來衝去。

我們捂住耳朵，忍到聲音退去，已經是三、四分鐘之後的事了。剛抬起頭來，胖子就開始嘔吐，我也覺得天旋地轉，但還是逼迫自己用手電筒去照那浮雕。

青銅燈倒了，那條縫隙大概變成了半掌寬，接著，我又聽到了之前在浮雕封門石後面的女聲，但那聲音已經不在浮雕後面了，而是出現在我們面前的石室裡。

它已經出來了。

我看到一個瘦長的白色人形東西，從我們面前的門洞一側探出頭來。因為石室比墓道要寬，所以從我們角度往石室裡看，是看不到石室內的兩側。正好那東西就躲在門洞的左側，探出半張臉來看我們，它頭髮非常多，臉幾乎被頭髮遮住。

第四十七章 陰屍

那確實是一張人臉，但那絕對不是一個人，因為這東西的身體無比瘦長。

我們正手拿著手電筒就像是拿榔頭一樣，這是防禦的本能反應。

胖子問我：「硬拚還是走？」

我看著那張臉，心說：這東西是新種類的禁婆嗎？剛才在門後，這東西的力氣非常大，硬拚肯定不合適。

我看了一眼悶油瓶，他直接讓我和胖子後退，整個人高度警惕。悶油瓶不上，我們就立即決定跑，但身後的通道很長，也沒有什麼岔路，我們往後其實等於無路可逃，如果這東西追過來就完了。但身體是非常誠實的，這麼想的時候，我已經開始緩緩地倒走後退。

悶油瓶說道：「看著它的眼睛，絕對不要轉頭。」

我盯著那東西的眼睛，渾身雞皮疙瘩。說實話，這玩意太嚇人了，讓我想起小時候特別恐怖的一件事情。

當時我去算命，那個算命的開天眼，說我臥室的椅子後面一直有一個垂著腦袋的東西，讓我一定要移走它。我房間裡根本沒有那種東西，我和我媽回去找了半天沒有找到。那天晚上我躺在床上，看著我的椅子，總覺得毛骨悚然，感覺椅子邊上有一個我看不見的東西。後來才發現，那東西是我的天文望遠鏡，用布蓋著放在閣樓上。我小時候喜歡去閣樓，那算命的以為那才是我的臥室。

算命有時候牽強附會，也不知道是不是我自己找的理由。

但現在這東西真的就像是一個垂著腦袋的人，從拐角後面露出半張臉，在手電筒光下極度陰森。我們一直盯著它往後退，退出去二十多公尺後，那東西終於有點看不清楚了。

悶油瓶說道：「這是一具陰屍。回到我們炸開的地方，你們往上走，那裡還有一條廢棄的墓道。」

「陰屍是什麼？」我問：「那你呢？」

說話的時候，我的眼神稍微偏移了一下，看向悶油瓶這邊。幾乎是瞬間，我眼角餘光就看到那瘦長的東西忽然動了，以極快的速度從遠處朝我們爬過來。

它爬得太快了，我立即回頭看它的眼睛，發現它已經爬到我們十公尺外了，而且是筆直朝我衝過來的。在我把目光投向它的時候，悶油瓶直接抹了一下他傷口上的血，抬手擋在我面前。

它一下子停住不動了。

這一下把我嚇得一個激靈。十公尺外的黑暗中，它似乎還在歪頭看著我們，但我的視線被悶油瓶擋住了，只有手電筒照在它身上。從悶油瓶的手指縫隙中，我看到一個模糊的、極度詭異的爬行姿勢，就像是反關節一樣。

胖子嘸了口唾沫。「一二三木頭人嗎？」

悶油瓶道：「轉身跑，不要回頭，到破口的地方，你們兩個立即爬上去。」

那我們兩個勢必就得轉頭，我道：「那你呢？」

悶油瓶揮手讓我們退，胖子就說：「小哥，我們兩個多少算戰鬥力吧？」

悶油瓶說道：「你們撐不過三秒。走！」

他剛說完「走」，我們立即回頭狂奔，那個瞬間，我眼角餘光看到陰屍幾乎是瞬間衝到我身後，被悶油瓶用手直接逼回去。

我也顧不上那麼多了，連滾帶爬就往破口衝去。

第四十八章　洞葬

接下來發生的事情非常快。

我和胖子剛爬上那個破口，還沒看清楚四周的情況，一隻細長的爪子就從破口裡伸上來，想要抓住我的腿。我反射性縮回去，那爪子抓了個空，接著那爪子就被一股巨大的力量拖了下去。

悶油瓶在下面對我們道：「別看！」

我們立即離開那個破口，保持足夠的距離。我心說：這東西看樣子是直接繞過悶油瓶衝我們來了。胖子舉起手電筒，準備等有什麼東西一上來就敲過去。只見下面手電筒光快速旋轉，傳來一連串破風的聲音，接著「卡吧」一聲，一切回歸安靜。

我們面面相覷，等了十幾秒，一顆頭被丟了上來。胖子嚇得直接一個揮手，把頭打向我。我單手接住，同時看到悶油瓶的手掛住洞口壁，然後單手撐上來。

我將人頭丟到地上，翻過來看正面，那陰屍的頭是直接被擰斷的。這東西確實是一個人，男女已經分不清楚了，臉特別細長，上面竟然沒有五官。我仔細看了一下，它的臉上緊緊貼著一張東西，似乎是紙。

我剛要撕下這張紙，就被悶油瓶按住了。他看著我。「絕對不要。」

我把手縮回來，就問：「什麼是陰屍？」

胖子一腳把人頭踢下破口，就對我道：「這你都不知道？屍變一共二十八種，陰屍是其中的一種。你把屍體放在活水裡，水裡面放滿魚，魚如果都被屍毒毒死，沉到水下把屍體蓋住，那這屍體就可能會變成陰屍。陰屍就是在水裡不腐的屍體，因為吸收了魚的精氣，會不停地長長，手腳都特別長，會從水底將游泳的人拽下去。」

我看著悶油瓶，他沒有否定，也不知道胖子是不是胡扯，胖子繼續道：「這裡有陰屍，看樣子這個王墓確實陪葬了很多的魚。」

「這東西很厲害嗎？」我看著悶油瓶，他似乎沒有花太久就搞定了。

悶油瓶看著我的眼睛。「它速度太快了。」

我和胖子對視一眼，悶油瓶已經開始觀察四周的環境。我一身冷汗，直到現在才感覺到陰冷。胖子說道：「這應該是陪葬侍衛之類的屍體屍變，咱們如果不是趕時間，應該把那墓室裡的這種妖怪一個一個引出來，利用它們幫我們把浮雕門撞開，然後就可以一親芳澤。」

我心說：那公主本來就十分詭異，不知道是不是人，那地方又出陰屍，公主如果屍變了，不知道會變成什麼，不如就免了。但沒想到，悶油瓶卻點了點頭。

胖子驚訝得臉都拉長了。「天真，小哥是不是瘋了？竟然同意了我的建議！」

我也非常驚訝，看著悶油瓶。他道：「我們只有三條路，繼續前進，去殉葬坑走淤泥，或者進入下水道。」

我明白了他的意思，走淤泥是不可能的，如果發生任何危險，我們幾乎無法存活；下水道裡肯定全是水，我們沒有船，而且在水中的風險也很大，這裡的水下到處是藤壺，非常鋒利，如果遇到激流，連肉都刮沒了。

所以我們現在能選擇的，就是二樓墓道。雖然出了一具陰屍，但還算是在可控範圍內。

而且這也是我們之前預計的，最有可能到達主墓室的路線，我們下來還有事要查呢。

我猶豫了一下，原路返回，來到浮雕所在地。那石頭非常重，但有悶油瓶在，我們還是能一公釐、一公釐地往外拉，大概拉了三個小時，終於拉出了能供一個人進入的大小。

悶油瓶用手電筒照了照，就先非常勉強地擠進去。我們在外面等了兩、三分鐘，聽到裡面發出一聲暗示的信號，我隨即也擠了進去。我稍微有點胖，皮膚被粗糙的石頭劃了好幾道口子。裡面的溫度低了好幾度，悶油瓶的手電筒雖然沒法照出全貌，但大概還是能看得清楚。出乎我的意料，裡面不是一個墓室，仍舊是一條墓道。

這條墓道和外面那條就有很大的不同了，只是手電筒的光不夠強，看著像是蒙了霧一樣。沒等我觀察，胖子就大喊幫忙，我一回頭看，發現他死死地卡在裡面。我過去，幾乎是用按摩推脂肪的方法，一點一點地把他順進來。他身上所有被石頭刮到的地方，全都破皮了，整張臉都像是被犁耙過一樣，進來之後就一直揉自己胸口。

我跟著悶油瓶去看這條墓道。胖子一邊蹲著喘氣，一邊也發現這裡面不是墓室，不由得十分失望。後面似乎是甬道的延伸部分，是空的，沒什麼東西。

於是悶油瓶打頭，我們三個人繼續深入。這裡面和外面一樣都是通道，之前那塊浮雕看上去像是封門石，我本來以為後面肯定是個墓室，結果還是通道。

「我覺得不太對勁。」

「你有屁快放。」我說道：「你這講話速度，後半截我們都在骨灰盒裡聊了。」

「死在這裡根本不可能有骨灰。」胖子道。我瞪了他一眼，他立即道：「你不覺得這第二層也是一個完整的古墓嗎？」

「啥意思？」

「你看那浮雕，浮雕之後是通道，再往前，如果出現一個墓門，那就是公主的主墓室。」胖子道：「這是一個完整的墓啊，和下面的南海王墓是上下樓，這不是一個墓，這是兩層兩個墓。」

「你的意思是說，這父女倆住樓中樓？」

「這中間你看到有樓梯連接著嗎？我們上下都是炸開破口的。照我說，這就是兩間公寓，下面她爸爸那間是豪華裝潢的，她這間是簡單裝潢的。」胖子說道。

我從來沒有見過這樣的情況，也覺得奇怪，而且她爸爸在她下面，這在古代是很忌諱的。

正說著，我們的手電筒光終於照到了墓道這個方向的盡頭。

第四十九章　神洞

「什麼玩意？」胖子看到之後，愣了一下。

墓道的盡頭是一塊粗糙的岩壁，上面有一個臉盆大的洞，只能容納一人匍匐進入。更詭異的是，在這個洞的四周，還畫著很多線條，這些線條和中間的洞組合起來，正好形成一個巨大的眼睛，而且是用紅色的顏料做底，洞正好就是這個眼睛的瞳孔，非常生動。

這個眼睛也是半成品，還沒有畫完，但比之前的任何壁畫完成度都要高。在眼睛的眼白上面，還畫著很多小眼睛，非常邪門。

「天真，你看這像不像之前我們在藏地廟中招時候的眼睛？」

我點頭，這不是像，這就是。這時候悶油瓶讓我們低頭去看腳下。

我低下頭，看到我們腳下的岩地表面也畫著東西，是好多人和動物，密密麻麻。再看頭頂和四周的牆壁，也是一樣。我退後一步，意識到整個空間都是這樣的壁畫，這些壁畫上的動物，無一例外，頭都向著洞的方向。

「這會不會也是勞動人民在休息時候的塗鴉？」胖子問：「這就是個生殖崇

拜。」

我看著他，一時間沒明白，他就做了一個很猥瑣的手勢。

我搖頭，這不是生殖崇拜。我其實很反對一遇到像生殖器一樣的東西就要講生殖崇拜，好像古人除了生孩子就沒有其他追求一樣。我轉頭對胖子道：「這洞，你不覺得很熟悉嗎？」

胖子露出了一個聽色情笑話的表情，挑眉點了點頭。我怒道：「不是這個意思，這洞，有點像之前浮雕裡說的那個讓南海王死而復生，獲得神力和女兒的神洞。」

胖子摸著下巴，想了想，忽然拍了一下我的屁股。我被他弄得很尷尬，把屁股移到另一邊，看他想說什麼。

胖子道：「這應該就是那個神洞。你想，我們掉下來的時候，這裡的地形，是不是就是一個山澗？」

我一下子振作起來，是啊，有可能！南海王當年就是掉到這裡，看到了這個洞，於是他把自己的墓都修到這個山澗裡來了。後來不知道為什麼，海平面上升，這裡就被灘塗掩埋了。

我蹲下來，看著那個洞，心中有點駭然，萬萬沒想到，這個神洞竟然那麼小。不過爺爺在盜墓筆記裡說過，小洞多妖。他在盜墓的時候，遇到的小洞穴裡，離奇的事情最多。

正想著，胖子忽然說道：「不對啊！」
我看了看他，他也蹲下來，用手電筒照了照洞的裡面，就問我。「不是說這是南海公主的墓室嗎？怎麼只有一個神洞？」
我也犯嘀咕，因為前面那個滿是浮雕的房間，確實是墓室前廳，我們下了那麼多斗，對此已經很熟悉了。這墓門上如果有人物圖案，一定是墓主。
結果進來卻是一個洞。
這個墓室，葬的是這個「洞」，那為什麼要在墓門上雕刻一個南海公主呢？
胖子就看著我。「該不會這個洞就是南海公主？」
「你是說洞成精了嗎？」我問道。
胖子點頭，煞有介事地說道：「沒有別的解釋了，南海公主，就在我們面前。」
「那你告訴我，南海王是怎麼把這個洞生出來的。」
胖子這時卡住了，「嘶」了一聲，就怒了。「胖爺我又不是學這個的，我只是推論，你咄咄逼人幹什麼？」
我心說：誰逼你了？忽然一道靈光在心中閃過，我對胖子道：「不對，還有一種可能性，你覺得公主會不會是葬在這神洞裡面的？」
胖子眼珠一轉，一拍大腿。「有道理。天真，這事講得通。」他想了想，應該是和我一樣，覺得非常正確，卻說不出什麼理由來，最後只好又重複一遍。「能講得通。這個洞是一個神洞，一定是南海國的聖地。很多少數民族都有這樣的葬法，葬在聖地之中，是最高的榮耀。」

我繼續看這個洞，忽然就覺得陰森起來。葬在這麼一個小洞裡，這女的又傳說是一個妖怪，那真是詭之又詭。

「邪神公主如果真在裡面，估計陪葬不了多少明器，這洞太小了。」胖子繼續說道：「希望南海王稍微大氣一點兒，數量可以少，但東西得精。」

說著他就活動手腳，準備進去了，我趕緊攔住他。「你不要命了？你忘了剛才那陰屍嗎？」

「知道，這不幹死了嗎？」

「你看這裡有陰屍嗎？」我說道。這裡就是一條乾淨的墓道，根本沒有陪葬的地方，那陰屍從哪裡來的？陪葬總不至於只有一具。

胖子看了看洞口，一下子洩氣了。「也是，這裡面活動不開，打不過啊，怎麼辦啊？」

這個洞即使只是一個普通的洞，我也會覺得非常危險，何況這是一個神洞；且不說它通到哪裡，我們現在面臨的複雜情況，已經不容我們再給自己繼續增加風險了。

三個人互相看看，我又看了看那洞，太小了，如果在裡面遇到陰屍，那是十死無生，悶油瓶都不一定活得下來，只能放棄。雖然這是我第一次遇到神洞葬，也想看看，但估計緣分沒到，只能往回走了。

南海王墓非常大，但一路過來也沒看到三叔他們之前留下的痕跡，還不知道要在這裡困多久，我不由得有些沮喪。不過在淤泥裡的時候，曾摸到一些蚌類，我思緒開始發散，心說：倒不至於餓死，不過那淤泥有點臭。

胖子還是有點捨不得，我拉著他就走，在這裡待著，其實是十分危險，等出去我們就把石頭門合上，下次再來。

正要離開，洞裡忽然傳來一聲女人的笑聲。

「嘻嘻。」

那笑聲十分清楚，就在離洞口不遠的地方，我們都驚了一下，胖子立即用手電筒去照，一照他就罵了一聲。

我們立刻低頭去看，發現洞的盡頭有一團黑色的東西，我只看了一眼，就認出那是一團頭髮。

說實話，剛才我用手電筒照的時候，那個位置什麼都沒有，此刻我的後背就有些發涼。我看了看胖子，胖子就說道：「原來這女兒是個禁婆，那南海王用的都是禁婆大軍，難怪戰無不勝。」

這當然不是禁婆，因為那頭髮是乾的，很明顯是屍體長期腐爛後剩下的那種頭髮。

「這是女屍，怎麼剛才我看的時候沒有？」

「是不是咱們講話太大聲了，把人家吵著了，人家來家門口看看？」胖子說道。

我死死地盯著那東西，那團頭髮沒有再動。說實話，如果只是頭髮，我可以認為是自己剛才沒看仔細，但那笑聲是怎麼回事？

胖子看了看洞，忽然又看了看四周的壁畫。「哎，你看，這上面的動物都往這個洞裡走，是不是這個洞本來就是一個養屍洞，有屍體被大水沖進去，就在裡面成了那個什麼了，就是積屍地裡會有的那種東西，然後古人不懂，沒有文化，就把動物趕進去祭祀餵她？」

「這東西能笑嗎？」我說道。

我看向悶油瓶，對這個東西有所了解的只有他，但是他沒有參與討論，目光始終停留在那個洞口上。

「咱們別研究了，趕緊走吧。」我忽然想到爺爺的筆記裡說過，對於出現在這種邪地的笑聲，要特別注意，這是有邪門的事情要發作的信號。

剛說完，我又聽到一聲笑聲，這一次卻不是從洞裡發出來的，而是來自我們身後的黑暗裡。

「嘻嘻。」

胖子立即轉頭，用手電筒照我們身後，就看到那裡不知道什麼時候也立著一個東西。那東西似一個雕塑，剛才進來的時候，它根本不在那裡。

第五十章　進洞

它在手電筒光圈模糊的光影裡，似乎有很多手腳，類似於千手觀音。而且它是在動的，那動作，就好像是在啃什麼東西。

「劉喪？」胖子就問：「找到我們了？吃什麼呢？」

我還沒看仔細，悶油瓶忽然對我們兩個道：「進洞。」

本來悶油瓶讓我們做什麼，我們肯定不會有任何遲疑，但洞裡現在有一團頭髮，這一聲「進洞」我就愣住了。另外，因為我的性格也有了變化，對危機有自己的處事原則，所以我沒有第一時間進去，而是說道：「裡面有具死屍。」

但悶油瓶忽然轉過頭，聲色俱厲：「進洞！」然後迅速拔出刀，劃開他的手掌，把血直接拍到我的腦門上。他聲音很小，但帶著不可否決的嚴厲，我一看他那麼狠，知道要壞事。

這身後的東西，和洞裡的東西，他選擇讓我們面對洞裡的。

好嘞！我心說，立即用最快的速度整理裝備，開始進洞。

自然是我先進去，因為如果胖子第一個進去，一旦他卡住了，那麼大家都不用進了。

進洞之前，我還是咬了一下牙，因為即使你知道前面的洞裡有一具普通乾屍，你也不會願意進洞和它如此親密接觸的，但我腦門上有悶油瓶的血，嘿嘿嘿，那就要看看對方是不是足夠厲害了。

我直接丟幾根螢光棒進去，鑽進洞裡，然後往裡爬去。前面那團頭髮一樣的東西，仍舊在，我努力往洞裡擠去，此時完全體會到南海王當時的心情。爬進去七、八公尺後，我離那團頭髮只有十公尺左右了，我氣喘吁吁，大聲問後面：「怎麼樣了？」

胖子大喊：「我殿後，我進來了！」

「小哥呢？」

「我說了我殿後！」胖子大喊：「小哥在你後面。」

那就是三個人都進來了，我大喊：「怎麼是你殿後？你何德何能殿後！」

「你何德何能開路啊！」胖子也大喊。

我心說也是，回頭去看，就看到悶油瓶在我身後，他腰上拽著繩子，在死命把胖子往裡拉，而胖子竟然是腳先進來的。

胖子在後面大喊：「小哥慢點兒，它進不來了！我卡住了！」

我明白了，這是最快的進洞方法，悶油瓶先進來，然後胖子只要腳進來，悶油瓶一拉就可以把他拉進來；但如果胖子先進，以他那個速度，悶油瓶估計就進不來了。胖子手裡還拽著一個背包，那包很大，直接就把洞口堵住了。

「那是什麼東西？」我問胖子。

胖子喘著氣道：「我不知道，你問小哥去。」

我看向悶油瓶，悶油瓶卻看著我身後，目光並沒有在我臉上聚焦，我知道他在看我背後的東西。

我立即把頭轉過去，就看到那團頭髮竟然又靠近了我幾分，離我大概三公尺不到。

我用手摸了一下額上的血，然後學著悶油瓶的樣子，把手對著那頭髮。此時我已經能看到那是什麼東西了。

胖子在後面喊：「天真，你往裡再走走，我卡在這個洞口，胖爺我害怕啊！」

我心說：我不害怕嗎！但還是咬緊牙關向內爬了幾公尺，很快的我就到了頭髮的邊上。古屍分很多種，大部分我之前都經歷過了，我一看頭髮，就推測是具乾屍。

這種屍體邪性最低，除了在西沙那次，我還沒遇過有問題的乾屍，於是放下心來，鼓起勇氣繼續往裡爬。爬到那屍體邊上，我就確定那的確是一具乾屍，而且還不只一具。我用手電筒掠過這具屍體，就看到後面一具一具排成隊，都在洞裡接連放著呢。

我對胖子道：「你聽過一句俗語嗎？胖子，叫做：如果你真要這麼做，就從我屍體上踏過去。」
「這玩意是俗語嗎？」
「你就說聽過沒？」
「我當然聽過。」
我轉頭看著悶油瓶，讓他可以從我讓出的縫隙看到前面情況。他看了一眼就點頭，顯然是認可要繼續往裡爬，我問他：「外面到底是什麼東西？」
悶油瓶說道：「等下說。」
我嘆氣，他都這麼說了，我還有什麼辦法？直接咬緊牙關，爬到那具乾屍的身上，繼續往裡爬。
很快就輪到了胖子，胖子是倒著爬的，所以先是腿感覺壓到了什麼東西，然後是胸口，最後才看到乾屍的臉，他當即大罵：「什麼情況？我說怎麼硌得慌呢！」
我一路爬，看著幾乎完全一樣的乾屍，就意識到這是什麼了，對他們喊：「這些都是陪葬的。」
「你說得沒錯，我看過了，都沒那玩意，都是太監！」
看來我們推測得沒有錯，這個洞確實是洞葬用的。
我就開始數。「一、三、五、八、十二……」
數到十四的時候，我發現前面的屍體開始被淤泥覆蓋了。
這洞裡不知道哪裡來的淤泥，我一抬頭就發現這裡的上面在漏水。這些水混有泥沙，經年累月，就把這一段的屍體埋住了。我用手按了一下淤泥，發現裡面的屍體已經完全腐爛，連白骨都沒有了。

我剛想繼續往前爬，悶油瓶忽然拉一下我的腳，我轉頭看他，他說道：「剛才的陰屍，是從這裡來的，換位置。」

這是他要在前面開路的意思。

我往下躲，他往上爬，但很快我們就卡住了，這裡非常狹窄，幾乎不可能換位置。我搞了幾下就滿頭大汗，用手電筒照了照前面，發現前面的淤泥部分不長，大概六、七公尺的長度，往後就是洞了，連屍體都沒有了。

陪葬的屍體到這裡就結束了。

我就對悶油瓶道：「一口氣爬過去吧。」

悶油瓶看了看前面，就對我道：「可以，但就是現在。」

說完他就推我。我心說：不用那麼著急吧，屍變有那麼快嗎？但他一推我，我還是快速地爬進淤泥裡。

這淤泥不撥弄開是聞不到惡臭的，但我一路爬過和撥弄，極度的惡臭就散發出來。六、七公尺，我本以為很快就能爬過去，結果爬了幾公尺，我就覺得不對，我爬過去的時候，能明顯感覺到淤泥下面有指甲，這下面竟還有屍體。

屍體在養屍地沒有腐爛完全的時候，指甲會一直長，並且會捲起來，這種手感是非常特殊的。我們見過指甲捲到地上的屍體，打開棺材後，半個棺材裡全都是指甲。這一次我在淤泥裡也摸到了指甲，說明屍體還在，而且胖子也說對了這個洞的作用——養屍。

我猶豫了一下，悶油瓶立刻在後面推我，他的力氣很大，我幾乎是被推著摔出淤泥的區域。一回頭，我就看到悶油瓶直接把手插入淤泥中。此時無數像蟶子一樣的指甲，正從淤泥裡浮上來，悶油瓶插在淤泥裡的手一擰，同時傳來一聲清脆的骨頭斷裂聲。

接著，他從淤泥裡扯出一個人頭一樣的東西，丟到一邊對我道：「走！」

我不敢再猶豫了，趕緊繼續往前，心說：這是什麼事啊？我第一次連害怕都沒時間。很快的，我們三個就爬過淤泥的區域，渾身惡臭。

胖子爬過的時候，一直在叫：「哎，裡面有東西。哎，有個頭！哎，這是什麼？」

但悶油瓶拽著他，直接把他一路拽出了淤泥。

他力氣很大，我和胖子都吃了不少泥。那泥真噁心，我們幾乎都在乾嘔，我就對他道：「小哥，小哥，咱們冷靜一點兒，你告訴我們……」

結果還沒說完，胖子就一邊吐口水，一邊道：「天真，不太對。」

「怎麼了？」

「那東西進來了。」

我轉頭看，但沒有辦法越過悶油瓶去看胖子，就聽到胖子說：「哎唷，我去！

繼續！繼續爬，天真！」

我只能轉頭繼續爬，大叫：「要是死路怎麼辦？」

胖子大叫：「先爬啊！死路了再想辦法！」

這情況太難受了。首先，我不知道後面的情況，只能按胖子的說法爬；其次，我的體力已經透支得差不多了，只能咬牙繼續，發了狠地往洞裡爬。

這洞夠深的，我一直爬到完全爬不動了，也不知道爬出去多少公尺，才對胖子說：「我能休息一下嗎？」

「啊，我不知道啊！我現在看不到了，不過它肯定在後面，可能在吃剛才小哥弄掉的那個腦袋，它吃完了還得進來。咱們要不要再往前走走？」

我道：「我爬不動了。這樣吧，胖子，你還有雷管吧，你和它同歸於盡吧。」

「哇，天真！這話你都說得出來，我要是同歸於盡，這裡肯定炸塌了，你們也好不了。」胖子大怒。

我趴在地上，只覺得空氣稀薄，頭昏腦脹，對他道：「是不是沒氧氣了？這洞太小，二氧化碳堆積了吧，我們要死了。」

還沒來得及緩緩，我就被悶油瓶直接拍起來，他用手電筒直接越過我照向前面，對我道：「那是什麼？」

他被我擋得太厲害，看不清楚，我也用手電筒照洞的深處，就看到離我們休息的地方大概二十公尺開外的黑暗盡頭，立著一塊石頭。這一路過來，除了陪葬的屍體，沒有看到任何東西，怎麼會有一塊石頭？

「過去看看。」悶油瓶對我道。

我心中暗罵：好嚴格啊！又咬牙開始往裡爬。你如果健身過，就知道這種體力完全消耗光之後，連一步都走不動的感覺。我現在就是這樣，一點一點地往裡挪。悶油瓶就像是一個健身教練，托著我的腳，讓我有可以著力的地方。這二十公尺簡直就是深蹲二十組之後的第二十一組，身上所有的肌肉完全不聽我的使喚，我都不知道自己是怎麼靠近那塊石頭的。不過就像健身一樣，所有的動作總有做完的時候，我最後完全沒有時間感地發現自己來到了石頭前。

那是一塊像石碑一樣的四方形石頭，上面寫著大篆。說是石碑，其實就是一塊岩壁，很多字被砸掉了，我能大概地解讀。

「以此往前一百多公尺，入者無返，永不見天日。」

「這是什麼意思？」胖子問。

我說道：「這是個警告。」

「警告啥？」

「再往裡爬就出不去了。」

「你和它說，我們現在已經出不去了，讓它通融一下。」

我看著這塊石頭，意識到這代表著我們靠近了什麼東西，因為一旦古墓中出現這種警告，往往意味著靠近墓主人的所在地了。

比如說九歲小女孩李靜訓（註17）墓裡的棺材上就刻著：開棺者死。這往往是嚇唬人的最後一道警告，對我們這種人來說是無效的。雖然對下墓的人無效，但這是一個很好的信號。

我用手電筒照了照石碑後面，就看到不遠處果然出現一團新的東西，那是一具屍體，但和我們之前看到的很不相同。首先，屍體的頭上有大量的金屬光澤，我一看就知道那是黃金，這屍體是戴著黃金飾品的；其次，屍體身上包裹的東西，也明顯比外面陪葬的屍體厚了很多；最後，在這個距離，能看到屍體身上和邊上都放置著東西，一看形狀，就知道是明器。

我對胖子道：「邪神公主就葬在這塊石頭後面。」

這葬得夠深的，一路過來我們爬了這麼久，得有幾百公尺了。我忽然覺得，是不是應該到底了？因為這種神洞葬，怎麼樣也應該把人葬在洞底才對。

從這個距離什麼都看不出來，我回頭看悶油瓶，道：「要不要過去？」

「當然要過去。有一具屍體，就有一顆腦袋，等下那東西過來，我們又能多活一會兒。」胖子說道。

悶油瓶點頭。「我們只能往前。」

註17　北周大將軍李賢曾孫女，自幼深受外祖母北周太后的溺愛，一直在宮中撫養。九歲歿於宮中，北周太后十分悲痛，以厚禮葬之。

我看了看前面，如果是我帶隊，我肯定不會這麼指揮，但現在和悶油瓶奪指揮權也沒有道理，他會覺得我翅膀硬了吧。

但我真爬不動了，就對他們道：「我必須休息了。胖子，如果不到迫不得已，咱們先恢復一下體力。」

胖子沒有回覆我，我剛想再問，就聽到胖子那邊傳來一連串的鼾聲，他竟然睡著了。顯然他也累得脫力了，而且他是倒著爬的，用的都是平時不會用到的肌肉，肯定比我更累。我閉上眼睛，心說：我趕緊也恢復一下體力。此時我才感覺到又冷又餓。洞裡到了這一段，溫度降得很厲害，而且我們很久沒有吃東西了。

結果不到三秒鐘，我就睡著了。等我醒過來的時候，立即就去看悶油瓶。他在閉目養神，幾乎瞬間就感覺到我在看他，抬頭看著我。我問：「我睡了多久？」

「半個小時。」

在我的意識裡，我覺得已經睡到第二天下午了，我使勁抹了把臉，讓自己清醒，此時就覺得喉嚨發癢。

太冷了，在這種地方熟睡，很容易感冒。我意識到這一點，就開始叫胖子，輕叫了幾聲，胖子都沒有回應，我瞬間覺得壞了。該不會胖子睡死的時候，那怪物過來把胖子的腦袋吃了。結果叫最後一聲的時候，胖子醒了過來，打了一個大鼾。

我讓胖子看看後面，胖子清醒了一會兒，看了半天，對我道：「暫時沒動靜。」

「會不會出去了？」

「你打個電話問問它?」胖子說道。

我看著悶油瓶,他仍舊不想解釋那是什麼,我也知道為什麼,因為那沒意義。即使悶油瓶說那是超人力霸王,對於改變現狀又有什麼意義呢?我看了看前面,上去把那塊四方形石頭撥到一邊,然後努力一點一點擠壓過去。

那塊石頭其實非常阻礙我,我小心翼翼地把石頭擠壓過去後,又往前爬了幾步,就來到了那金碧輝煌屍的前方。

用手電筒一照,果然不同凡響,屍體臉上蓋著一個巨大的貝殼,貝殼上有各種鑲金的裝飾;身上一層一層裹著的應該都是綾羅綢緞之類的,但如今已經全都發黑了。屍體的頭髮保存得非常好,上面有很多黃金飾品,很多飾品中的細碎零件已經脫落,落在地上,成了發黑的金屑。在這個距離還能看到發黑的絲綢上面有很多花紋,勉強能看出是一些渦紋、卷雲紋、勾連雷紋等。

屍體被層層的衣服裹得很嚴實,上面還纏著帶子,一時看不出有什麼異狀。旁邊的陪葬品倒是琳琅滿目,金、銀、玉、陶器、鎏金銅器和青銅器尤為多,和中原風格有明顯的不同,但一時也看不出有什麼奇特的地方。

胖子終於忍不住了,問我。「天真,看完沒有?你別光自己看,你往裡爬爬,讓胖爺我也看看。」

我往裡看看,確實還可以往裡爬,而且似乎還很深。

說實話,這洞十分離奇了。一路過來,我很確定這是天然形成的,但這洞完全就是一條直線，一定有十分特殊的形成條件。

所有的洞都有盡頭，我此時開始產生好奇心，想知道最裡面到底是什麼。

再看那女屍，我又發現一個神奇的地方：這女屍的枕頭很高。如果普通人用這麼高的枕頭，頸椎應該早就斷掉了。這枕頭那麼高，看上去就像是讓女屍看著洞的最深處一樣。

「你說，當年南海王成為這裡的主人之後，有沒有想過要弄明白這個洞的盡頭是什麼？為什麼具有神力？」我嘴上問胖子，但眼睛其實是在看悶油瓶。

悶油瓶沒有回答，胖子回答了：「廢話！你要是當南海王你不想知道？」

「但剛才的浮雕上沒有。」是不敢雕刻出來，怕後人知道什麼祕密，還是說他壓根沒有找到洞的最底部？

「也有可能就是，這個洞根本沒有神力，就是他自己瞎編的。」胖子說道。

我覺得不是，至少這個洞可以養屍，最差就是胖子說的，這個洞裡屍氣鬱結，是一個非常特殊的積屍地，所以裡面出來的「粽子」都是長條形的；而古人看到「粽子」，基本就會認為它們都是有神力的。

說起「粽子」，我就覺得餓了，胖子就問：「這樣，天真，給你兩個選擇，要嘛你現在就摘掉那貝殼，看看那女妖怪到底是不是妖怪；要嘛你就往前，讓胖爺我來。」

「我的建議是別動，所有國外的片子裡，摘掉面具肯定出事。」

胖子說道：「哎，你放心，你摘掉面具，下面肯定什麼都沒有，都爛光了，最多就是一具乾屍。」

但不可否認，摘面具這種事情本質上真的非常吸引人，我猶豫了一下，選了一個很狡猾的辦法，我對悶油瓶說：「我爬過去，爬到一半，我就把它的面具摘了，然後我看一眼後立即往前爬，萬一有事你就補上，直接把它頭掰了。」

悶油瓶看了看我，很無奈地點頭。

我立即行動，爬到女屍的身上。上半身爬過去之後，我低下頭，然後用自己的胯，慢慢地碰了一下那面具。

面具是放在臉上的，一碰就掉，我低頭用手電筒照那女屍的臉，瞠目結舌。

這是個什麼東西？這不是女屍啊！

第五十一章　邪神公主

說這東西我沒有見過，或者我見過，都成立。胖子一直在問我是什麼樣子，我硬是很久答不上來。我愣住了，完全忘記了剛才的計畫，整個人被這具屍體的臉震驚了。

胖子就在後面說：「怎麼了？絕世美女，栩栩如生？」

「我不知道。」我喃喃道，心裡尋思這到底是什麼東西，難道是一條畸形的魚，或是長手的蛇類？

這絕對不是南海王生出來的，不管是他老婆生的，他找人生的，還是其他男人生的，這和人都不是一個物種。

我看著這條奇怪的魚，忽然意識到，這具屍體和我在藏地廟看到的大魚背上那個觀音一樣的東西，非常相似。

但也只是相似，它們並不一樣。

我看著看著，冒出一個靈感，對他們道：「南海王當時在這個山洞裡，可能不是生了個孩子，而是被某種東西寄生了，那東西寄生在他身上之後，又從他體內出來，結果他鬼使神差地沒死。」

「你有何根據？」胖子問道。

「你還記得我們之前看齊教授被寄生的時候，從他身體裡面掉出來的內臟嗎？」

「記得。」

我仔細地看那邪神公主的屍體。「我覺得這可能是相似的情況。你看那個邪神公主，我覺得這肯定不是人，甚至不是哺乳動物，這可能是一種——我實在說不上來。南海王在洞裡困了幾天，要知道有些寄生蟲發育是非常快的。」

「老子看不到。」胖子就說道。

我只好往前爬，讓胖子去看那屍體，胖子一看就嘰歪。「我去！這是什麼東西？這這這這，這是不是拼出來的假屍體？」

「你可千萬別碰。」我對胖子道：「這東西我看著不像是假的。你說說你能形容嗎？」

胖子那邊就沒聲音了，我又說道：「胖子，你是不是在拿東西？人的東西你拿，妖怪的東西你也拿，你是不是沒良心？」

胖子還是沒有回答，我忽然發現悶油瓶也在回頭看著胖子，我中間隔著他們兩個人，什麼都看不清楚。我還想再問，悶油瓶抬手讓我安靜，就聽到胖子對我說道：「天真，有兩個事情。」

「你說。」

「第一個事，公主坐起來了。」胖子說道：「她現在就在離我一臂遠的地方看著我呢。」

「好，很好，還有一個事呢？」

「我們身後多了好多東西，好像那些屍體們都跟上來了，然後外面那個逼我們進來的東西，好像也來了。」

胖子的手電筒光轉動，我透過兩個人之間的空隙，看到在胖子身後十幾公尺外的黑暗裡，那公主確實坐了起來，但公主後面的東西就看不見了。

「天真，你們走，胖爺我在這裡，它們過不來，它們吃我得吃一段時間。」胖子非常平靜地說道。

「小哥的血還在不在？」我問道。

「在。」

「所以你覺得它們為什麼沒有馬上過來？」我對胖子說道：「是小哥的血在保護你，你死不了。」

「但我覺得那公主怎麼就不是這麼想的呢？」胖子說道：「這東西到底是什麼啊？」

——待續